法廷弁論

加茂隆康
Kamo Takayasu

講談社

法廷弁論

プロローグ

あすから三月というのに、小雪が舞う寒い日だった。

弁護士会館の一一階、会員控室の窓際に座る。昨日の夕方から降りはじめた猛吹雪《もうふぶき》で、一面白く染まった日比谷公園《ひびやこうえん》が眼下にひろがる。雪を被《かぶ》った樹々《きぎ》の中に、緑青の円蓋が見える。日本料理店「幽玄亭《ゆうげんてい》」だ。

その日の午後、第一東京弁護士会がリーガルエイドとして行っている無料法律相談の担当弁護士に指名されていた。午後一時の開始時刻には、二〇分ほど間がある。

ノートパソコンをとりだし、インターネットのニュースを見る。

平手理沙子《ひらてりさこ》教授の死亡が報じられているではないか。四〇代から五〇代と思われる女性の死体が、江東区東雲《しののめ》の運河で発見された。身元を調べたところ、日英《にちえい》法科大学法科大学院の平手理沙子教授だったと。警察は、遺体の損傷から、殺人事件とみて捜査を開始したと伝えている。

茫漠《ぼうばく》とした怖《おそ》れが、全身を駆け巡る。

「水戸《みと》君？」

背後から声がする。年輩の弁護士が立っていた。白髪《しらが》がふえ、鼻唇溝《びしんこう》が深くなっていたが、司法研修所時代の刑事弁護教官、松河雅人《まつかわまさと》だ。

椅子をひいて、一礼する。

「お久しぶりです、先生」

「だいぶ派手に活躍しているようだね」

「とんでもありません」

「JS損保の件、新聞で読みましたよ。荒稼ぎしたんじゃない?」

「よして下さいよ。悪戦苦闘しています。それより、平手教授が殺されたそうで、びっくりしました」

「そうらしいんだな。私もさっき、昼のニュースを聞いて驚いた。法律家が標的にされる時代に入ったのかもしれない。じゃ、私はこれから、懲戒委員会の打合せがあるんで」

「懲戒?」

「いま、新弁の懲戒委員長をやらされていてね。二月の新件を、部会に割りふらなければならない」

弁護士間では、新東京弁護士会を新弁と呼んでいる。新弁は、東京にある三つの弁護士会、東京弁護士会、第一東京弁護士会、第二東京弁護士会から有志が脱会して立ち上げた。

「そうだったんですか」

片手をあげ、彼は去っていく。

衝撃を抱えたまま、鞄《かばん》を手に歩きだす。

1

相談室に入ると、女性事務員が相談受付カードをもってきた。

「今日の相談はいまのところ、この方だけです」

庄内秋央《しょうないあきお》、四九歳。無職。さいたま市在住。相談内容、労働問題。一瞥《いちべつ》して不安がよぎる。労働問題は、扱ったことのない分野だからだ。

内線電話で相談者を中に入れるよう指示する。

入ってきた男は、ボサボサ頭で、少し太り気味の体軀《たいく》に、茶系のくたびれたジャケットを羽織《はお》っている。座ると、擦り切れたカジュアルシャツの袖口が目に入った。

「どうされましたか」

「会社をクビになりまして……」

「どういう会社にお勤めだったんでしょうか」

「ペーパーファクトリーの下請工場です。赤羽《あかばね》にあります。高級紙を使う企業が少なくなったものですから、メーカーからの注文が激減しました。会社は赤字に転落し、人件費削減のため、リストラされたのです。不当解雇で訴えることはできないかと思いまして」

話し方はまじめそうだ。

「いつ解雇されたんですか」

「去年の一二月です」

「解雇予告はされましたか。一ヵ月以上前に」

「ええ、去年四月の時点で人員削減の方針が打ちだされました。七月末までに半数が辞めさせられました。辞めたのは非正規のもので、私は正規社員でしたから、大丈夫だろうと思っていたんです。ところが、九月に入って、社長から、工場を閉鎖せざるをえないから、正規の社員も一二月いっぱいで解雇するといわれまして……」

「一二月までの給与はもらえたんですか」

「もらいました」

「退職金は?」

「少しですが、いただきました」

「辞めたときの職場での地位は?」

「工場長でした」

「従業員は何人くらいの会社ですか」

「正規と非正規を合わせて三〇人足らずです。同族会社ですので、社長の親族が八人ぐらい入っています」

「あなたとしては、どうしてもらいたいわけですか」

「解雇を取り消してもらい、職場にもどりたいと思っています」

「でもあなたが工場長をしていた工場自体、いまは閉鎖して稼働していないんでしょ?」

「年内で生産ラインをストップして、いまは稼働していません。でも別の商売に鞍替《くらが》えして、工場を再稼働させる噂《うわさ》を聞いたものですから」

「それでしたら、不当解雇で訴えるなどということを考えないで、単純にその会社に再雇用をお願いしてみたらどうなんでしょうか」

「それが、親族だけで再出発したいようで、当面外部の人間は入れない方針だと聞かされました。一緒に辞めさせられた男から」

「いったん会社をたたんだ経営者としては、どうしても慎重になりますから、仕方ないかもしれませんね」

「あなたはどっちの味方なんですか」

庄内は、憤慨《ふんがい》していう。

「どちらの味方でもありません。お話を伺って、法的な考え方を説明しようとしているだけです」

「不当解雇で会社を訴えることはできるんですか、できないんですか」

感情的に彼は詰め寄る。とっさに思う。こういう男には、甘い言葉は禁物だと。急場しのぎで本人の満足するような回答をした場合、後日、悪い結果がでると、ろくなことにならない。弁護士会に私を名指しで非難してきたりする。

「会社が経営不振で従業員を解雇するというのは、いまのような不況の時代、よくあるケースです。不当解雇にはあたりませんので、会社を訴える理由がないと思いますよ」

「ネットによれば、何でもいいから理由をつけて訴えれば、会社から和解金を引き出せると書いてありました」

「どんな記事か知りませんが、それは正当なやり方とは思えません」

「でも労働者側に立つ労働事件専門の弁護士に頼めば、何とかなるという記事もあったんですが」

「それでしたら、労働事件専門の弁護士におたずねいただけませんか。私はあいにく、労働事件が専門ではありませんので」

「なんだ。じゃ当てにならないってわけだ。ここへ来たのは無駄だったのか」

彼は口調に嘲りをにじませ、馬鹿にしたような目で私を見る。

「労働事件専門の弁護士も、たぶん同じことをいうとは思います。ご自身が納得するためにも、専門の方に改めて相談してみて下さい。弁護士会の相談は、無料ですので、概略のご説明しかできませんから」

「わっかりました」

庄内は立ちあがり、乱暴にドアを開けて、廊下に消えた。

2

増上寺《ぞうじょうじ》での葬儀の日、黒服が列をなした。私も参列した。

悶々《もんもん》とした日々が過ぎる。

オフィスで執務中、女性刑事から電話が入っているといって、秘書の小倉万葉子《おぐらまよこ》が取り次ぐ。

大学で考古学を専攻した彼女は、東京国立博物館に勤めたあと、うちに転職してきた。もう六年目になる。

「私、東京臨海署の木村《きむら》といいます。日英法科大学の平手理沙子教授が亡くなられたのはご存じでしょうか」

「ええ」

「その件でちょっとおたずねしたいことがありまして、上司と一緒に伺いたいんですが」

平手教授の殺害には、強い関心がある。なぜ殺されなければならなかったのか。

最近、彼女とは会っていない。私から、警察はどんな情報をひきだそうとしているのだろう。

「お役に立てるかどうかわかりませんが、お会いするのは構いません」

翌日、事務所で面談することになった。


私がパートナーを務める狩田《かりた》・水戸法律事務所は、台場のテラス・ド・ランピール(「帝国のテラス」の意味)の六階にある。低層ビルで、六階が最上階のペントハウスになっている。天井高は六メートルに及び、各室にしつらえた天窓からは、日光が降り注ぐ。内装はオフホワイトを基調にしたヨーロッパ風のネオ・クラシックスタイルだ。四八〇平方メートルのスペースに、ボスである狩田の部屋、私の部屋、秘書小倉万葉子、一橋冬佳《いちはしふゆか》のそれぞれのコーナー、ライブラリー、記録庫、顧客の待合室、それに二つの応接室と東京湾にせり出した六六平方メートルのテラスがつく。

約束の時間に二人の刑事が現《あら》われた。一人は三〇代と思われる男性で、もう一人は彼より若い女性だ。

二人は、警察手帳をかざした。

「警視庁捜査一課の六車《むぐるま》といいます」

「臨海署の木村です。お電話させていただいた者です」

「念のため、もう一度、警察手帳を見せていただけませんか」

「どうぞ」

顔写真の下に、「巡査部長」「警視庁刑事部捜査第一課」「六車信二《しんじ》」と記載されている。

「私にたずねたいこととは何でしょうか」

「先般、殺害された平手理沙子教授についてです。目下、東京臨海署に捜査本部を設け、捜査にあたっているところです。私と木村もその一員でして」

「報道によると、運河から教授の死体が発見されたということでしたが、死因は？」

「それはちょっと、お話しできません。犯人特定の手掛かりとなる捜査情報なので」

木村がこたえる。

彼が、木村を引き継ぐ。

「教授の遺品を調べたところ、手帳の表紙に貼られた付箋《ふせん》に、『密告の件、水戸Lへ』と書いてあったのです。水戸Lとは誰を指すのか調べました。LはLawyer、弁護士のことでしょう。遺族から提出された教授の住所録や年賀状名簿などから、これは水戸裕介《ゆうすけ》先生しかいないと。それで伺ったのです。教授とは親しかったのですか」

「以前から存じ上げております。親しいというほどではありませんが」

「『密告の件』とは何のことでしょうか」

「ええっ？　どういうことですか」

「それは、われわれがおたずねしているんです」

教授から最近、連絡はない。だから、見当もつかない。

「貼ってあった付箋はどんな状態だったのか、写真でもあったら見せてもらえませんか」

木村が鞄からとりだした写真には、黒っぽい手帳の上に、クリーム色の付箋が写っている。


「密告の件、水戸Lへ」


「『密告の件』といわれても……ここ二年ぐらい、教授とは年賀状のやりとり程度で、電話やメールすらもらったことはありません。一体、何のことだろう。私に何か伝えたいことでもあったのかなぁ……」

「最近、先生から教授に電話することはなかったんですか」

木村が訊《き》く。

「ありません。まったく……」

六車は私を凝視している。疑っているようにも感じられた。

携帯の番号を交換し、何か情報が入ったら伝えると約束する。

3

丘野《おかの》ヒロ子《こ》が、狩田との面談を求めて事務所に来た。

丘野ヒロ子といえば、いま、マスコミでもっとも脚光を浴びている女性弁護士だ。私より四、五歳年上で、三〇代後半のはずである。テレビ番組三本にレギュラー出演しているほか、FMラジオのパーソナリティも務めている。美貌を買われて、最近ではテレビのCMにも登場し、モデル業までこなしている。

丘野が来るという話は聞いていなかったので、狩田から同席を指示されたとき、おどろいた。あれほど有名な弁護士が、どんな用件でうちに来たのか。弁護士会の役員選挙への投票依頼か。

応接室のドアを開ける。彼女は椅子から立ち上る。スリムで長身だ。澄明な目、ゆるやかに口角が上がった唇。描いたように美しいフェイスライン。薄化粧だが、寸分の隙《すき》もない。テレビ出演が多いからだろう。インディゴのジャケットに白のパンツ。弁護士バッジはつけていない。

「こちらはパートナーの水戸裕介弁護士です」

狩田が私を紹介する。

「はじめまして。水戸といいます」

名刺をさし出す。

「先生のお名前はかねがね伺っております。申しわけありませんが、私はいま、名刺を出せない身分でして」

いっている意味がよくわからない。何かあったのか、という予感がする。

「JS損保の件で、先生のご活躍をテレビや新聞で拝見しました」

「いや、あれは私より狩田が主になってやったことでして」

「そんなことはないだろう？」

笑いながら狩田がいう。

「お電話でお話ししました通り、今日は狩田先生に『意見書』の作成をお願いしたいと思って参りました」

テレビで見られる潑剌《はつらつ》さが、彼女の顔にはない。沈痛な面持《おもも》ちだ。

「詳細をご説明いただけますか」

「事案は複雑なんですが」と前置きしてから、語り始める。

丘野が受任していた交通訴訟に関し、依頼人から三年前に弁護士会に懲戒請求がなされ、今回、予想に反して懲戒処分に付されたという。処分は業務停止六ヵ月であった。

「弁護士バッジは返還し、弁護士という名刺も、使用を禁止されたんです」

弁護士会による懲戒処分は、弁護士に品位をはずかしめるような「非行」があったと認定したとき、下される。犯罪はもちろん「非行」にあたるが、紛争に対処しようとする弁護活動の中で、何を「非行」とみるかは、しばしば見解が分かれる。また懲戒手続は、懲戒請求があって、はじめて審議が開始される。

彼女がうけた業務停止は、懲戒処分の分類では、四段階の内の下から二番目にあたるが、期間が六ヵ月というのは、同業者の感覚からすると、かなり重い部類にはいる。

彼女の依頼人庄内貢太《しょうないこうた》は、交通事故で重傷を負い、四肢不全麻痺《ししふぜんまひ》、膀胱《ぼうこう》直腸障害、歩行不能の後遺障害を残した。自賠責保険では、最上級の一級と認定され、「常時介護を要する」との認定をうけている。その認定が下る前に、東京都心身障害者福祉センターから、身体障害者手帳一級も交付されている。自賠責保険の申請から認定までは六ヵ月を要した。

この間に庄内は、それまで入院していた大学病院から、別の国立病院に転院し、そこで脊柱《せきちゅう》管《かん》をたてに切り開き、脊髄《せきずい》の圧迫をとりのぞく大手術をうけた。正式名称を「棘突起縦割法頸《きょくとっきじゅうかつほうけい》椎《つい》脊柱管拡大術《かくだいじゅつ》」という。一級の認定がでるころには、その病院でリハビリ中であり、認定がでた直後には、自力で歩けるほどに回復した。

しかしこの事実について、彼は丘野をあざむき、告げなかった。

丘野のオフィスを訪問したとき、彼は車椅子に乗り、貢太の母タキと兄が介護者として付き添っていた。

丘野は、自賠責保険の認定をもとに、「一級・終身介護を要する」との前提で、一億八〇〇〇万円余りの損害賠償請求訴訟を東京地裁に提起した。訴訟は、庄内側に有利に進行したかにみえた。ところが提訴から一年六ヵ月後の終盤に至って、突如被告損保側から隠し撮りの動画映像が提出された。それには、自賠責で認定が下された直後、彼が杖《つえ》もつかず歩行している状況が撮影されていた。その状態では、介護の必要性は考えにくい。その動画が提出される前、被告側は丘野に、「常時介護」の実態を、介護者による「陳述書」という文書にして提出するよう求めた。裁判官もその提出を促した。そこで彼女は、母親をオフィスに呼び、介護の実情を文書にまとめるよう要請した。こうして、母親直筆《じきひつ》の「陳述書」を丘野が裁判所に提出するのを待ち構えていたかのように、損保側代理人の弁護士は、動画を提出し、原告の症状は詐病《さびょう》だと決めつけた。

動画の撮影日は、丘野が提訴する約七ヵ月前である。庄内は丘野に依頼する前、別の弁護士に交渉を依頼した。しかし、交通事故を専門としていなかったため、手ぬるいと感じたのか、途中で解任している。その弁護士が損保側弁護士と交渉していた段階で、すでに相手方は、動画を入手していた。しかし、そのことを伏せて、「訴訟の場でなければ話し合いに応じない」と突っぱねた。動画が手許《てもと》にあるのだから、それを庄内側の弁護士につきつけて、自分たちの見解をぶつければよいものを、あえてしなかった。損保側の弁護士にとっては、訴訟前の示談交渉で解決しても、微々たる報酬しかもらえない。訴訟になった場合には、相応の報酬が手に入る。だから、ことさら訴訟に持ち込むよう、仕向けたと推測される。

庄内側としては、動画を覆《くつがえ》すような反証をあげる必要に迫られた。

丘野は、本人が訴訟提起の四ヵ月後に再び独歩不能、四肢不全麻痺に陥《おちい》って入院していた新事実をつかんだ。庄内が彼女に告げていなかったのだ。

つまり、被告損保が隠し撮りをしたときは、大手術のあとのリハビリをして、退院した直後であり、庄内の症状が一番回復した時期であった。大手術は一過性の軽快をもたらしはしたものの、永続性はなく、彼の症状は一進一退をくり返していた。庄内は丘野に対し、症状が重い状態を装い、彼女はそれをもとに、最高度に重篤な症状という前提で訴訟活動をした。

これに対し、被告側損保は、隠し撮りに成功した最も回復していた時期の症状こそ将来にわたって永続性があるといって譲らなかった。「杖もつかず一人で歩いているのだから、介護の必要など考えられない」と。

訴訟の形勢は、にわかに庄内に不利に傾いた。

彼は、不利になったのは全て丘野が悪いと非難した。

その非難は執拗《しつよう》だった。丘野には、訴訟活動で彼のために立て替えた実費が三四万円余りあった。彼女は契約書に従ってそれを請求したが、庄内は無視した。弁護士会の規則では、依頼人が実費を支払わない場合、弁護活動を中止してよいとされている。中止しても、訴訟は進行する。丘野が出廷しなかったなら、裁判所から非難されるのは、彼女である。このうえは、自分が代理人を降りるしかない。丘野は、辞任に追い込まれた。

丘野のあとをリーガルエイドセンターの約一〇人の弁護士が引き継いだ。リーガルエイドセンターとは、経済的困窮者に無料で弁護士をつけるなど、司法支援をする機関で、法務省が運営している。

彼女が辞任してから六ヵ月後、被告側は庄内に二〇〇〇万円を支払うことで和解が成立した。訴訟提起から和解成立まで二年八ヵ月かかった。

丘野は訴訟提起にあたり、五〇〇万円の着手金をいただきたい旨、庄内に説明した。着手金は、一億八〇〇〇万円という請求額を基準に算定される。この請求額であれば、新東京弁護士会（新弁）の規定では、着手金は六〇九万円が標準である。五〇〇万円は、それよりも低額だった。庄内には一級の自賠責保険金四〇〇〇万円が支給されていたので、金がなかったわけではない。しかし彼は、将来どうなるか不安であり、着手金を半額の二五〇万円に減額してもらいたいと強硬に求めてきた。残金は勝訴したあかつきに、報酬金と一緒に払いたいというのである。

彼女は、庄内の希望をいれて、半額の二五〇万円で了承した。

和解成立後、庄内は、二〇〇〇万円しかとれなかったのに、二五〇万円もの着手金がかかったのは不当だとして、新弁に「紛議調停」の申立をした。

調停は不調に終わった。彼女が応じなかったからである。

すると庄内は、懲戒請求に及んだ。

懲戒請求事案は、まず綱紀委員会で審議し、「懲戒相当」の議決を経《へ》たものだけが、懲戒委員会に回される。

そして、新弁では、二〇〇八年五月九日、丘野に対し業務停止六ヵ月の懲戒処分を宣告した。介護の必要もないのに介護が必要だと偽り、介護費を不当に請求した。母親には嘘《うそ》の「陳述書」を書かせた。そうして裁判を誤らせた。それが品位をけがす「非行」にあたるという理由である。

この処分は、新聞五紙に報道され、テレビのワイドショーなどでも取り上げられた。

しかし私は、マスコミ報道を全く知らなかった。ゴールデンウィークに現在の事務所に移転したあと、代休をとって一週間ほどスイスに行っていた。そのため、日本の新聞やテレビを見なかったからである。

「許しがたい冤罪《えんざい》です」

声を震わせて、彼女はいう。

狩田は訊く。

「庄内貢太という男、仕事は何をしていたんですか」

「食肉加工業の工場に勤め、フォークリフトの運転手をしていたようです」

「訴状は、東京地裁に出す前に、草稿段階で本人に送ってますか」

「もちろんです。草稿を作る前、将来、寝たきりになるのが不安だから、『将来の介護費』もきっちり請求し、とれるだけとって下さいと、彼の方からいってきたんです」

「『将来の介護費』の請求は、依頼人の希望だったわけですね」

「そうです。それどころか、私が草稿に記載した介護費の額では足りない。もっと増額してほしいとメールでいわれたので、訴状の請求額を高く修正したくらいなんです。そのメールも、新弁の懲戒委員会には証拠として提出してあります」

「依頼人は、損害賠償について勉強してたんですね。金が欲しかったからでしょうが」

「そうなんです。知識は持ってました」

「先生がこの事案をお引きうけになった際、庄内貢太とはお会いになったんですか」

「もちろんです。私の事務所で会いました」

「そのとき、本人は介護者と一緒に来たんですか」

「はい。車椅子でしたので、兄の庄内秋央が車椅子を押し、母親も一緒についてきました」

先日、弁護士会の法律相談に来た庄内秋央が、その男の兄だったのか。

「三人は偽装しているように見えました?」

「とんでもありません。庄内貢太は右手と右脚が痙攣《けいれん》して、車椅子に座ったまま、小刻みに震えていました。お兄さんの方は、勤め人らしく、きちんとスーツを着てネクタイを締め、言葉遣いも丁寧でした」

「母親はどうでしたか」

「息子のことが心配でついてきた様子で、とても物腰の柔らかい母親らしい印象をうけました」

「障害を偽っている様子は、まったく感じとれなかったというわけですね」

「そうです。あとでわかったんですが、庄内の症状は、訴訟提起前に一過性の軽快時期がありました。懲戒委員会は、私がそれを知っていたはずだと決めつけています。彼の症状は非常に波があり、一人で歩けたかと思うと全く歩けなくなって入院しています。四肢不全麻痺ですね。膀胱直腸障害により排尿排便がうまくできず、勃起《ぼっき》不全もありました。車椅子の彼と会ったとき、尿道にカテーテルをさし込んで導尿をしているといっていました。車椅子にくくりつけていた採尿袋も見せてもらったくらいです。

独歩ができたかと思うと寝たきりで、身動きひとつできなくなる。そのくり返しでした。そうであれば、弁護士としては、彼の一番悪い状態を基準に損害賠償請求するしかないんです。弁護士には、依頼人のために最善を尽くす義務があることが、日弁連の職務規程で謳《うた》われているわけですから」

もっともな言い分だ。わかってもらえないもどかしさが、彼女の全身から伝わってくる。

「実際、提訴した四ヵ月後には、本人が四肢不全麻痺に陥り、再入院しているとおっしゃいましたねぇ」

「ええ」

「どれくらいの期間、入院したんですか」

「半年余りです」

「半年以上も?」

「はい。それだけじゃないんです。この男は、私に対する懲戒請求をしたあとも、四肢不全麻痺で、入退院をくり返しているんです。入院のつど、大手術をうけたと弁護士会の委員に語っています。しかも、入院が長いんです。八ヵ月とか六ヵ月とか。入院中はもちろん、看護師による全介護をうけていました」

「おどろきですね。じゃ、二〇〇万なんかで和解しなきゃよかったのに」

「そうなんですよ。そのときはたぶん、訴訟で勝てそうにないから、後任の代理人の勧めで諦《あきら》めたんでしょうが」

狩田と私は、顔を見合わす。

「新弁の懲戒委員会が懲戒請求後の本人の症状について、病院に照会を出しているんですが、その回答によると、はっきり『四肢不全麻痺、膀胱直腸障害、独歩不能』ということが書いてあります。しかも、『リハビリテーション実施計画書』というのが入院中毎月作成されていまして、それには、退院後、常に介護者が必要だとされているんです」

「弁護士会の懲戒委員が取り寄せた文書なら、当然、彼らは内容を確認しているんでしょ」

「そのはずです」

「無視したというわけですか」

「そうとしか考えられません」

なんという悪辣《あくらつ》な連中なのか。自分が病院に照会して取り寄せた文書でありながら、彼女に有利なものはすべて切り捨てる。怒りがこみ上げてきた。

「このうえは、当然、日弁連に異議申立にあたる審査請求をしなければなりません。その際、私の訴訟活動の正当性を裏づけるために、狩田先生に、『意見書』を書いていただきたいと思ったんです」

日弁連とは、日本弁護士連合会の略称である。

丘野の話にずっと耳を傾けていた狩田は、口を開く。

「よくわかりました。しかし、私が『意見書』を書いても、日弁連側は、まともにとり合わないでしょう。新弁の懲戒委員会ははじめから丘野先生を陥《おとしい》れるつもりで行動してきている。日弁連の懲戒委員会がどこまで真摯に証拠を見るかです。私も多少マスコミにでたりしているから、委員の中には、私に対してやっかみを持つ者もいる。となると、私の『意見書』も彼らははじめから無視する。『意見書』の提出よりむしろ、丘野先生の代理人として、私と水戸君が動いた方が賢明だと思います」

「狩田先生がそのようにおっしゃるのでしたら、その方がいいのかしら」

彼女は伏し目がちになる。戸惑《とまど》いと不安が去来しているのを感じる。

彼女のいうとおりなら、彼女にはみじんも非がない。それなのに六ヵ月もの業務停止を受けたのは、ひとえに彼女が脚光を浴び過ぎていたからだろう。このケースを審議した委員らに、丘野に対する妬《ねた》みがあり、それが今回の処分をひきだしたのは想像にかたくない。

人間の嫉妬心が根底にあるとなると、同様のことは日弁連の委員らにもいえる。

狩田は訊く。

「丘野先生は、代理人を就《つ》けず、一人で反論してきたんですね？」

「ええ。事案も複雑ですし、弁護士の代理人をたてるまでもないと思ったからです」

「よくわかります。しかし、懲戒手続の実状として、代理人が就いていないと、委員たちはつい懲戒請求者に肩入れする傾向がある」

「そんな！　代理人が就く就かないにかかわらず、事実を冷静に判断すれば無謀な請求だということは、わかるはずじゃありませんか」

「おっしゃる通りです。委員の弁護士連中は、検察や裁判所と対決するときは、『正義』とか『公平さ』を声高に叫ぶくせに、同業者の行為の是非を判断する段になると、そんなものは吹きとんでしまって、たちまち私情に支配される。だから、対象弁護士の弁明に客観性をもたせるためには、代理人を就けた方がいいといわれています」

「知らなかったわ」

彼女は私と顔を見合わせ、絶句する。

4

ある新聞の「マイヒストリー」というコーナーで、彼女が書いていたのを思いだす。

父は浅草《あさくさ》で呉服屋を営んでいた。小さな店だった。呉服が売れなくなり、家業が傾く。莫大《ばくだい》な借金をかかえる。酒びたりになり、母や彼女に暴力をふるった。母は次第にうつ病を発症し、自分をコントロールできなくなって、自宅で首をつって死んだ。彼女が中三のときだった。高校三年の春、父が肝臓を悪くし、肝硬変で亡くなった。

いまでこそ彼女は有名人だが、幼少のころは相当つらい思いをしてきたに違いない。その境遇は私にも重なる。

最善の手を打たなければならない。丘野は、今回の懲戒処分により、テレビ番組とFMラジオのパーソナリティを降板させられた。テレビCMも放映中止となった。彼女はマスコミやインターネットではげしいバッシングをうけた。

マスコミへの出演ができなくなったのは痛手だが、それ以上に大きな損失は、別のところにあった。

「顧問会社を全て失ったわ」

電話の向こうで、彼女はいう。

丘野は「美リューシ・ホールディングス」の顧問弁護士である。美リューシ・ホールディングスは、躍進著しい女性ファッションブランドの持株会社だ。株式会社美リューシを親会社として、傘下には、美リューシ・コスメなど、一一の子会社がある。これら全社の顧問弁護士を彼女が兼ねていた。この「美リューシ」グループの顧問料だけで、月額一八〇万円になる。その他の顧問会社をあわせると、月額顧問料は二六〇万円を下らない。

業務停止の処分をうけると、弁護士会から「遵守事項《じゅんしゅ》」というものを渡される。現在受任中の法律事件を全件解除して辞任しなければならないだけでなく、顧問契約も弁護士会の指示で解除し、それを報告しなければならない。いったん失った顧問会社は、原則として二度と戻らない。だから、六ヵ月事務所を閉じればすむという問題ではなかった。

新弁の懲戒委員会が下した「議決書」を読む。

丘野の主張や証拠は、ことごとく無視され、庄内貢太の主張ばかりがとりあげられている。庄内の聴取では、彼がうっかり自分に不利なことをしゃべりかけると、主査委員の弁護士荘求一郎《そうきゅういちろう》と谷山玄《たにやまげん》が、「そんなことはいわなくてよいから」と庄内を制してさえいる。二人の主査委員は、丘野が懲戒処分をうけるように庄内を誘導し、丘野の正当な主張やそれを裏づける証拠は、意図的に無視したとしか考えられない。

議決書によれば、訴訟で提出した庄内貢太の母親庄内タキ名義の「陳述書」も、丘野がタキ本人に虚偽の内容を書かせたことにされている。「陳述書」とは、民事訴訟の原告や被告などが、紛争の背景事情を説明するために書いて出す文書である。多くの場合は、本人からヒアリングをした弁護士が、パソコンで文書を作り、内容に誤りがなければ、本人に署名捺印《なついん》を求める。

このケースでそれをやると、将来、庄内から事実と異なる内容の文書にサインさせられたなどといわれるのを、丘野はおそれた。だから、彼女は書式のサンプルだけを庄内の母親に渡し、パソコンで印字した文書などは渡さず、便箋《びんせん》にありのままを書くよう指示した。

庄内自身も、懲戒委員会での審問に際し、「陳述書」は自分と母親とで相談のうえ、「創作した」と語っている。それにもかかわらず、懲戒委員会は彼女が虚偽の内容の「陳述書」を書かせたと認定した。

本人自身が書いた「陳述書」まで虚偽の内容のものを作らせたといわれたなら、弁護士がパソコンで作り、本人にサインを求めたような文書は、すべて虚偽だと認定されてもおかしくない。おそらく、委員が仕事で使っている「陳述書」など、ほぼ百パーセント嘘の証拠とされるだろう。委員たちはそのことを知っていながら、丘野を陥れている。これが弁護士のやることか。

腸《はらわた》が煮えくり返った。

新弁から彼女あてに届いた書簡によれば、指定の期限までに「弁明書」を出せ、とある。彼女はこれまで、「弁明書」ではなく、「反論書」というタイトルをつけて提出してきた。

「弁明」などというと、何か悪いことをしたのを前提に、それへの「弁明」というニュアンスが伝わる。丘野にしてみれば、非難されるようなことは何もしていない。だから、「弁明」や「弁解」などという用語は不適切と考えたのだ。私が彼女の立場なら、同じようにしただろう。「反論」という言葉に、綱紀委員会が懲戒委員会に回したときの議決の誤りを糾弾《きゅうだん》する彼女の思いが込められている。

懲戒委員会での「議決書」の末尾のページを開く。

委員長　　　　　　　　　　松　河　雅　人
副委員長兼担当主査委員　　荘　求　一　郎
副委員長兼担当主査委員　　谷　山　　　玄

のほか一二名が署名押印している。

狩田の話によると、荘求一郎は、東京地裁の裁判官から弁護士に転身したという。地裁では労働部の経験が長い。『全国弁護士大観』によれば、法学博士の学位をもっていることになっている。

谷山の経歴を調べる。数年前から東京都住宅紛争処理機構の理事長の職に就いている。

日弁連への弁護士側からの不服申立を「審査請求」と呼ぶ。これに対し、懲戒請求人からのそれを「異議申立」という。新弁の懲戒委員会が丘野の主張や証拠をことごとく無視したことからすると、日弁連でも同様のことをされかねない。

マスコミは、弁護士会の懲戒手続は適正に行われていると盲信して、報道する。手続の公正さ、適正さに疑いの目を向ける者はひとりもいない。マスコミの姿勢にも、問題がある。

狩田が私の部屋に入ってくる。

「懲戒委員長の松河先生って、水戸君の刑事弁護教官だったな」

「はい」

「どうしてこんな処分になったのか、松河先生に直接会って訊いてみてはどうだろう」

「話してくれるでしょうか」

「それはわからんが、何かの手がかりは得られるかもしれん」

突然、小さな疑問がかすめる。懲戒委員会の荘、谷山らは、本当に妬みだけで丘野を陥れたのか。

ほかに理由はなかったのか。

5

亡くなった平手教授の自宅に電話する。

夫なら、六車のいう「密告の件」というのに心当たりがあるかもしれない。

「お線香をあげに伺いたいのですが」

先方は一瞬考えている様子だったが、「どうぞ」とこたえた。

次の日曜日、花束をたずさえて、江東区辰巳にある教授の高層マンションを訪ねた。

クルーネックのセーターを着た男性が現われる。中肉中背で臙脂《えんじ》の眼鏡をかけ、髪のはえ際が後退している。警戒するような視線を感じた。

名刺を渡す。

「弁護士の水戸と申します。奥様の平手先生には、生前、本当にお世話になりました。心からお悔やみ申し上げます」

「それはどうも。ま、お上り下さい」

遺影に合掌し、焼香したあと、彼にたずねる。

「先生の手帳に付箋が貼ってあり、そこに『密告の件、水戸Lへ』と書いてあったと警察から聞きました」

「警察が水戸先生のところへ行ったんですか?」

「はい、刑事が来ました。水戸Lとは、たぶん私のことでしょう。しかし、『密告の件』とは何か、心当たりがありません。平手先生とは最近、交流がなかったものですから。ご主人様の方でご存じでしたら教えていただけませんか」

「自分も全然知らないのです。妻の仕事のことには、立ち入らないようにしていたものですから」

「そうですか。できましたら、お名刺をいただけませんか」

逡巡《しゅんじゅん》してから、彼は名刺を持ってくる。肩書が目にとまる。「JBCテレビ・報道局長兼プロデューサー」

密告内容は、夫の仕事にかかわることか。しかし、それを口に出すのは思いとどまる。

平手宅を辞去した。

平手教授とは、私が弁護士登録をする前、湯島《ゆしま》大学の講師をしていたころから親交があった。日本刑法学会では、毎年顔を合わせた。平手の専門は「公務員犯罪」だが、死刑に関しては存置論を支持していた。湯島大学時代の恩師で、日本刑法学会理事長の清水陽明《しみずようめい》教授は、死刑廃止論のオピニオンリーダーだった。存置論者である私が、清水教授と袂《たもと》を分かつことになったとき、平手は日英法科大学へ来ないかと誘ってくれた。

日英法科大学は、イギリス法を継受して、一九世紀に創立された法科の名門である。彼女の厚意はうれしかったが、私は大学の研究者としての道を捨て、実務家への道を選んだ。当時、親友だった弁護士大伴浩二郎《おおともこうじろう》の妻、美礼《みれい》が自宅で殺されるという事件が起きた。この刑事裁判の一部始終を弁護士として見届けたいという思いからだった。司法修習生を経て、弁護士登録した。この事件では、いまのボスである狩田一穂《かりたかずほ》が、控訴審の国選弁護人についていた。私の弁護修習先がたまたま狩田の事務所だった。修習終了後、狩田に頼んで一時的にイソ弁（勤務弁護士）として籍をおかせてもらった。

事件が解決したあと、弁護士を辞し、検事への転身をはかった。

そのころ、結婚したばかりだった。妻は東京ロイヤル・フィルハーモニーのコンサートマスターをしている。

検事は初任地こそ希望をだせるが、転勤が頻繁にある。それも北海道や九州など、東京から遠隔地にとばされる。妻は仕事の関係で東京を離れられない。単身赴任を覚悟していた。

しかし法務省は、私の検事採用を拒んだ。夫婦が同居できなくなることがわかっている者を検事には採用できないという理由で。民法は、夫婦の同居を義務づけている。民法の規定を破らせるような事態に、法務省が加担するわけにはいかないといわれた。

途方に暮れた。

そのときも、研究者に戻らないかと誘ってくれたのが、平手だった。

江東区の有明《ありあけ》キャンパスに、彼女を訪ねた。

「来て下されば、刑法の助教授のポストを用意しておくわ」彼女はいった。

私に注ぐ平手の慈愛に満ちた眼差《まなざ》し、すべてを包みこむような口許《くちもと》のやさしさが忘れられない。教授は、左肘が少し不自由だった。部厚い法律書を何冊もかかえるときは、いつも右腕でおこなった。いつだったか、教授がテーブルの左奥に置かれていた資料を、左手でとろうとしたことがある。「痛っ」と、幽《かす》かな声をあげた。「学生時代に痛めた靱帯《じんたい》が、いまでもうずくの」

私は悩んだ。平手の心遣いを無にしてよいものかと。

狩田に相談した。

「うちに来てくれないか、弁護士として」熱く、彼はいった。

「四月から修学院《しゅうがくいん》大学法科大学院の客員教授になる。大学は京都だ。泊まりで行くことも多くなる。東京の事務所を留守にする間、仕事が停滞する。水戸さんが来てくれるとありがたいのだがね」

狩田の役に立てるかどうかは、自信がなかった。それでも大学にもどるよりは、実務家としてのキャリアを積みたかった。

もう一度、平手を訪ね、丁重に辞退を申し入れた。

「残念ね。うちに来て下されば、五年後には教授のポストにつけるんだけど」

そういいながら教授は、コーヒーを淹《い》れてくれた。その温かな気持に、いつかお返しをしなければいけないと、心に刻んだものだ。

その教授が、なぜこんなことに。彼女はブログの中で、趣味、特技のほか、苦手なものとして水泳と書いていた。

犯人は、それを読んだうえで犯行に及んだのか。

6

松河に電話すると、彼はいった。

「三年前に、事務所を丸の内から末広町《すえひろちょう》に移転したんだ。一緒に昼めしでも食わないか。ちょっとわかりづらい場所だから、末広町の駅をでてすぐのところの、『砂場木かげ』というそば屋で会おう」

「わかりました」

末広町は、秋葉原《あきはばら》と上野の中間にある。銀座《ぎんざ》、日本橋《にほんばし》には比較的近いものの、丸の内の洗練されたオフィス街に比べると、寂《さび》れた印象は否めない。

路地を入ったそば屋で、天ざるに箸《はし》を運びながら、先生は顔を向ける。

「私に聞きたいことって、何かな」

「丘野先生の懲戒処分の件なんですが……」

冤罪ではないかと、記録を読んだ感想を率直にぶつける。

「水戸君は丘野弁護士の代理人についたの?」

「ええ、これから日弁連に審査請求をするところです。先生は、懲戒委員会の委員長でしたね」

「そうだが」

「お立場上、話しづらいかもしれませんが、丘野弁護士のどこがいけなかったのか、教えていただけませんか」

「『議決書』は読んだかね?」

「読みました。証拠資料にも全てあたりました。これはどう見ても、懲戒請求者である庄内という男の方に問題があると思うのですが」

「知ってるとは思うが、懲戒委員会の委員には、守秘義務がある。だから、私の口からはいえないんだよ。一般論としてだが、綱紀委から上げられた懲戒事件は、まず懲戒委員会の中の部会の委員に割りふられる。そこで関係者から事情を聴き、審問調書を作って、全体委員会に諮《はか》る。そうして、結論がでる」

「弁護士法によれば、部会の結論を全体委員会の結論にすり替えることができることになっていますね」

「すり替えるっていうのは、正しくない。全員が討議して、部会の結論が正しいと判断すれば、それを採用する。それだけのことだ」

「丘野弁護士のケースは、部会の誤った結論が、そのまま全体委員会で黙認されたように感じるんですが……」

松河は箸を置いて、茶をすする。

「水戸君、さっきもいったように、具体的な事案についてのコメントは、教え子の君にもいえないんだ。守秘義務の関係でね」

彼の目は、これ以上の質問を拒否していた。

昼食をすませ、財布をとり出す。

「あ、ここはいい」

「そうですか。ご馳走《ちそう》になります。お時間をとっていただき、ありがとうございました」

「まあ、熱を入れて取り組むのはいいが、あんまり依頼人に肩入れしないことだよ」

「どうしてですか」

「君まで悪く思われたら損だろ？　私はそれを心配するんだ」

勘定書きを持って立ち上がりざま、彼はやさしい目で微笑《ほほえ》みかけた。

「最近、家事事件にも首をつっ込んでいてね。私の新刊だよ」

鞄から本をとりだす。

「水戸君は、家事事件のような小さいのはやらないかもしれないが、急にそんな相談が入ったときは、役に立つだろう」

『ＤＶと刑事事件』というタイトルが目に入る。

7

狩田の意向を踏まえて、日弁連への審査請求の準備を始めていたときだ。

丘野から電話が入る。

「庄内が私の事務所にメールを送ってきました。早期解決に協力してもらいたいと」

彼女から転送された庄内のメールを読む。懲戒請求から三年も経《た》って結果がでるのは異常だ。長くかかりすぎる。丘野弁護士が膨大な反論を出していたからだと聞いた。疲れたので和解で解決してほしいと書かれている。

狩田と対処方法を相談する。無視するか、それともこちらから回答するべきか。

彼はいう。

「この男は、金が欲しいことは目に見えている。こんな奴《やつ》に金を払うのは泥棒に追い銭だ。しかし、示談をして懲戒請求を取下げさせることに成功すれば、日弁連で処分が軽くなるかもしれない」

示談の成立によって懲戒請求が取下げられても、懲戒手続は中止されない。手続きだけが一人歩きして進行する。いったん俎上《そじょう》にのせた弁護士は、徹底的に調べて処分しようとする思想がみてとれる。それでも、懲戒請求者からの請求取下げがあると、日弁連への印象はよくなり、対象弁護士側には有利に作用する。

狩田の意見を、丘野に伝える。

「とりあえず、代理人として庄内に連絡をとってみます。会うことができれば、示談を提示してみたいと思いますが、いかがでしょうか」

「こんな勝手な男の言い分を吞《の》めというわけですか」

「要求をそのまま呑むのではなく、懲戒請求の取下げを条件に、金の一部を返すということです。先生としてはご不満でしょうけれど、日弁連で、今回の処分をひっくり返すか、もしくは軽くさせるためには、やむを得ない選択ではないかと思うのですが」

彼女は沈黙する。考えている様子だ。

「解決金というわけですか」

「まあ、そうです」

「……仕方ないです。それがいまとりうる最善の策なら」

「いくらまで出せますか」

「……一〇〇万ってとこかしら」

「わかりました。やってみます」


霞《かすみ》が関《せき》の弁護士会館、その一一階から一三階が第一東京弁護士会だ。

約束の日、一弁の待合室に庄内が現われる。髪を角刈りにし、警戒するような目つきで周囲を見回す。目が合い、私は会釈する。キャメル色のTシャツにジーンズ姿だ。一七五センチ前後の太った体軀で、杖をつきながら進んでくる。観察したところ、わずかながら跛行《はこう》がみられる。しかし、これなら車の運転もできそうな雰囲気だ。

パーティションで仕切られた面談室に入り、テーブルをはさんで向かいあう。

「いくら出すんですか」

いきなり庄内は切り出す。

「この件は、丘野弁護士が二年以上にもわたって、庄内さんのために訴訟活動をしてきたことは、ご理解いただいていますね」

「わかってますよ。でも彼女、途中で辞任した。私の件をほったらかしにして」

「それはちょっと違うんじゃないでしょうか。二年以上にわたって立て替えてきた実費を、丘野弁護士は庄内さんに請求した。三四万円余りです」

庄内は口許をゆがめる。

「でも払っていただけなかった。実費を払わない場合、弁護士会の報酬規則では仕事を中止してもよいことになっている。だから中止し、辞任せざるをえなかったんです」

「そんなことをいうために呼んだんですか。金を返してくれるんじゃないんですか」

「円満に示談ができるのなら、解決金を多少お支払いすることは考えています」

慎重に言葉を選ぶ。「着手金を返す」という言い方は避ける。そういうと、こちらに非があったかのようにうけとられかねない。録音機を忍ばせていることも警戒する。

庄内はじれてきたようで、声を荒《あら》らげる。

「だから、いくら出してくれるっていうんですか」

「一〇〇万ってとこでしょうか」

「冗談じゃない！　ケタが違う」

「一〇〇〇万以上ということですか」

「あたりまえだ」

「どうしてそんな高額になるんでしょう？　丘野弁護士がこの件であなたからうけとったのは、

二五〇〇万じゃありませんか。それも本当なら五〇〇〇万いただきたかったところを、あなたのたっての希望で、半額にしてさしあげた」

「いままで苦しめられてきた慰謝料だよ」

「苦しめられてきた？　訴訟の当事者は、誰しも相手方の主張に傷つき、出された証拠にやきもきします。裁判が今後どう進むのか考えると、不安で夜も眠れなくなる方がいます。あなたもストレスがたまったとおっしゃりたいわけですか」

「決まってんじゃないか」

「しかし、それは丘野弁護士のせいではない。本件では、相手方の弁護士から、あなたを尾行したときの隠し撮り映像がだされた。それ以降、訴訟の雲行きがおかしくなったと聞いています」

「形勢が不利になったら、立て直すのが弁護士の役目でしょ？」

「丘野弁護士も、形勢を挽回《ばんかい》するよう、努力したじゃないですか」

「でも、途中で放りなげた」

「放りなげたわけではありません。弁護士会の規則に従い、訴訟代理人としての活動を中止しただけです」

喧嘩《けんか》をしに来たわけではない。解決への糸口を探るために話し合いをもったのだ。

「いくらなら、まとめるつもりがあるんですか」

庄内は、にやっと笑う。

「五〇〇〇万かな」

法外な金額におどろく。丘野が新弁から懲戒処分をうけたのを奇貨として、嵩《かさ》にかかってきている。恐喝まがいだ。

怒鳴りつけたい気持を抑える。

「どうして五〇〇〇万もの高額になるんでしょうねぇ」

「さっきいったでしょ。これまで自分がうけてきた苦痛の慰謝料ですよ」

「払えると思いますか」

「そのくらいのお金、丘野弁護士だったら、すぐ右から左に融通できるでしょ」

「さあ、それはどうか。払えないといったら?」

「そうしたら、次の手を考えるだけだな」

庄内は、自分も日弁連へ異議申立をして、丘野を「除名」にするよう求めるという。マスコミへの通告も口にする。

決裂は目に見えている。先行きの対処方法を考えながら、庄内の目を見据える。

「一級の身障者手帳はいまでも持ってるんですか」

「持ってるよ」

「お見かけしたところ、いまはとうてい一級とは思えませんが。身体障害者福祉法では、障害がなくなったら、手帳は返さなければいけないことになっている。どうして返さないんですか」

「福祉の人に訊いたら、そのまま持っていていいといわれたから」

本当だとしたら、福祉のおざなりにあきれる。

「一級の障害年金はもらってるんですか」

「もちろん」

「一応、丘野弁護士には庄内さんのお話を伝えましょう。そのうえでまたご連絡します」

椅子をひいて鞄を摑《つか》む。庄内も不満をにじませ、立ち上る。

丘野の携帯に電話する。

「これから銀座に出向く用事もあるので、先生のオフィスでお会いしたいと思いますが」

「オフィスは使えないんですよ。私自身は」

「弁護士業務のために使えないのは聞いていました。弁護士業務というのは、ふつう他人から依頼された法律事件の活動を指しますよねぇ。懲戒処分の打合せのために使ってもいけないんですか」

「うるさいったらないんです。あとで業停中に仕事していたなんていわれると、またそれだけで懲戒請求されかねないから、外で会いましょう。うちのビルの通りを隔《へだ》てた向かいの白いビルに、『カフェ・アイリス』というところがあります。目の前なので、必要なら、書類を秘書に持ってこさせることもできますから」

8

タクシーで、霞が関から銀座に向かう。

鞄の中で携帯電話が鳴っている。六車からだ。

「平手教授に恨みをもつ奴がいたんじゃないかと、洗ってみました。一人、気になる人物が浮上したんです」

「誰ですか」

「荘求一郎という弁護士を知ってます？」

「面識はありませんが、名前は聞いています。東京地裁の裁判官を退官し、弁護士になった人です」

「本人としては、退官後、大学教授になりたかったんじゃないでしょうか」

「それは知りませんでした。どこかの法科大学院の？」

「ロンドン大学です。向こうの教授とも交流があったようで、日本法の講座をうけもつ客員教授になることが内定していたようです。ところが、思わぬところから待ったがかかった。日英法科大学の平手理沙子です。日英法科大学とロンドン大学は姉妹校になっている。平手はあちらの学長に、『荘求一郎だけはやめろ』と進言したといいます。それがきっかけで、イギリスの名門大に赴任《ふにん》する道が断たれた。荘が弁護士になったのは、ほかに選択肢がなかったからでしょう」

荘が平手を憎んだとしても、不思議ではない。

平手がそこまで荘を嫌ったのはなぜか。

「荘には、平手教授殺害との関連を聞いたのですか」

「まだです。相手は元裁判官で弁護士です。どうせ聞くなら、証拠固めをしてから聞きたい。何か思いあたることがあったら教えてくれませんか」

「同期の者にも訊いてみましょう」

銀座七丁目の並木通りに、丘野のオフィスはある。

総ガラス張りの一〇階建ての斬新なビルが、「美リューシ・ビル」だ。このビルのすぐ隣り、白亜の館のようなヨーロッパ調のファッションビルが目に入る。その三階に丘野はオフィスを構えている。

しかし、袖看板をみると、「丘野ヒロ子法律事務所」の「法律事務所」の部分に白い板が張られ、隠されている。「丘野ヒロ子」個人の袖看板のようだ。知らない人がみれば、看板は修理中だと思うだろう。

試しに、丘野のオフィスがあるビルのエントランスに入ってみる。テナントの看板表示もメールボックスも、「丘野ヒロ子」個人名に変えられている。どうして、そこまでしなければならないのか。

病院や店舗の場合、看板は出しているが、貼り紙で「当分の間、休業させていただきます」という表示が出ているだけのところが多い。

向かいにある指定のカフェに入る。丘野が先に来て待っていた。

「業停になると、看板に『法律事務所』と書いてもいけないんですか」

「そうなんですよ」

「ずいぶん、規制されるんですね」

「いっそ看板から私の名前をとることも考えたんだけど、そうすると、郵便物が『所在不明』でもどされてしまう。空室と勘ちがいして、管理会社に家賃の問い合わせをしてくる人もいる。名前は出しておいてほしいと、管理会社にもいわれたんです。だから、表札代わりに私の個人名を」

「個人名ならいいんですか」

「そうらしいわ。いまの事務所とは別のどこかに、『丘野ヒロ子事務所』というのを作って、そこで弁護士業以外のことをするのは構わないらしいけど、依頼もないのに新規にオフィスを設けるバカはいない」

「そりゃそうですね」

庄内が五〇〇〇万円を要求してきたことを話す。

「庄内は、払わないなら、日弁連へ自分も異議申立をし、弁護士資格剝奪、つまり除名を求めるといっていました。マスコミに垂れ込んでやるとも。明らかに脅しですね」

丘野の顔が次第に紅潮してくる。

「あの男、自分が障害偽装をして年金を騙《だま》しとっているくせに、よくそんなことがいえるわね。向こうが恐喝まがいのことをいってきたなら、こっちもあいつを脅してやりたいくらいだわ。示談が決裂したなら、身体障害者福祉法違反、詐欺容疑であいつを告発するとか。その点について、彼はどう考えているのかしら」

「以前、福祉の人に確認したが、問題ないといわれたそうです」

庄内の身障者手帳のコピーは、手許の資料にある。それを見ながら、東京都心身障害者福祉センターへ電話する。

「一級の身障者手帳をもらった方がいて、その後、障害が回復した場合、手帳は返さなくてはいけないんじゃないでしょうか。身体障害者福祉法第一六条にはそう書いてありますが」

「あなたは、どういうご関係の方ですか」

電話に出た女性は訊く。声からして中年だろう。弁護士であることを名乗る。受任中の法律事件の関係者で、そちらのセンターから、障害年金を不正に受給している疑いのある者がいるとはっきり伝えた。

「身障者手帳の番号とお名前はわかりますか」

「わかりますが、具体的な番号や名前はさし控えさせていただきたいのですが」

庄内の名前を伝えると、福祉センターから庄内へ連絡がいくかもしれない。それによって庄内が、丘野に対し過激な行動にでることを警戒したのだ。「ちょっとお待ち下さい」といって、女性が誰かに相談にいく。

男性に代わる。

「身障者手帳を交付する手続きをご説明します」と彼はいう。

「手帳を交付するにあたっては、医師の方に『身体障害者診断書・意見書』というのを書いてもらっています。肢体不自由の方であれば、それ用のものを。その内容にもとづいて、等級が決められます。

障害というものは、永久に残存し、改善しないことを想定しているんです。改善する余地があるなら、この意見書の『総合所見』欄に、例えば三年後に再検査のうえ、再認定を要するといった記載がなされます。それが書いてある方は、身体障害者手帳にも、『再認定検査年月』が記入されるのがふつうです。しかし、当初の『身体障害者診断書・意見書』の『総合所見』欄に何の記入もありませんと、障害は、一生涯つづくと考えざるをえないのです」

庄内の身障者手帳に目を落とす。「再認定検査年月」については、記入がない。たぶん、この手帳を交付する際、資料とされた「身体障害者診断書・意見書」を書いた医師も、庄内の障害が改善するなどとは予想しなかったのだろう。

「医学の進歩によって、そういう方でも新しい手術などで改善することはあるじゃありませんか」

「そういうケースもあるでしょうね。改善したら、ご本人が自主的に自治体に申告してもらわないと、福祉としては、従来通り障害年金を支給せざるをえないのです。法律の仕組みでそうなっているものですから」

この盲点をついて、庄内は、年金をもらいつづけているに違いなかった。

狩田に報告する。

「身体障害者福祉法の考え方は、時代遅れだ。医学の進歩によって、肢体不自由が改善されることを想定していない。それにしても、この庄内という男は稀有《けう》なケースだな。……私も長いこと弁護士をしているが、自賠責で一級の認定をうけた者が、その後の手術で改善されたなんてことは聞いたことがない。水戸君、副島《そえじま》先生にどうしてこんなことが起こりうるのか、確認してみてくれないか」

副島麦生《むぎお》は日本橋で整形外科クリニックを開業している。先生とは、別件の交通事案で面識を得ていた。

昼休みを見計らい、副島に電話する。

庄内がうけたという棘突起縦割法頸椎脊柱管拡大術についてたずねる。

「背骨の中には、たくさんの神経が走る脊髄がある。問題の患者の場合、その脊髄が突起物により圧迫され、四肢不全麻痺を起こしていたのでしょう。この手術は、背骨を縦に切り割いて、神経の通りみちを拡《ひろ》げる。それにより圧迫をとり除き、脳からの伝達機能を改善させるというものです。ホースで散水しようとしても、ホースの途中を指で強く圧迫すると水が止まる。指を離せば、また水がでる。それと同じ原理です」

副島はつづける。

「しかし、一回の手術で障害がすべてなくなるとは限りません。よくなっても、一過性に終わり、再び手術前の状態に逆戻りすることもまれにある。そうなると、何らかの再手術が必要になるかもしれない」

副島の話を聞いて、庄内が手術をくり返してきたわけを理解した。

9

未知の女性が訪ねてきた。

応接室に顔を出すと、相手も椅子から立ち上る。

「黒沼シランです。水戸先生ですね」

ボディラインがくっきりわかる、膝上二〇センチの黒のワンピースを着ている。美脚が際だつ。ウェーブのかかった栗色《くりいろ》の髪、二重《ふたえ》瞼《まぶた》の切れ長の瞳、長いまつげと輪郭線のある艶《あで》やかな唇は、挑発的だ。

言葉遣いは丁寧ながら、華美な容貌から、水商売かと疑う。

「湯島大学時代に、私の刑法の講座を受講していた女性から紹介されたと聞きましたが」

「はい。彼女、熱のこもった水戸先生の講義に感銘をうけたといっています。先生なら、きっと私のケースでも、お力になっていただけるだろうといわれまして」

「その方のお名前は？」

「すいません。友人なんですけど、彼女、自分の名前は出さないでというものですから」

「そう、で、どんなご用件でしょう？」

「伯母の、消えてしまった資産の調査をお願いしたいんです」

「資産の調査？」

「はい」

彼女の伯母浮島《うきしま》しのぶが、七八歳でひと月半前にバスルームで倒れ、死亡した。急性心不全だった。浮島しのぶはシランの母、黒沼きみえの一三歳離れた姉にあたる。シランの両親はすでに他界し、浮島の夫も九年前に亡くなった。子供はいない。このため、浮島しのぶの唯一《ゆいいつ》の相続人が、姪《めい》にあたる黒沼シランだという。

そこで彼女は、伯母の納骨をすませたあと、遺産を調べた。その結果、銀行の定期預金一億六〇〇〇万円が引き出され、その使途が不明なのだという。

「伯母は認知症でした。こんな大金、使いみちがないんです。身体は比較的丈夫でしたので、医療費がそんなにかかるはずがないし。高価なものを買った形跡もありません。もしかすると、振り込め詐欺の被害にでもあったのかと。でも、振り込め詐欺をするのなら、姪の私が困っているとでもいわないと、伯母は信用しないはずなんです。……『振り込め詐欺には気をつけてね』と亡くなる二ヵ月前に、私から伯母に念を押したばかりでした。……だから、この一億六〇〇〇万がどこに消えたのか、探ってもらいたいんです」

「成年後見人の選任は？」

「していませんでした」

「預金通帳はあったのですか」

「今日持ってきました」

預金通帳をバッグからとりだし、開いて見せる。

「一億六〇〇〇万が一度に引き出されています」

「銀行にはあたってみました？」

「ええ、窓口では、現金で引き出されていることしかわからないといわれました」

「通帳によると、二〇〇五年に引き出されている。何のために引き出したのか、ということですね？」

「はい」

「伯母さまは、どうやって暮らしていたんですか」

「年金と、ゆうちょ銀行の預金をとりくずして生活していたと思います」

「ゆうちょ銀行の預金は残っていたんですか」

「残高が二〇〇万余りですが、ありました」

「お住まいはどこ?」

「成城《せいじょう》です」

高級住宅街だ。

「遺品の中に、手がかりとなるものはなかったんですか」

「ありません。預金のほかに掛軸がなくなっていて……」

「それは値打ちものだったんですか」

「良寛《りょうかん》の掛軸なんです。伯母が昔から大切にしていたもので、『売れば何百万かになるのよ』って、聞いたことがあります」

「伯母さまの家に出入りしていたなじみの骨董《こっとう》店でもあったんでしょうか」

「さあ、それは、伯母の遺品をもう一度あたってみないと、いまはわかりません」

「……これはちょっと、難しい調査になりそうですね。調査機関に頼んだ方がよくはありませんか」

「調査機関は信用できません。もし犯罪がらみなら、どの道、弁護士の先生に依頼しなければなりませんので」

どのように調査したらよいのか、そのプロセスを思い巡《めぐ》らす。

「それと……お願いがあるんです。私はいま、手持ちのお金がありません。消えた一億六〇〇〇万と掛軸を取りもどすことができたら、そのなかから先生にお支払いするという成功報酬でお引きうけいただけないでしょうか」

回収の可能性はきわめて少ないだろう。だいたい、この女性の話自体、信用できるのかどうか。費用の問題より、もしかすると、私が利用されるだけではないかと警戒する。

「このようなケースでの被害回復は、一般的に困難だと思います。成功はまず期待できません」

「調査していただいて結果が出なかったときは、別の形で費用をお支払いします」

「別の形って？」

「先生のお仕事を私が無償でお手伝いするとか」

「労働で償《つぐな》うってわけですか」

「はい」

彼女の目を見る。澄んだ、真剣な眼差しをしている。しかし、服装からして、本当に金がないのだろうか。嘘をついているとなると、話の内容も疑わしくなる。

「調べるにしても、何の手がかりもなかったら、調査のしようがありません。浮島さんのお宅には、どんな人物が出入りしていたか、遺品を探って、手がかりになりそうなものが出てきたら教えてくれませんか」

「わかりました」

「黒沼さん、失礼ですが、あなたのお仕事は？」

「無職です、就活中で。コンビニでアルバイトをしていますが」

10

日弁連への審査請求は、懲戒処分が出されてから三ヵ月以内にしなければならない。

ぐずぐずしてはいられない。オフィスの私の部屋からは、東京湾を隔てて、対岸に高層ビル群や東京タワーが見える。ビルの谷間に沈もうとする初夏の落陽が、私を焦燥にかりたてる。新弁の過ちは、正させなくてはならない。どういう筋立てでいくか。

新弁の懲戒委員会が下した「議決書」を改めて読み直す。

委員たちは、彼女に有利な証拠をはじめから握りつぶすつもりでいたのではないか。そう疑いたくなる。

庄内貢太は、丘野への懲戒請求を申し立ててからも、四肢不全麻痺に陥り、ある年は半年近く、その翌年は八ヵ月も入院生活を送っている。入院中は全介護を必要としていたと診断書に書かれている。

判例を調べる。

「頸髄《けいずい》損傷」による四肢不全麻痺の場合、将来の介護費を認定した最高裁判例がでている。高裁判例も五、六件ある。地裁の判例に至ってはさらに多い。これらの判例にてらしても、丘野の訴訟活動は正当だ。しかし彼女は、自分の「反論書」で判例の存在を主張していない。

丘野に電話する。

「判例の存在を主張しなかったのはなぜですか」

「判例ぐらい、弁護士なら周知の事実ですし、判例を引用するまでもなく、私の主張の正当性は裏づけられていると思ったからです」

彼女の気持もわかる。判例を引用していたなら結論が変わっただろうか。

いや、たぶん変わらなかっただろう。新弁の委員たちは、それをも無視したに違いない。彼女を陥れるつもりだったのだから。

判例の存在や、懲戒委員会に回されてからも、庄内が全介護状態に陥っていたことを主軸にすえて、審査請求書を作成する。草案を丘野にメールで送る。

審査請求書の末尾には、狩田の提案で丘野の謝罪文を添えることにした。調査が行き届いていなかった点を反省し、謝罪する内容だ。もともと冤罪なのだから、謝罪などする必要はない。しかし、これを審査する日弁連の委員たちは、はじめから「黒」という先入観をもっていて、まっさらな目でみようとはしないだろう。そこで少しでも心証をよくするために、謝罪文を添えてもらったらどうか、と狩田はいう。

その意見を丘野に伝える。

「謝罪文を添えるのは構いません。『審査請求書』のほうだけど、ちょっと語調がきつすぎるんじゃありません？　私の味方になって書いて下さっているのはありがたいんですけど、熱くなると委員の反感を買わないかしら」

「じゃあ、どうしろと？」

「もう少しやんわりと、感情的にならずに書いていただいたほうがいいと思うんですけど」

「だって先生、これが熱くならずにいられますか。証拠に照らせば、どう考えても先生は潔白です。先生に有利な証拠をことごとく切り捨てるようなやり方をされて、平気なんですか。許せないですよ」

「もちろん、私だって許せないです。その気持があればこそ、新弁の懲戒委員会では徹底的に反論してきました。しかし反論の山を築けば築くほど、強くいえばいうほど、彼らは逆に、私に反省の色がないとみなした。日弁連も同じじゃないかって気がするんです」

「日弁連も同じだったら、日弁連の存在意義がなくなります。いうべきことは徹底的に主張する。さもないと、新弁の委員たちの誤りを、日弁連の連中にわからせることができない。そう思うんです」

「水戸先生がそこまでおっしゃるなら、お任せします」

くすっと彼女の笑い声が聞こえる。

「ともかく日弁連で、新弁が出した懲戒処分をひっくり返しましょう。謝罪文を添えるのは仕方ないとしても、新弁の誤りをことごとく断罪する。日弁連の委員も少しは耳を貸すでしょう」

「そうね。それを期待しますか」

若干の手直しをした審査請求書を、次の日、日弁連へ提出した。

11

思いがけないニュースに接する。

長野市の六五歳の男が障害を偽装し、障害年金を不正に受給していたという詐欺容疑で逮捕された。すぐ地元紙を取り寄せてみた。

男は二五年前に何らかの原因で独歩不能となり、肢体不自由の項目で一級の身体障害者手帳をもらっていた。しかしその障害は、五年後には改善し、一人で歩けるようになった。ところが、県では身障者に対し、再検査を求めることはしていない。身体障害者福祉法によれば、身障者の障害が回復したときには、本人が自主的に手帳を返還することになっている。本人の自主申告がない限り、県の福祉センターではわかりようがない。

男はこの制度の不備を悪用して、二〇年にわたり、障害年金をもらいつづけていた。

長野市長は、新聞でコメントしている。

「福祉を食い物にするこのような不正は絶対に許しがたい。これからは通報があれば徹底的に調査し、不正に受給した分は返金させるなど、厳正に対処したい」

庄内にも同じことがいえるのではないか。これは使える。

取り寄せた新聞記事をPDFファイルにして丘野に送信する。

丘野からメールが届く。


――庄内もきっと同じことをしていると思います。そこを追及していただけないでしょうか。

――そうするつもりです。


この新聞記事を「審査請求」の証拠に仕立て、日弁連へ送る。問題の障害偽装者は、その後、長野地検より詐欺罪で起訴された。

狩田に相談する。

「東京都の福祉センターへ、弁護士会を通して照会するのはどうでしょうか。障害年金受給の事実を証明するために」

弁護士会は、会員弁護士の求めに応じ、公私の団体にさまざまな事項を照会できることになっている。この方法で、有利な回答を入手することも少なくない。

「やる価値はあるな。福祉センターが照会に応じてくれるかどうかは別だが」

早速、その方針を丘野に電話で伝える。

「ぜひそうして下さい。庄内が、障害年金をうけとっていれば詐欺でしょう。都の福祉センターから年金支給の回答でも届けば、逆にこちらから、詐欺罪で告発するというのはどうかしら」

「その場合、彼がいまは歩けているという証拠はどうします？　先生が庄内の代理人を務めたとき、被告側からは隠し撮り映像がだされていますが、あれを証拠にするわけにはいかないでしょう。裁判の証拠なので、本人を告発するために用いると、守秘義務違反になりかねない」

「あの映像は使いません。実はまだお話ししていなかったけど、昨年一二月、庄内から私あてにメールが届いたんです」

「どういう内容の？」

「『審議に時間がかかっているが、無駄《むだ》な抵抗をつづけるなら、こっちはマスコミにいう』と」

「過去にも、そんな脅しめいたことをいってきたんですか」

「ええ。マスコミへ垂れ込みそうなら、事前に手を打ってマスコミに知らせておきたいと思ったのです」

「なるほど」

「すぐ調査機関を入れて、庄内の行動を三ヵ月ぐらい張り込み調査させたんです。彼がいま一人で歩いている姿はたっぷり映像にとってありますから、それを証拠として使えます」

「きちんとした調査レポートもあるんですか」

「もちろん」

「でしたら、その映像と都の福祉センターからの回答が合わされば、告発に踏み切る証拠が揃《そろ》うというわけですね」

「そう思います」

「張り込み映像はいつごろまであるんですか」

「去年一二月から二月にかけての三ヵ月分です」

「先生が懲戒をうける数ヵ月前ですか」

「ええ」

「そのあとは張り込みをやめた？」

「三ヵ月ぐらい様子をみたけど動きがなかったので、中止しました」

「それなら、都の福祉センターからの回答を待つことにしましょう。張り込みをしたときの映像を、調査レポートと一緒に見せていただけませんか」

「先生の事務所にお送りします」

その日のうちに私は、都の障害者福祉センターあての照会文書を作成し、秘書の小倉に一弁へ持っていかせた。


二日後、丘野からＤＶＤと調査レポートが届く。調査機関は「大平《おおひら》調査事務所」というところで、調査員は事務所代表の大平努《つとむ》だった。庄内本人が、直立して歩行している一瞬が、正面から写真におさめられていた。

動画はもっとリアルだ。庄内貢太が、昼間、表札の掲《かか》げられた自宅アパートを出るところから始まって、杖を右手に持ち、歩き出す状況が隠し撮りされている。

弁護士会を通して、東京都心身障害者福祉センターに照会していた回答が届いた。

《本人の同意がなければ、回答できません》

個人情報保護の観点から、情報開示には本人の同意が必要だというのである。どうしてこうも杓子定規《しゃくしじょうぎ》なのか。

狩田に報告する。

「本人の同意なんか得られるわけがない。もし本人に同意を求めて、障害偽装への追及の構えを示したなら、庄内の感情を害するだろう。彼が日弁連から呼び出しをうけたときを想定すると、丘野弁護士について、どのような攻撃的発言をするかわからない。慎重に対処する必要がある」

庄内は自分でいっている。一級の身障者手帳をいまも持ち、障害年金ももらっていると。それが事実であれば、身体障害者福祉法違反として処罰されるだけでなく、詐欺罪にも該当する。

日弁連の審査請求で、委員に、庄内が不正を働いている人物であることを印象づけるには、彼を囚《とら》われの身に置くのが有効な手段だ。

「いっそあいつを逮捕させてしまったらどうでしょう。身体障害者福祉法違反で」

「警察が動いてくれればいいけどな。問題は証拠だ」

「先日来た刑事がいるので、当たってみたいと思います」

六車の携帯に電話する。

「ちょっと頼みたいことがありましてね。どこかでお会いいただけませんか」

「いいですよ。私も水戸先生にお聞きしたいことがありました」

12

霞が関の法曹会館のロビーに、六車が現われた。ボルドー色の絨毯《じゅうたん》に立つ黒のスーツ姿は、キャリア官僚を彷彿《ほうふつ》とさせる。建物が古典様式で、格調高いせいかもしれない。赤レンガの法務省を望むカフェテラスに入る。

「先日お話しいただいた荘求一郎という弁護士ですが、ホームページをもっていないうえに、弁護士間でもほとんど話題にならない人物です。何も情報はつかめませんでした。それとは別に実は、障害を偽装して、障害年金を騙しとっていると思われる男がいます。身体障害者福祉法違反と詐欺の疑いがあります。容疑を固めて逮捕してもらえないかと思いまして」

庄内貢太の実情を説明し、住所を伝える。

「所轄の綾瀬《あやせ》署に知り合いがいるから伝えましょう。ところで、丘野ヒロ子という弁護士を知っていますか」

「ええ、まあ」

「個人的に？」

「私の依頼人です」

「彼女が依頼人？」

六車は怪訝《けげん》な表情をうかべる。弁護士である丘野が私に依頼するという事情が、のみこめないからだろう。

「丘野弁護士が何か？」

「いえ、別に」

「何か聞きたいことがあったんでしょ？」

「今日はやめときます」

六車は、丘野に関し、何か不利な情報でもつかんだのではないか。気になったが、私から問い質《ただ》すのもためらわれた。


その日の夜、弁護士会館二階の講堂「クレオ」で、「不況時代の労働問題——失業者の法的保護をめぐって——」と題したセミナーが開かれた。

セミナーは弁護士だけでなく、一般にも公開されている。一時間聴いて途中で退席した。

階段で、同じ会場からでてきた男が挨拶してきた。

「こんばんは、先生」

「あ、これはどうも」

庄内秋央だ。

「先生もこのセミナーを聴きにきたんですか」

「ええ。労働問題は専門ではないので、少し勉強しないと、と思いましてね」

うしろを見ながら話していたので、ステップを踏みはずし、肘と膝をしたたかに打った。弁護士会館の階段は御影石《みかげいし》でできていて、高級感はあるが、境目が見えにくい。夜は照明が暗いからなおさらだ。

庄内が私を抱き起こす。周囲には誰もいない。

「大丈夫ですか、先生。あ、肘から血がでている」

「つまずいてしまいました。ありがとうございます」

「救急車を呼びますか」

「いや、そんな大げさなことではありませんので。ちょっと休めば歩けます」

窓際のベンチに腰をおろす。

「こんな暗い階段にしておくほうが、どうかしてるんですよ。先生、日弁連を訴えたらどうですか。フットライトぐらい、公共の施設ならどこでもついてますよ。そういう設備をしないまま放置するというのは、人権の砦《とりで》であるはずの日弁連のすることじゃない。頭をうっていたら、死んでいたかもしれないいんですから。そうでしょ？」

「まあ、それは……ご心配いただき、ありがとうございます」

「じゃお大事に。私はこれで」

庄内は正面ドアから去っていく。

自分の不覚と庄内の親切が、心の中で入り乱れた。

13

黒沼シランが、伯母の遺品の中から骨董店のハガキを見つけたといって、届けてきた。

「このハガキの店に、もしかすると売ったのかもしれません。伯母は生前、『この掛軸はうちの代々の家宝なの』といっていました」

ハガキは、中央区京橋《きょうばし》の青炎堂《せいえんどう》という店から送られてきたものだ。

「売ったとしたら、その代金がご本人の手許にあるか、預金口座に入金されていないとおかしいですね」

「それが現金もないし、預金口座に入った形跡もないんです」

「売った代金を生活費にあてた可能性は？」

「一応、考えられますけど、生活費なら、ゆうちょの預金もありましたし、年金も支給されていましたから、……ちょっと、考えにくいんですね」

彼女は眉を寄せる。

「黒沼さんは、掛軸を見たことがあるんですね」

「ええ、二重の桐箱に入っていて、相馬御風《そうまぎょふう》という人の箱書がありました。箱に墨で書かれた文字と印を伯母が私に示して、説明してくれたんです。私がこれを相続するということを伝えたかったんでしょうね」

「見ればわかりますか」

「わかると思います。お正月に、床の間に掛けたりしていましたから」

東京メトロの京橋駅をでて、三分ほどの路地の片隅にその店はあった。店先には、白磁の壺《つぼ》が一点、飾られているだけの小さな店だ。ドアに隷書で書かれた「青炎堂」という文字を確認して中に入る。

店内には、小さな床の間がしつらえられ、そこに掛軸がかかっている。

奥から白髪の主人らしき人がでてくる。挨拶の口調《くちょう》から、腰が低い印象をうけた。名刺を交換する。「骨董・青炎堂　飯倉竹造《いいくらたけぞう》」と書かれている。

黒沼から預ったハガキを示す。浮島しのぶが亡くなり、その相続人の代理人として来たことを告げた。

「へえ、浮島さんが亡くなられたんですか。それはお気の毒なことでしたなぁ」

「浮島さんは良寛の掛軸をお持ちだったそうで、もしや、こちらでお買い上げいただいたのかと思い、伺いました」

「いや、うちでは引き取ってはいませんわ。あれは、まぎれもない真作で、状態の良いものでした。ほとんど染みもないし、表具もきれいでした。絹装の、白地蓮華文銀襴《しらじれんげもんぎんらん》の中廻《ちゅうまわ》しでしたな。一度、浮島さんのお宅に伺ったとき、これをもしお売りになることがあったら、ぜひ声をかけて下さいとお伝えしてあったんですけどね。いまその掛軸は浮島さんのお宅にないんですか」

「そうなんです」

「残念だなぁ。うちに持ってきてもらえば、高値で引き取るつもりだったんだが」

「いくらくらいの価値があるものだったんですか」

「業者が売りに出すとしたら、まず五〇〇万は下らないでしょ。オークションに出せば、七、八百はいくかもしれません」

「買値はどのくらいなんですか」

「まあ、二〇〇、最高で三〇〇といったところでしょうねぇ。良寛の書は人気があるので、高値で引き取れるんです」

「どういう方が買われるんですか」

「そりゃ、旧家にお住まいの方とか、その趣味の素封家、料亭旅館などが顧客になりますねぇ」

「どこか、他の業者さんで心当たりはありませんか」

飯倉は考えている。

「……ああ、もしかすると、あそこかな。浮島さんがつき合いがあるといっていたから。東銀座の『古美術悠《ゆう》』に聞いてみてはどうですか」

青炎堂をでて、タクシーをつかまえる。


「古美術悠」は、新橋演舞場の近くのモダンなビルの地下にあった。

馴染《なじ》みの客しか来ないのか、階段下の扉を開けると、若い女性が怪訝な表情でこちらを見た。

用件を伝える。奥から四〇代ぐらいのスキンヘッドの男性が対応にでた。

「浮島しのぶさんは知ってますが、ここ数年、お会いしていません」

「浮島さんから良寛の掛軸を売りたいといった話は、お聞きになっておられませんか」

「そういう話は、聞いていませんねぇ。良寛の幅物がどうかしたんですか」

「浮島さんがお持ちになっていた掛軸が見当たらないので、どちらかへお売りになったのかと、探しているんです」

「……ああ、そういえば、いつだったか……良寛の逸品を手に入れたというのを聞きましたわ。それかもしれない」

「どちらの方ですか」

「『拾遺《しゅうい》書店』の菅原《すがわら》さんです。神田《かんだ》の古書店ですよ」

礼をいって、店を出る。

14

「警視庁の刑事が私に会いたいっていうんです。立会っていただけないかしら」

丘野が電話してきた。

「刑事の名前は?」

「六車とかいう……」

「どういう用件で?」

「平手教授殺害事件のことだそうです。オフィスに来るといわれたんだけど、使えないので、時間と場所は、こちらから伝えることにしてあります」

不安がよぎる。会うなら、人目につかないところがいい。

「それなら、私のオフィスにあす午後一時に来るよう、伝えて下さい」

丘野と一緒に待っていると、約束の時刻に六車が現われた。木村という女性刑事を伴っている。

「丘野先生に伺いたいことがありましてね」

六車が口を開く。

「先生は、平手教授門下ですね」

「まあ門下生のはしくれですけど」

「教授は、二〇〇八年二月二八日に殺害されました。正確には、二月二九日の午前一時過ぎ、死体が辰巳《たつみ》運河で発見され、解剖の結果、前日の夜、殺害されたと推定されています」

「そうですか」

「教授は、運河にかかる橋の上から投げ落とされたと思われます」

「どうしてそういえるんですか」

私は訊く。

「それはちょっと、捜査の秘密なんで」

六車が私を見返す。

「二〇〇八年二月二八日の夜、丘野先生は平手教授にお会いになりませんでしたか」

「その日だったかしら……」

彼女は携帯で、過去の日程をスクロールする。

「ああ、ありました。二月二八日、教授にお会いしました」

「場所はどこで？」

「有明にある大学の研究室で」

「何時ごろでしょうね」

「伺ったのは、九時でした。夜の講義が終わってから来てほしいといわれ、九時にお約束しましたので」

「研究室には、どのくらいいたんですか」

「二〇分くらいだったと」

「ということは、九時半まえには、丘野先生は、教授の研究室を出られた。そのあと、どうされたんですか」

「自宅に帰りました。国際展示場からりんかい線に乗って」

「どんな用件でお会いになったんでしょうか」

「それは、個人的な問題にかかわることですので、申し上げられません」

「平手教授が丘野先生を呼びだしたのですか。それとも丘野先生の方からお会いしたいといったのですか」

「教授からです。でも、それが事件に何か？」

「教授が殺される前、最後に会ったのは、丘野先生と思われるんですよ」

彼女の顔には戸惑いがみてとれる。

「教授に、何か変わったところはありませんでしたか」

「そういわれても……」

「あれを出して」

六車にいわれた木村は、ビニール袋に入ったボールペンを机の上に置いた。

「このボールペン、見覚えありませんか」

「以前、私が持ってました」

「ちょっと見せてもらっていいですか」

「どうぞ」

私は、手にとって、ビニール袋の上から見る。「Biryushi Holdings」という社名が刻印されている。頭に白蝶貝《しろちょうがい》がついていて、高級そうだ。

「調べたところ、このボールペンは、美リューシが取引先や顧客への景品として作ったことがわかっています」

「そうです。一万本ぐらい作ったんじゃないかしら。顧問弁護士をしていたころ、私も記念に一本いただきました」

「このボールペンが、事件現場の橋の上に落ちていたんです。心当たりはありませんか」

「教授とお会いした夜、今後の連絡にと、お互いのメールアドレスを交換しました。私のアドレスは名刺に書いてあったのですが、教授は『自宅のメルアドにするわ』といってメモしようとしたら、書くものが見当たらなかったんです。私は持っていたボールペンをお貸ししました。そうしたら、『書きやすいし、きれいなペンね』っておっしゃったので、『よろしかったら、どうぞお使い下さい』と差し上げたのです」

「そのメモは残ってます?」

「いえ、自分の手帳に書き写したあと、捨てました」

「現場まで、教授と一緒に帰られたってことはありませんか」

「私を疑っているんですか」

「そういうわけではありませんが、一応念のため」

「冗談じゃないわよ。そのボールペンは、当時美リューシが、顧客や取引先に配ったんですから、私が教授に差し上げたペンかどうかも分からないじゃありませんか」

彼女は救いを求めるような視線を、私に投げる。

「六車さん、何か不審な点があるなら、はっきりいってくれませんか」

「捜査の一環として、おたずねしただけです。お時間をとらせました」

彼は、ビニール袋のボールペンを木村に渡し、立ち上る。

丘野を応接室に残し、二人をエレベーターホールまで送る。

「この前、先生がいっていた障害偽装者の件なんですが、綾瀬署から連絡がありましてね。大きなヤマを抱えているんで、小さなものはやってられないっていうんです。お役に立てなくてすみません」

二人がエレベーターに乗るのを見届けて、応接室にもどる。

丘野は憮然《ぶぜん》としていた。

「さしつかえなければ、教えていただけませんか。どんな用件で教授にお会いになったのか」

「教授に呼ばれたんですよ。私の懲戒手続の件で」

「懲戒手続?」

「ええ、平手教授は、前年の六月から、新弁の懲戒委員会委員になっていたらしいんです。私に関する懲戒請求の記録を見て下さって、おっしゃったわ。『モンスタークライアントにはめられたのね。明らかな冤罪、こんなの、綱紀から懲戒に回されること自体、おかしい。私が懲戒処分にはさせないから安心して』って」

「丘野先生にそれを伝えるために、呼んだんですか」

「そうだと思います。教え子が窮地に立たされるのを不憫《ふびん》に思ってくれたのかもしれません。先生は正義感の強い方でしたから」

電話でいえばすむのではないか。

疑念が、心に巣くった。

15

拾遺書店は、神田神保町の古書店が連なるすずらん通りにあった。

一階の店内には、ガラスケースの中に和本や短冊、色紙が置かれ、桐箱に入った掛軸も展示されている。名札をみる。池大雅《いけのたいが》、松尾芭蕉《まつおばしょう》、孝明《こうめい》天皇宸翰《しんかん》という文字が読める。ざっと見渡したところ、良寛のものはない。

二階は、洋古書の稀覯《きこう》本のコーナーらしい。

デスクで、パソコンをのぞいている中年の男性に歩み寄る。黒縁眼鏡《くろぶちめがね》の奥から、ギョロっとした目をこちらに向ける。

「菅原さんでしょうか」

「そうですが」

『古美術悠』のご主人から紹介されて来ました。良寛の掛軸を探しているんですが、お持ちですか」

「良寛？　おたく、大学の関係者？　大学名をいってもらわないと」

「大学じゃありません。ひとに頼まれて来たもので」

私は名刺を渡す。

「弁護士さんか」

「大学だと問題があるんですか？」

「まあ、いろいろとね」

安心したようだ。何を警戒しているのだろうか。

「良寛でしたね。ありますよ一点。状態のいいものが。ちょっと待って下さい」

菅原は古びたドアの奥に消え、黄色い風呂敷《ふろしき》包みを持ってきた。ガラスケースの上で包みを解く。黄ばんだ細長い桐箱があらわれる。色褪《いろあ》せた深紫《こきむらさき》の真田紐《さなだひも》をほどく。箱の蓋に筆で字が書かれている。私には読めない。店主は掛軸を、ガラスケースの端から拡げる。表装は、青炎堂の主人がいっていた白地銀襴だ。蓮華の地紋が入っている。

「これが良寛の書ですか」

「そうです。良寛二三歳のときの作とされています。ここに相馬御風の箱書がある」

「これは、おいくらなんですか」

「うちの目録には六〇〇万で載せています」

「実は、先ごろ亡くなられたある老婦人が、良寛の掛軸を家宝のように大切に保管していたのですが、相続人の方が遺品を点検したところ、紛失していたというんです。失礼ながら、どういうルートで入手されたんでしょうか」

「それはいえません」

「いくらで買い取られたかも、教えてはいただけないでしょうか」

「あなた、調査に来たの？　それとも買いに来たの？」

菅原は、警戒するように口髭《くちひげ》をぴくつかせる。

「間違いのない物なら、買いに来たんです」

「うちは、状態の良い真物しか扱っていません。この幅物を見たときは、正直、心が躍りましたよ」

「これを見せたい人がいるんですけど、写真に撮らせてもらってもいいでしょうか」

「それはだめです。ネットで公開されたりすると、迷惑するので」

菅原は、急にきびしい顔でいう。

「そうですか。近日中に依頼主を連れてきたいと思います。それまで取り置きしておいていただけないでしょうか」

「どれくらいの間？」

「一週間以内には来ます」

「いいでしょう」

「お名刺をいただけますか」

名刺には、菅原孝之《たかゆき》の名前の上に、「日本の書・鑑定人」と書かれている。

探していたものがあの掛軸なら、少しでも早く取りもどしたほうがいい。

翌日私は、黒沼を伴なって、拾遺書店を訪ねた。

店に入ると、男性客が一人、主人と話している。話が終わるのを待って、菅原に近づいた。

「昨日伺った水戸ですが、良寛の掛軸をもう一度見せていただけますか」

「いいですよ」

彼は黒沼を見て、訝《いぶか》るような表情をのぞかせる。それでもこの前と同様に奥から持ってきて、巻物を解き、ガラスケースの上に拡げて見せた。

「どう？　伯母様の家にあったのは、これですか」

彼女の顔を覗《のぞ》き見る。

黒沼はじっと目を凝らしている。

「相馬御風の箱書もあります」

桐箱を私は指す。

「これだと思います。これです！」

「間違いない？」

「ええ、一行目の『家在荒村』の『村』という字、ひらがなの『お』のように見えるのを覚えています。伯母が説明してくれましたから。それとこの箱書。『御風拝鑑』の下に落款《らっかん》があるから、『これは本物よ』って、伯母がいってました」

「菅原さん、現金で払うなら負けてくれますか」

「即金なら、……うーん、税込みで五五〇」

私は鞄からおろしたての札束を六個とりだす。一つの束から五〇枚をひき抜いて、残りを彼にさしだす。

「見つかってよかった」

彼女に微笑む。黒沼は口をあけて、呆然《ぼうぜん》としている。

「良寛のこの書は、美術館収蔵品クラスです。領収証の宛先は？」

「『水戸裕介』として下さい」

菅原は桐箱を黄色い風呂敷で包む。それを、「拾遺書店」という名前の入った紙袋に入れて、私に手渡した。

「先生、こんなにまでしていただいても、私、お金の用意がありません」

「いいんですよ。私は、文化財が散逸するのを防ぎたかったんです」

二〇〇八年一月、私と狩田は、ＪＳ損保を相手にした二〇〇五億円の巨額訴訟で、損保の悪辣《あくらつ》さから、制裁的損害賠償法が適用され、その三倍の額の勝訴判決を得た。おかげで依頼人の女性から、狩田は一二〇〇億、私も八〇〇億という目のくらむような金額を報酬として受けた。

そのとき私は、心に決めた。この金は、本当に困っている人のために使おうと。見返りを期待するのではなく、被害者救済に奉仕すべきだと。

三井や出光《いでみつ》、サントリーなど、巨大企業の中には、美術品を蒐集《しゅうしゅう》し、独自の美術館を開設しているところがある。そうした美術館に足を運ぶたびに、私は思ってきた。コレクターたちの、美術品蒐集にかけたなみなみならぬ情熱を。めったに出ない垂涎《すいぜん》の芸術品を目にしたとき、どんなに大金をはたいてでも、他の役員からいかに非難をうけようとも、手に入れるまでは絶対に諦めなかったであろう執念を。芸術好きの私には、コレクターたちのその気持は、痛いほどよくわかる。だからせめて、良寛の掛軸くらい、彼女の手にもどしてあげたいと思ったのだ。

狩田はよく「ノブレス・オブリージュ」という言葉を使う。上流階級やセレブリティによる無私の社会奉仕を意味する。実際には、寄付やボランティア活動といった形をとる。

狩田も私も、自分がセレブになったなどという思い上った考えは持っていない。ただ幸運にも、富裕層の一人になってしまったというだけだ。それならせめて、その金を、たんなる寄付ではなく、目の前で困っている人のためにさしだしたい。それが私の信条になった。

菅原に挨拶して、玄関に向かう。

背後から、彼が呼び止める。

「買っていただいたので、お教えしましょう。これを売りにきたのは中年の男で、何でも『えらい方の使いで来た』といってました」

「身元は確認されたんですか」

「もちろんです」

16

良寛の掛軸は、男が売りに来たと菅原はいった。

その男が、浮島から預ったのか、それとも盗んだのか。菅原の話では、男は「えらい方の使いで来た」といったそうだ。「えらい方」とは誰か。政治家か。消えた一億六〇〇〇万も、行方がわかっていない。

浮島しのぶとは、どんな人物だったのか。

一度、亡き浮島の家に行ってみる必要がある。


浮島しのぶの家は、成城学園前から歩いて八分ほどの高級住宅街にあった。黄土色の土壁の奥は樹木が繁っていて、中が見えない。古びた透かし門の柱の表札に、墨で書かれた「浮島」という文字がうっすら読める。その横に、警備保障会社のシールが貼られている。

ブザーを押す。

黒沼の声がして、彼女がでてきた。ピンクのストライプのシャツに、ダメージデニムをはいている。

庭師が定期的に入っていたのか、洗練された野趣の庭だ。モミジやシラカバが落ちついたたたずまいを見せるなか、ゆるやかにカーブした石畳が続く。緑陰のせせらぎに、四十雀《しじゅうから》が来ている。私たちの影が近づくと、飛びたった。玄関にたどりつく。平屋建の、庇《ひさし》が長く延びた数寄屋造りの建物は、かなりの年月を感じさせる。

「こんな広いお屋敷《やしき》に一人で住んでいるんですか」

「ええ。伯母が亡くなってから空家にしておくのはまずいので、借りていたアパートを引き払って、こっちに移り住みました」

ヒールをはいていないので、彼女が思いのほか背が低いことがわかる。

リビングルームに通される。格子状の木のドアに、漆喰《しっくい》の壁。三〇畳はありそうだ。はきだし窓を通して、樹木の点在する庭園がひろがる。

窓際にしつらえた四人掛けの、オーク材のテーブルに座った。

彼女が用意してくれたアイスコーヒーを口に運ぶ。

「先日、買いもどして下さった掛軸、床の間に掛けてありますけど、ご覧になります？」

「ぜひ」

次の間に案内される。

幅二メートルはありそうな床の間に、上から照明があてられ、良寛の墨跡が鮮やかに浮かび上っている。

「趣《おもむ》きがありますね……。古書店の主人が、美術館収蔵品クラスだといったが、そんな気がしてきます」

「先生のおかげです。あらためて飾ってみて、いい書だなと思いました。書道はちょっと習ったことがあるので」

「今どき珍しいですね」

それにはこたえず、彼女は私に微笑みかけた。

「それにしても、広いお家《うち》ですね。何坪くらいあるんですか」

「一二〇〇坪です」

「一二〇〇坪？　維持費がたいへんでしょう？」

「伯母が残してくれたお金がつきたら、売るしかないかなって思ってます。一億六〇〇〇万もまだ見つからないし」

「浮島さんのご主人は何をしていた方なんですか」

「ペーパーファクトリーの会社をやっていました、亡くなる前は。パピルス・ウキシマという屋号で」

「ああ、高級便箋の代名詞ですね」

「高級ホテルや一流企業、大学などに、専用の用箋を作って納入していました。印刷も請負っていたんです。フランスやイタリアのブランドショップでも、紙質の良さが好まれて、よく使ってくれました」

「それで財を成したんですか」

「財を成すほどではなかったと思います。商売は順調だったようですが。むしろ、前の仕事の方がよかった……」

「前の仕事って?」

「万年筆メーカーだったんです。『徒然《つれづれ》』という名の」

「あれは、浮島さんのご主人が経営していたんですか」

「ええ、一時は全国に工場を持ち、アメリカやヨーロッパにも輸出していました。そのころ、この土地を手に入れ、家を建てたと聞いています。しかし、次第に万年筆が売れなくなって、アメリカの大手万年筆メーカー『マッキンレー』に買収されたんです。買収をきっかけに、ペーパーファクトリーの会社を興したんです」

「『徒然』は有名だから、下請も多かったでしょう?」

「大部分は、『マッキンレー』の仕事をそのまま引き継いだようです。下請工場の人の中には、伯父との打合せに、この家に来た人も多いと思います。伯母が認知症になってからは、伯母のことを気遣ってくれた人もいて……」

「それはどなたですか」

「わかりません。伯母はよく、『面倒をみてくれる人がいるの』といってました。たぶん、昔の仕事の関係者で、伯父が懇意にしていた方かも……」

「政治家や財界人もみえたんですか」

「きたかもしれません。伯父は経済同友会の会員でしたから」

17

日弁連の懲戒委員会から審査期日開催の連絡が来た。

八月は委員会が開かれないので、まだ二ヵ月半以上先だ。

電話で、丘野はいう。

「私、あらためて考えたんですけど、日弁連の懲戒委員会では、新弁の『議決書』の誤りをあまり攻撃的にいわない方がいいんじゃないかしら」

「どういう意味ですか」

「新弁では、私の反論をまったく聞き入れてもらえなかった。そればかりか、有利な証拠はことごとく無視され、重い処分にされました。はじめから聞く耳をもたない者には、何をいっても無駄だと思うんです」

「先日もお話ししましたが、もし日弁連も新弁と同様だったら、日弁連へ審査請求する意味がないじゃないですか」

「それはそうよ。建前では、単位弁護士会の処分の当否を審議し直すことになっていても、くつがえったケースをほとんど聞かない。庄内は、反対に私の処分をもっと重くしろといって、『異議申立』をしたくらいですから、あまり日弁連の委員を刺激して、これ以上重くされても困るんです」

「これ以上重くなることはありえないですよ。私が調べたところ、処分を取り消されたケースも皆無ではありません。丘野先生に降りかかった冤罪の汚名は、なんとしても撤回させなければいけない。新弁の『議決書』の誤りを猛然と指摘しなければ、委員たちの目を覚ますことができないじゃありませんか。狭い針の穴に、正義の糸を通すんです」

「謝罪文を添えてますでしょ。謝罪しながら抗議するというのは、矛盾しないかしら」

「謝罪文は、私ではなく丘野先生のお名前で書いています。『審査請求書』は代理人として、狩田と私の名前で出しています。先生ご自身が、弁護士としての仕事の処理上、詰めの確認作業を欠いたことを反省したからといって、懲戒の対象となる『非行』とは別次元の問題です。本来なら『謝罪文』も必要なかったんですが、心証をよくするために、あえて添えさせていただきました。代理人としての客観的立場でこのケースを見直せば、先生に落度《おちど》がないのは明白です」

「そうねえ……」

丘野は沈黙する。

「やんわりいきたいといわれるのなら、われわれを代理人に立てる意味もないじゃありませんか。私や狩田を解任して、ご自分だけで進めますか」

「いいえ、そんなことをいうつもりはありません」

「私は、丘野先生を陥れた新弁のやりくちに腹が立つんです。日弁連に新弁の不正義を認識させて、先生を救済したいんです」

「ありがとうございます。親身になって下さって。先生のようにおっしゃっていただけると心強いわ」

いまここで、彼女と争いたくはない。

「先生はどうして私のことを、そんなに情熱的に擁護して下さるの？」

「子供のころ、医者の父が同業者に陥れられたせいで、経済的に苦しい生活を強いられました。一年間、医師業務の停止に追い込まれたのです。米を買う金さえなくなり、親戚に物乞いまでしました。親戚中から蔑まれ、疎《うと》まれたときの悔しさや情なさが、今でも忘れられません。父は、弁護士を代理人にたてて闘うことをしませんでした。闘っていれば、父の冤罪を晴らすことができたのではないかと、あとになって思います。丘野先生には、父の二の舞にはなってほしくない。私には、丘野先生が父に重なってみえるんです。私自身のあのときの無念さを、先生の代理人として晴らしたい。新弁から受けた丘野先生の汚名をそそぐことは、少年のころの、私自身の屈辱の日々に、けりをつけることでもあるんです」

「そんなことがあったんですか、先生にも。立ち入ったことを聞いてしまって、申しわけありません」

二〇〇八年一〇月三日の午後一時半、弁護士会館一五階へ出向く。

日弁連のロビーのソファがおかれた窓際に、彼女が背を向けて座っている。人目を避けたいからか、入口と反対の日比谷公園に向かって、ファイルに目を落としている。

「お待たせしましたか」

「いえ、私もいま来たところですから」

落ちついたベージュのスーツが、彼女の美貌をひきたてる。

受付の女性に用向きを伝える。女性は内線電話で、懲戒担当に連絡した。

事務局の若い男性職員が来る。

「丘野先生と代理人の水戸先生ですか」

「そうです」

「前の件がまだ終わってないものですから。もう少し、こちらでお待ちになって下さい」

同じ日に、時間をずらして、別件の審査をしているのだ。

男性にたずねる。

「主査の委員は何人いるんですか」

「一人です」

「たった一人？　二、三人いるんじゃないんですか」

「はい。単位弁護士会では二、三人いるようですが、日弁連の場合は一人です」

「弁護士の委員ですか」

「はい」

たった一人の主査の判断で、結論が左右されるということか。愕然《がくぜん》とする。

「一人だそうです。ひどい話ですね」

彼女もそれを感じたからだろう。ため息まじりにうなずく。

主査は自分のフィルターを通して、全体委員会に報告する。全体委員会では、委員長や副委員長はパラパラと証拠にあたるかもしれないが、他の委員は証拠資料やこちらの反論などに目を通してはいないだろう。

一〇分ほど待たされる。先程の男性が呼びにくる。全体委員会の会議室は、螺旋《らせん》階段を上った一つ上の階だ。

広い会議室の扉を開ける。コの字形のテーブルに委員が顔を揃えている。正面に委員長、その左右両脇に副委員長の名札がある。

私と丘野は委員長と対峙《たいじ》する位置に座る。

委員長がこちらの名前を確認する。右側一列の、中村《なかむら》という主査委員が紹介される。

中村から質問がとぶ。

「あなたは、訴訟提起の際、懲戒請求人が介護されていないことを知っていたのではありませんか」

「いいえ、ご本人は母親の介護をうけていると丘野に伝えてきていましたので、丘野としては当然、それを信用しました」

私はきっぱりいう。

「請求額をふくらませるために、必要もない介護費を上乗せしたのではありませんか」

「違います。懲戒請求人の場合、四肢不全麻痺、膀胱直腸障害、独歩不能の後遺障害診断書が大学病院で何枚も書かれています。しかも医師は、その中の『将来の見通し』という欄で、『障害は不変と思われる』とか『将来、緩解することは考えがたく、増悪の可能性は否定できない』と述べています。根拠として提出しました専門医の文献でも、四肢不全麻痺の場合、『常時介護を要す』と考えるのが一般的であると述べられています。さらに、」

「いや、もういいですよ」

主査の委員がさえぎる。自分たちに都合の悪いことは聞こうとしない態度だ。

法廷で権力をもつ裁判官に対し、卑屈にさせられていることへの鬱憤《うっぷん》を、このときとばかり晴らしているようにも見える。彼らからみれば、若い私を見下すかのように。弁護士が正義の味方だなんて、幻想にすぎない。

人間というのは、浅ましいものである。いったんクロの先入観にとらわれると、容易にはその呪縛から解放されない。もしかすると潔白ではないかという疑いすら持とうとしない。その結果、前の過ちを上塗りする。中村はその典型だ。

私は発言する。

「委員長、こちらの言い分もきちんとお聞きいただけませんか」

「うん、いいでしょう。いってみて下さい」

「四肢不全麻痺のケースでは、最高裁判例でも、常時介護を前提とした多額の介護費が認められています。高裁や地裁の判例に至っては、介護費を認定したケースは数えきれないほどございます。弁護士は、依頼人のために最善を尽くす義務があるわけですから、丘野がご本人のために常時介護を前提として介護費を請求したのは、当然ではないでしょうか。懲戒請求人もそれを望んでいたんです。もし『将来の介護費』を請求しなかったなら、本人の希望に反することになり、この方が寝たきりになった場合、それを計上しなかったことこそ、弁護過誤として非難されかねないと思いますが」

「丘野弁護士にたずねますが、あなた自身の気持としてもそういうことだったのですか」

主査委員が、丘野を睨《にら》んでいう。

「そうです」

「しかし、この方は歩けていたんじゃないんですか」

彼女に代わって、私が発言する。

「歩けたといっても、それは一過性の軽快時期だけにすぎません。実際、提訴して四ヵ月後には、全く独歩不能に陥り、再入院しています」

「それは自分で転んだからでしょ」

「転んだといわれますが、何かにつまずいて前方に転倒したわけではありません。ご本人の説明では、膝がガクガクの状態で杖をついて外出したとき、横断歩道の手前で立っていたら、いきなり後方に転倒したということです。つまり、彼の下肢は、正常に歩けるほどには回復していなかったのです。こんなことは健常者ではありえないことです。この転倒後、彼は再び四肢不全麻痺に陥り、入院したんです。実は、本件懲戒請求後も、彼は再三再四入院し、入院のたびに手術をうけました。そのことは、新弁・懲戒委員会が医療機関に照会した回答書からも明らかになっています。もちろん、入院中は看護師による全介護状態でした。証拠として提出しました『リハビリテーション実施計画書』によれば、退院後も介護者は必要というところにチェックが入っています。これでどうして、介護費の請求が『虚偽申告』だなどといえるでしょうか。弁護士なら誰でも、ご本人のために、介護費を請求するのが最善の策だと考えると思いますが」

「わかりました。もういいです」

主査は、投げやりないい方で質問を打ち切る。
二、三人の委員から質問がとぶ。
そのつど私は、丘野に代わってこたえる。

弁護士同士で相手を呼ぶとき、ふつうは「先生」と呼ぶ。しかし彼らは丘野に対し、「先生」とは呼ばない。「あなたは」と、侮蔑《ぶべつ》を込めた呼び方をする。

「ほかに何かおっしゃりたいことがありますか」

委員長が丘野に向かっていう。

「懲戒請求人の男性は、私が受任中、ずっと一級の身障者手帳を持ちつづけていました。いままで持っていると聞いています。一級の手帳は、『四肢不全麻痺、膀胱直腸障害、独歩不能、介護を要す』という大学病院の医師の『身体障害者診断書・意見書』というものを前提に発行されています。本人が一級の手帳を持ちつづけているということは、この症状がつづいていると考えるのがふつうではないでしょうか。私はそう考え、介護費を請求しました」

彼女の発言を、私が引き継ぐ。

「もし一級の障害がなくなり、介護もうけていないのなら、一級の手帳は返すべきです。身体障害者福祉法第一六条には、障害がなくなったり軽くなった場合には、自分で都道府県知事に申告しろと書かれています。申告しなかった場合には、同法第四六条で、一〇万円以下の罰金に処せられます。それなのに、本人はそうはしていません。ということはつまり、一級の状態が継続しているとみるべきで、丘野の訴訟活動の正当性を裏づけていると思います」

「おっしゃりたいことはそれだけですか」

委員長がいった。

委員たちの目は、まるで罪人をみるような冷たい目だ。彼らは、還暦を超えているだろう。若くても五〇代後半にみえる。出席している委員の誰一人として、目にやさしさがない。

彼らの目を見ただけで、思考がわかった。この連中は誰ひとりとして、新弁が下した結論を、まっさらな視点で見直してみようという意識を持っていないことを。

居並ぶ他の委員たちからは、何の質問もでない。おそらく、記録を読んでいないから、質問のしようがないのだ。名札から、判事や検事、大学教授もいるが、一言も発言しない。こんな無能な連中のために、丘野が陥れられるのかと思うと、救いようのない絶望感に襲われる。

立ち上って、一礼する。ドアに向かいかけたとき、思いついて委員長にたずねる。

「懲戒請求人庄内氏からも、事情をお聞きになるんですか」

「それは考えてませんね」

「そうですか」

庄内を呼ばないのであれば、相手の言い分を通すことはないだろう。

「失礼します」

18

二〇〇八年一一月一〇日、丘野に業務再開の日が来た。

昼前、彼女に電話する。

「おめでとうございます。今日から仕事に復帰ですよね。待ってもらっていた依頼人の案件が山積みされているでしょうから、たいへんでしょう」

「そうですね。長かったわ。これから挽回しなきゃと思います」

「新件の依頼はありました?」

「おかげさまで、一人相談に見えた方がいます」

「上々のすべり出しじゃありませんか」

「でも受任までには至らなかった。先方は私に頼みたくて来たようだけど、お断りしました」

「問題のある人物でしたか」

彼女は説明した。

相談者は四〇代の女性で、顔に赤い斑点の染みがいくつも出来ている。

彼女は、美リューシ・コスメの新製品であるアンチエイジングの化粧品を使ったところ、かぶれが出たという。その商品は、丘野が美リューシ・グループの顧問弁護士を降りた後の、今から三ヵ月半前に売り出されたものだった。

女性が美リューシ・コスメに苦情をいうと、事態を重くみたのか、役員がとんできて、口外しない代わりに見舞金として五万円をおいていった。

この商品は発売後、人気女優を使って大々的に宣伝している。万一、これが不良品ということになると、影響は甚大と思われた。女性のかぶれはひかず、形成外科にも相談したが、元にもどるかわからないといわれた。仕事も休まざるをえなくなり、休業損害や慰謝料を含め八〇〇万円の賠償を求めるという手紙を、彼女は美リューシに送った。すると驚いたのか、先方は、顧問弁護士に一任すると伝えてきた。大企業は、厄介な事案はすぐ弁護士に一任し、相手方への封じ込めにでる。

その後間もなく、弁護士から受任通知が届いた。それには、この化粧品によりかぶれたことの因果関係を証明してもらわない限り、請求には応じられないと書かれていた。

「通知をだした顧問弁護士って、誰だと思います?」

「さぁ、お知り合いの方ですか」

「松河雅人先生よ」

「懲戒委員会委員長の?」

「そうなの」

「あの人が、丘野先生の後任に就いていたというわけですか」

「ええ」

「どういうコネで入りこんだんだろう?　化粧品会社には似合わないと思いますがね」

こうなったら、自分では太刀打ちできない。美リューシ・コスメを相手に、損害賠償請求訴訟を起こしてほしいというのが、その女性の依頼だった。女性は、丘野の懲戒処分を知ったうえで来た。彼女はいった。「丘野先生が変なことをするとは思えない。私の件は、丘野先生をおいて、ほかに適任者はいないと思ってきました」と。

丘野はおどろいた。美リューシ・グループは、彼女の旧顧問会社である。他の化粧品メーカーならともかく、ここを相手に攻撃をしかけるのは、彼女としては心情的に気が進まなかった。週刊誌がかぎつけたら、変り身の早さをまたやり玉に挙げられかねない。

「水戸先生をご紹介してもいいかしら。私が受任できないなら、別の弁護士を紹介してもらいたいといっているので」

「ちょっと待って下さい」

美リューシの代理人には松河がついている。自分の元弁護教官と、争いたくはない。

「和解の可能性があるのか、松河先生に打診してみましょう。訴訟になると、被害者側の立証が難しいと思いますので」

「わかったわ。彼女には、しばらく待つように伝えておく」

「そうして下さい」

時をおかず、ほかにもかぶれ被害の苦情がインターネット上にでた。美リューシ・コスメは、はげしいバッシングをうけ、化粧品の自主回収にのりだす。国外ではまだ販売していなかった。担当の常務取締役福岡和馬《ふくおかかずま》と顧問弁護士松河が本社で記者会見した。福岡が釈明する。

「販売した商品については、十分な検査と品質管理をした上で市場に出しておりますので、現在、事実関係を調査しているところでございます。場合によっては、使用された方の体質の問題ということもあるのではないかと推測しています」

　まるで本人の体質が悪いといわんばかりのいい方が、また反発を招く。消費者庁も動きだす。同庁の担当者は、テレビ局の取材に対しコメントした。

「本庁でも、近く美リューシ・コスメに対し、事実関係の確認を求めるつもりです」

19

　東京メトロの末広町の改札をでる。

　地上にあがる。秋葉原のネオンと喧騒《けんそう》に包まれる。メイド喫茶の、ミニスカートの女たちの呼び声がする。

　中央通りから一本路地に入ると、風景が一変した。暗くて、人影がない。電気店の筋向いに、そのビルはあった。うす汚れたビルだ。エントランスのエレベーター横に掲げられたテナントの表示板で、松河総合法律事務所の部屋を確認する。小さなビルだから、各フロアーに一テナントしか入っていない。

　横揺れするエレベーターを四階で降り、インターフォンを押す。女性の声がし、ドアが開けられた。

　応接テーブルの椅子を、先生は掌《てのひら》で示す。

「まあどうぞ。美リューシ・コスメの件で話があるって？」

「はい、アンチエイジングの化粧品を使ってかぶれたという女性の件で、先生が美リューシ側の代理人につかれたと聞いたものですから」

「水戸君が女性の代理人になったの？」

「いえ、まだ正式に代理人にはなっていません。要請はされていますが。松河先生と争いたくはないものですから、何とか和解の道がないものかと、先生のお考えを伺いたくて参りました」

「そりゃ、代理人につかない方がいいよ、水戸君。因果関係の立証責任は被害者にある。負けるのがオチだな」

「しかし、訴訟になると美リューシの名前に傷がつくんじゃないでしょうか」

「例の件は、体質が原因だと考えている。調査させたところ、あの被害者はアレルギー体質だったという報告がのぼっているんだ。化粧品でかぶれたといいたいのなら、因果関係を証明してもらわないと」

「先生は、美リューシ・グループの顧問弁護士に就任されているんですよねぇ」

「そうだが」

「世の中にはアレルギー体質の女性は多くいます。化粧品メーカーとしては、そういう女性が使うことも想定して、安全な品質のものを提供するべきではないでしょうか」

「私に説教するつもりかね」

「いえ、とんでもありません。先生のお力で、なんとか和解に応じるよう、美リューシ・コスメを説得してはいただけないかと思いまして」

「それは無理だな。私自身、納得していないから。まあ、見舞金として一〇万くらいまでならいいが。この際、はっきりいうが、この女性は、金目当てに難くせをつけてきたんじゃないかとみているんだ。大企業には、新商品について、因縁をつけてくるこうした輩《やから》が必ず現われる。それにいちいち取り合っていたら、きりがない。しかし、企業イメージを損なわれても困る。だから多少の見舞金を払って、お引き取りいただく。こういう金は、有名企業が円滑に経済活動をしていく上での、やむをえない必要経費だからねえ」

彼の口調は穏やかではあるが、絶対に妥協しないという強固な意思が読みとれる。

「わかりました。お時間をとらせました。もどったら、先生のお考えを先方へ伝えます」

「その方がいいよ。私も、自分の教え子が敗《ま》ける姿は見たくないからね」

路地を折れて、中央通りにでる。交差点まで歩いて、横断歩道を渡る。

おびただしいイルミネーションと、往《ゆ》きかう人々の雑踏が、気持を苛立《いらだ》たせる。

松河はどうしてかたくななのだろう。彼なら柔軟に対応してくれるのではないかと期待した。それとも、あれは美リューシ側の意向なのか。どっちにしろ、丘野へは、受任を断らなければならない。

20

二〇〇八年一一月二一日、日弁連・懲戒委員会から通知が届く。

「対象弁護士の審査請求を棄却する」

理由は一言も書かれていない。庄内の異議申立も棄却された。

私は後悔する。強くいいすぎたのが災いしたのかと。謝罪文を添えるだけでなく、委員会の席上でも、丘野が直接謝罪の言葉を伝えておけば、処分は軽くなったのかもしれない。ヒリヒリした痛みが胸を締めつける。

「ある程度、予想していたことではあるが………」

狩田は腕組みをし、湾の対岸に目を向ける。

「出来レースだな、これは。はじめから結論は決まっていた。奴らはろくに記録を見ちゃいないんだ」

「そうなんです。私が間違っていました。丘野先生の提案通り、やんわりと謙虚さを見せる方が賢明でした」

「いや、水戸君のせいではない。私だって、君の方針を支持してきた。委員たちにも少しくらいは良心があるだろうと望みをかけたが、甘かった。実際には、良心のかけらすらなかった」

彼は、いたわるような眼差しを投げる。

丘野に電話する。

「申しわけありませんでした。自分が強くいいすぎたために、このような結果を招いたのではないかと。未熟でした。何とお詫《わ》びしたらいいか……彼らには、正義などありませんでした。あるのは嫉妬と迎合だけです」

「水戸先生には感謝しているわ。うれしかったんです。私と一緒に憤っていただいて。強硬に主張しようと反省の態度を示そうと、彼らの結論に変わりはなかった。始めから『審査請求棄却』の結論ができていたんです。向こうの言い分も通らなかったのだし」

「そういっていただけるのは、まだしも救いですが。……それにしても日弁連の懲戒委員会は、軍事政権下の法廷と変わらないということを身に沁《し》みて感じました」

委員たちにとっての正義は、妬みで培養される猛毒の木。悪意が真実の葉を枯れさせ、偽りの実を熟させる。こんな制度になっていることを、ほとんどの弁護士は知らない。マスコミも知らない。不条理で秘密主義のシステムがまかり通ってしまっている。


その日の夕方から脚に寒さを感じ、震えがきた。頭に血が上ると、脚への血流が悪くなる。気持ちを落ちつけなくてはならない。

妻の三希子《みきこ》は定期公演に向けたリハーサルで遅くなると聞いていた。食欲がわかない。夕食をとらないまま、月島《つきしま》の自宅に帰る。

風呂に入り、パジャマに着替えた。高層マンションの四二階。リビングルームの眼下に拡がる東京湾の夜景。一枚のCDをかける。

玄関ドアが開く音がした。

「ただいま」

そっとリビングのドアが開けられる。愛器のヴァイオリンケースをたてかける音がする。

「何かあったのね。この曲を聴いているなんて、あなたらしくないもの。いつもならラフマニノフなのに」

モーツァルトのクラリネット協奏曲第一楽章が室内を充《み》たしている。ゆったりした癒《いや》しの旋律だ。

「ちょっと厭《いや》なことがあってね」

事情を彼女に説明する。

「あなたがそんなに悩むことないんじゃない？　入れ込みすぎよ」

「ばかいえ。僕が味方にならなくて、誰が親身になるというんだ」

三希子が背後から私の肩に手をおく。

「あなたのせいじゃない。悪いのは日弁連の連中よ。聞く耳をもたない人には何をいっても無駄。これで勝負が決まったわけじゃないんでしょ」

「いや、弁護士会の手続きとしては、まちがった判決が確定したも同然なんだ」

「独裁政権を倒すときは、世論を味方につけたらいいと思うわ」

「どうやって」

「マスコミを動かすとか」

「いまはどうにもならない」

「いつか、リベンジの機会があると思うの。このままでは丘野先生が救われないもの」

「そうだな」

少しずつ、気持ちが凪《な》いでいく。


翌朝、悪夢にうなされた。

私は小学生になっている。病院の業務停止に追い込まれた父は、なぜか出てこない。八畳の部屋の真ん中に正座している私に向かって、周囲の親戚全員が、立ったまま私を罵倒する。「食い倒れの医者!」「物乞いの親子!」その声は、雷雨のように私の心に打ちつけた。施しを求めた自分の家族が、情なかった。そう思ったら、いつの間にか小学校の校庭に場面が移り、私は隅の草むらで、口の中に腐ったシシャモをねじ込まれようとしている。悪童の一人がいった。「お前、腹が減ってるだろ。これ食べろや」周りの同級生たちは、「やれやれ」とはやしたてる。必死にもがいて、彼らから逃れる……

遠州灘《えんしゅうなだ》の砂丘の窪地《くぼち》に、一人でしゃがんでいた。目の前には、風紋の壁。この砂丘の襞《ひだ》の中に、身を沈めてしまいたい。自分の体がみるみる砂の中に沈んでいく。見上げると、頭上を二羽、鳶《とんび》が旋回している。私の死骸を狙っているのだろう。砂が、胸の位置までくる。ああ、これで楽になる。死ぬ、死ぬ、と思いつつ目が覚めた。ぐっしょり、汗をかいていた。

トイレに行っても、尿が満足にでない。残尿感がある。二〇分後にまたトイレに行く。泌尿器科に通院する。医師は精神的なストレスが原因だろうという。過活動膀胱と診断された。

丘野をオフィスに呼び、日弁連から届いた文書のコピーを渡す。

彼女は肩を震わせる。

「何の理由もなく、たった一行、『審査請求を棄却する』と書いただけで済ませるなんて、法律家のやることとじゃないわ」

「まったくだ」と狩田もいう。

「同業者が商売敵を裁くのだから、公正さなんか期待できるわけがないですよ」と私。

「そうよ」

「依頼人の中にもクレーマーが多い。自分の思うような結果が得られないと、頼んだ弁護士を相手に懲戒請求する。誰でも自由に懲戒請求できるからです。弁護士法がそれを許している。弁護士の数が増え、若手だけでなく、ベテランの弁護士まで、相談料や着手金をゼロにしないと客が来ないようになってしまった。だから同業者を蹴落とすために、委員たちはひどいクレーマーだと思っても、懲戒請求者に加担する。対象弁護士の擁護には回らない」と狩田。

「どうしてこんなひどい制度を、ほかの弁護士は黙って見逃しているんでしょうか」

丘野が訊く。

狩田は説明する。

「自分は懲戒なんか関係ないと思っている。だからこの制度の欠陥に気づいてもいないんです。もともと懲戒手続の仕組みは、弁護士法の規定をもとに作られたが、部会の結論を全体の結論にすりかえることができるとか、いま思えば担当主査の判断だけで、それも邪《よこしま》な判断で、同業者を陥れやすい構造になっています。そのことを、一般の弁護士は認識していません。

懲戒にかけられるような弁護士は、何か悪いことをした弁護士に決まっているんだから、荒っぽい手続でもいいんだという発想からきている。懲戒手続をどのような手続にするかを決めるとき、大部分の弁護士は関心がないから、執行部にお任せだった。自分が懲戒請求されてみて、はじめてこの手続のいいかげんさ、委員たちの不公正さに気づくんです。弁護士の倫理規定には、『弁護士会から委嘱された委員会の仕事は、公正かつ誠実に行わなければならない』と明記されている。それなのに彼らは、倫理規定に反する不公正なことを平然とやっています。自分のブログで、懲戒をうけた弁護士には依頼しないほうがいいなどと書いている弁護士もいるでしょう。『あすはわが身』ということを知らないんですよ」

「そのうち、当の本人が懲戒請求されて、はじめて自分のブログの危うさに気づくでしょう」と私。

「マスコミの報道姿勢にも、問題がある。弁護士会の懲戒手続が公正に行われているかを、検証しようとすらしない」

　懲戒処分が新弁で本人に宣告されると、その日の内に新弁の担当副会長が、裁判所庁舎にある司法記者クラブに懲戒公告の文書を届ける。報道するかどうかは報道機関の裁量に委ねられる。丘野の場合、マスコミ五社が報道した。

「私、これからどうなるのかしら。一生冤罪の汚名を着せられたまま、負い目を背負って生きていかなければならないのかしら」

　彼女は肩をおとす。

「一応、東京高裁に取消訴訟を提起することはできますけどね」

「それをやって、冤罪が晴れる可能性はありますか」

「難しいでしょうね。お勧めはしません。取消訴訟は日弁連を被告にしなければならない。日弁連側は弁護団を結成して、徹底的に争ってくる。裁判所は、弁護士会の自治を尊重し、踏み込んだ判断を避ける。時間と労力をかけるわりに、良い結果は期待できません」

「結局、日弁連のたった一人の主査の、誤った判断を全体の判断とされ、それを正す手段がないということですか？」

「いまの制度ではそうなります、残念ながら」

狩田はいう。

「弁護士の懲戒問題は、弁護士会とは独立した第三者機関に委ねないと、公正な判断は期待できない。ドイツには名誉裁判所というのがあって、そこで審理させていますが、そういう方向に法改正しないと、冤罪の汚名を着せられる弁護士は後を断たないでしょう」

「ひどいわ」

「いずれ時間が経てば、先生の懲戒処分は風化して、誰も覚えていなくなりますよ」

「でもネットの記事は消えない。いまでも、ネガティブサイトがでている。『丘野弁護士、虚偽申告で懲戒処分』とか、『やりすぎた丘野弁護士、業停六ヵ月の懲戒』といったものが。業停が解けても、ネット上の中傷が残る限り、いつまでも業務への妨害になるわ。それが、辛い」

狩田はなぐさめた。

「大新聞のネット上の記事は、新聞社にいえば消してくれるはずです」

「ホント?」

「ええ」

彼女の顔に光が差す。

彼はつづける。

「世の中には、弁護士を攻撃することのみに人生の生きがいを感じて、それ専用のサイトを立ちあげている者もいる。よほど弁護士に恨みを抱くようなことがあったからだろうが、相当に歪《ゆが》んでいます。歪んでいるが、それをまた面白がって読む人間も多い」

「他人を中傷するネガティブサイトは、本当に始末が悪いですね。度が過ぎれば、名誉毀損で訴えるしかないでしょうが」

「ようやく、ここまで駆け上ったというのに、どうして依頼人に、私の人生を踏みつけにされなければならないのかしら」

「先生は知名度も高く、目立つ存在なので懲戒委員たちには妬ましかったんですよ。懲戒委員会の委員なんて、新弁でも日弁連でも、ほとんど知名度の低いかたがたです。ある分野で有名になっているひとなんて、ひとりもいない。平手教授ぐらいでしょう、例外は。妬まれるような業績、名声をかちえていない人間には、妬まれる者の痛みがわからないんです」

狩田は午後、京都へ出張しなければならない。修学院大学法科大学院の客員教授として、あす講義を予定しているからだ。新幹線の時間が迫っている。

「水戸君、君の気持はわかるが、あんまり熱くならない方がいいよ」

立ち上りながら、彼はいった。

私と二人だけになってから、丘野はいう。

「他人から見ると、私は羨《うらや》ましく見えるのかもしれないけど、昔からそうだったわけではないのよ」

「先生が、新聞に書いておられたのを読みました。幼くしてご両親を亡くされ、苦労なさったんですよね」

彼女は、一〇代後半からの生い立ちを話してくれた。

高校時代、貧しかったから、スタイルの良さを売りにモデルのアルバイトをしたり、美少女コンテストに応募したりもした。最終選考に残ったが、顔の表情からどことなく寂しさが漂い、それがマイナスに評価されて、トップ五人に選出されなかった。大学は奨学金を得て、国立大学へ行ったという。

懸命に勉強し、日英法科大学の大学院に進んだ。そこで、平手教授についた。司法試験に合格したあとイソ弁になり、異業種交流会に出たり、知り合いに頼んだりして、顧客獲得に奔走《ほんそう》した。しかし、これといった話はこなかった。

勤務していた法律事務所のボスが出席する予定だったテレビの報道番組に、代役として出た。コメンテーターとして。それをたまたま見ていた株式会社美リューシの人事部の人間が、この弁護士はうちで使えるのではないかと思い、会いに来た。彼女は、丁重にふるまい、つとめて温かみのある受けこたえをした。テレビ出演時の映像がないか、といわれたので、録画していたDVDを渡した。役員に話が回り、同社の顧問弁護士におさまった。はじめての顧問会社だった。

株式会社美リューシは、その後めざましい発展をとげ、一一の子会社をもち、持株会社美リューシ・ホールディングスが統括することになった。彼女は全社の顧問弁護士を任せられ、テレビコマーシャルにも起用された。それを見て、他のテレビ局も番組への出演を依頼してきた。

「私のために、水戸先生までイメージダウンにならなければいいんですけど」

「何を弱気なことをいってるんですか。彼らにリベンジする日が必ずきますよ。京都から狩田がもどり次第、今後の方策を相談してみます」

21

五ヵ月余りが過ぎた。

「先生、警視庁の六車刑事から電話が入っています」

秘書の小倉にいわれて、受話器をあげる。

「本日、丘野ヒロ子を逮捕しました」

「逮捕？」

信じられない思いが駆けぬける。

「何の容疑で？」

「殺人です。平手理沙子教授殺しの」

「証拠はあるんですか」

「もちろんです」

自信あり気な口調が、不安をかきたてる。

「動機は？」

「本人に訊いて下さい。水戸先生の接見を希望しています」

「勾留されているのは臨海署ですか」

「そうです」

「すぐ行きます」

狩田に、事態を伝える。

「信じられない。彼女が殺人を犯すなんて。ともかく会ってくることだ」

オフィスをとび出す。タクシーをつかまえる。

「東雲の東京臨海署へ。急いで下さい」

平手教授の殺害犯を捜したいという思いが、私の中にくすぶっている。だからこそ、六車に協力してきた。丘野は私の元依頼人である。彼女から弁護人に選任されたなら、受けざるをえない。彼女が教授を殺したとは信じがたいが、警察だって証拠もないのに逮捕はしないだろう。容疑者が弁護士ともなれば、なおさらだ。

タクシーの後部シートに身を預けながら、脳は、さまざまな可能性の間を駆けめぐった。

湾岸道路を台場から東雲に向けて疾駆する。スチール・グレーの倉庫群、ホテルやリゾートクラブの高層ビル、有明テニスの森公園の常緑樹が後方に流れる。走行車線の大型トラックを何台も追い抜く。渺茫《びょうぼう》とした風景の移り変わり、マンションの上層階に点在する部屋の明かりを眺めながら、次々に問いが生まれては消えた。苦悩がひろがっていく。前頭葉に浮かぶのは、がん研有明病院の、閉ざされた窓の奥の患者の静けさでもなく、日英法科大学の、教室に集う学生たちのざわめきでもない。留置場の中で、全身を襲っているだろう丘野のさむけだ。彼女を囚われの身に追い込んだ決め手は何だったのか。アリバイは？　陥穽《かんせい》のからくりは？

臨海署で、備えつけの用紙に記入し、接見室に入る。

ほどなく、彼女が現われた。化粧気がないせいもあってか、いつもの生彩がない。着ている亜麻色のセーターまで、くすんで見える。

「もうネットにでてます?」

「それはまだのようです。タクシーの中でチェックしたかぎりでは。警察がマスコミに発表していないのでしょう」

「マスコミは騒ぐでしょうね。……もうおしまいかも」

「弱気になってはだめです。どうしてこんなことになったのか、説明して下さい。逮捕容疑は平手教授の殺害ですか」

「そうらしいです」

「でも先生は殺していない?」

「もちろんです」

「先生の犯行を裏づける証拠でもあったんですか」

「教授が投げ棄《す》てられたという橋の上に、ボールペンが落ちていたという話、以前、刑事がしていましたでしょ」

「ええ、美リューシが顧客用に作った景品ですね」

「それが私の持っていたものだというんです」

「だって、あれは一万本ぐらい作ったんでしょ? 日本国内はもとより世界中に配布されているんですから、先生のものかどうか、決め手がないじゃないですか」

「それがあったらしいんです」

「指紋?」

「いいえ、あのボールペンは、五〇〇本だけ別仕様で作られたというんです。頭に白蝶貝がついているものです。私は知りませんでしたが。一般顧客用には、白蝶貝がついていなかったことを、さっき六車という刑事から聞かされました」

「それにしても、残り四九九本は他の人の手に渡っている。四九九人分の可能性を捨て去って、どうして先生が犯人だという物的証拠だといい切れるんですか」

「刑事の話では、白蝶貝つきのものには、シリアル番号がついていたそうです。配った先が、シリアル番号とともにデータとして残っていたというんです。橋の上に落ちていた白蝶貝つきのペンは、そのシリアル番号から、私に渡したものに間違いないと」

「でもそのペンは、平手教授が殺害された夜、丘野先生が教授に差し上げたものでした。教授が投げ落とされるときに、衣服から落ちたか、バッグからとび出した可能性だって否定しきれない」

「ボールペンを教授にあげたこと自体、信用してくれないんです」

「しかし、動機がないでしょ」

「実は、水戸先生にはお伝えしていなかったんですが、私、教授のご主人と関係が」

一瞬、返事につまる。

「平手潤《じゅん》さんと?」

「ご存じ?」

「ええ、一度、お会いしました。JBCの報道局長ですよね」

「私が報道番組に出演することになったのも、彼の口ききなんです」

「関係はいつごろから?」

「もう五年以上になります」

「二人の関係を教授が知るところとなって、呼びだされたわけですか」

「警察はそうみているようですけど、違います」

「教授のご主人と丘野先生が共謀して、教授を殺したというのが、警察の見立てですか」

「わかりません」

「平手さんと不倫していたというのは、たしかに不利な情況だと思いますが、だからといって、邪魔になった教授を殺すとは限らない。その筋書きには無理がある」

沈黙が流れる。

「警察は、ほかにも何かつかんでいるみたいです」

「何でしょうか」

「平手教授には、死亡保険金がかけられていて、もともと五〇〇〇万だったようです。それが、事件の二ヵ月半前の一二月に一億円に増額されているというんです」

「保険金目当てに教授を殺害したと?」

「警察は、そう見ているようです。でも、まったく知りませんでした。保険金のことなんか」

「誰が増額したんですか」

「ご主人の潤さんだと思います。契約したのも彼のようで」

「ご主人と丘野先生が共謀したというわけですか」

「私、共謀なんかしていません」

叫ぶような彼女の声に、一瞬ひるむ。

「いやいや、警察の見方を推測しただけです」

「すいません」

「平手教授が殺された夜の丘野先生のアリバイは？」

「あります。あの日の夜、教授と別れてから、タクシーで彼が泊まるホテルへ行きました。竹芝《たけしば》にあるエクセルシオール東京ベイです」

「りんかい線で自宅にもどったわけではなかったのですね」

「ええ、本当は」

「どうして彼はそのホテルに宿泊していたんですか」

「仕事で遅くなったときのために、彼はいつもそのホテルを使っていたからです」

「しかし警察は、先生と彼が仕組んだという筋書きを描いているのでしょうから、アリバイ立証としては、弱いかもしれませんね」

「でも、彼は私と一緒にいたといってくれるはずです」

「待って下さい。ホテルのロビーの監視カメラに、先生が来たときの画像が映っていたら、アリバイは証明されるのではありませんか」

「そのことは私もいいました。警察でも、調べたらしいですが、もう映像は残されていなかったといっています」

「ガサ入れでは何を押収されましたか」

「パソコン、プリンター、携帯電話、ＦＡＸ、洋服、下着、ゴルフバッグ、靴まで」

「一両日中に地検に呼ばれるでしょう。ご存じと思いますが、先生から弁解録取書をとるためです。地裁にも、勾留質問で呼ばれます。私も立ち会いますが。そのあと何日かおいて、また地検に呼ばれ、今度は調書をとることになります。身に覚えのないことは、一貫して否認なさって下さい。犯行自体を否認するだけでなく、検察側の情況証拠を裏づけるような供述は、なさらない方が賢明です。供述調書には、一切署名、指印をしないというのでもいいと思います。そうすれば、先生の調書は、検察側で法廷に出しようがありませんから」

「わかりました」

「私を弁護人にご指名ですね」

「ええ。水戸先生がやっていただけるなら。弁護費用は、おっしゃっていただければ、秘書に振り込ませます」

「ご心配なく。費用はいただきません」

「でも、それでは」

「気にしないで下さい。いまの私は金で動いているわけではありません。信念で、動いているんです。私を必要としている人のために」

「よろしいんですか」

彼女の目から、涙があふれ落ちる。

「このあと、弁護人選任届の用紙を差し入れますので、署名指印してもどして下さい」

「やっと業務に復帰したかと思ったら、こんなことになるなんて」

「気を強くもって下さい。地検に送られる際、たぶん、マスコミが先生の乗った車にフラッシュを浴びせると思います。気にするなといっても無理でしょうが、毅然《きぜん》とした態度を示した方がよろしいかと思います」

「わかりました。保釈はどうなるかしら」

「否認することになりますから、たぶん起訴後でないと認められないでしょう。起訴までに本日から二一日ないし二三日、それから保釈申請をしたとして……少なくとも一ヵ月くらいは、ここで辛抱していただくほかはないかと思います。何か必要なものがあったら差し入れますが」

「下着などの衣類や歯ブラシは、さっき秘書に差し入れてもらいましたので、当面は結構です。それより秘書には、辞めないで、そのままいてほしいと伝えて下さい。給与は払うからと」

「了解しました」


オフィスにもどって、狩田に伝える。

「遺留品のボールペンですが、美リューシは白蝶貝付きのものとそうでないものを作っていて、白蝶貝付きのものには、一点一点、シリアル番号が刻印されていたんだそうです。警察の調べでは、シリアル番号から、丘野先生に渡ったものであることが、確認されているようです。そうなると、このボールペンこそ、犯人を特定する遺留品ということになるんじゃないでしょうか」

「そう推定するのが合理的だな。検察はその線でくるだろう。それをどう切り崩すかだ」

自分の疑念を狩田にぶつけるのはためらわれた。弁護人としての覚悟が揺らぎ始めていると悟られたくなかったからだ。

警察の見立ての通り、ボールペンなんかを、弁護士が教授に差し上げるだろうか。この前提が崩れると、犯行の際、犯人がうっかり自分のペンを落とし、それに気づかないまま立ち去ったとみる方が自然だろう。このまま丘野を信じてよいものか、私は迷った。

22

二一日後の二〇〇九年五月一九日、東京地検は、丘野ヒロ子を平手教授殺害容疑で、東京地裁に起訴した。裁判員裁判制度が実施される二日前のことだった。

起訴状のコピーが地検から弁護人の私に届く。「公訴事実」には次のように書かれている。

『被告人はかねてより、平手理沙子教授の夫平手潤と不倫関係にあり、彼との結婚を考えるまでになっていた。ところが、二人の関係を夫人に知られるに至り、理沙子教授からそれを公表すると迫られた。

被告人は当時、多数のテレビ、ラジオ番組に出演し、かなりの名声をえていた。一方、平手潤は、JBCテレビの報道局長の要職にあった。二人の関係が公表されればスキャンダルになり、テレビ番組等も降板を余儀なくされる。そう考えた被告人は、教授から呼び出しをうけたのを機に教授の殺害を決意し、二〇〇八年二月二八日午後一〇時四分ごろ、東京都江東区東雲一丁目、通称辰巳桜橋のうえから同教授を一五・〇六メートル下の辰巳運河に投げ棄て、よって、同日午後一〇時一〇分ごろ、同人を呼吸不全により溺死させたものである。

罪名及び罰条

殺人　刑法第一九九条』

臨海署の留置係に電話すると、丘野はすでに小菅《こすげ》の東京拘置所に移監されているという。

タクシーをとばして、小菅に向かう。起訴状の事実を確かめなければならない。先日、彼女と接見したときは、否認していた。その後、供述が変わることだってある。

平手教授のことを思った。にこやかな顔、凛《りん》とした姿が思い浮かぶ。教授を殺した犯人は何としてもあげてもらいたい。しかし、もし丘野が本当に殺したとすると、どうするべきか。弁護人を降りるべきか、続けるべきか。彼女に疑念を抱きながら弁護をするのは、不誠実だ。いまならまだ降りることはできる。

教授の手帳に貼られた付箋の、「密告の件」と本件とは?

高速中央環状線から荒川をながめながら、その疑念にとらわれる。

外は快晴。日差しがまぶしい。川風を切る音、川面《かわも》に立つ白波、光に、風に、心が揺れる。


六階の接見室に入ると、透明な遮蔽《しゃへい》板の向こうに丘野が座っている。グレーのトレーナーを着た顔からは一切の生気が失《う》せ、まるでこけしのようだ。

意識的に、やさしく語りかけなければならない。

「夜は眠れていますか」

「ええ、なんとか」

「食事は？」

「食べてます」

「起訴状は受けとられたでしょうか」

「はい」

「起訴状の『公訴事実』、これは事実なんでしょうか」

「違います」

「では、始めから伺いましょう。平手教授が殺された夜、丘野先生はどうして教授の研究室を訪ねたんですか」

「教授から呼ばれたんです」

「本当ですね？」

「はい。ついに来るべきときが来たかと。ご主人との関係を教授が知って、私を非難するために呼びつけたんだと思いました」

「実際は？」

「違いました。ご主人との関係は、ご存じではなかったんだと思います。先生は、ご自分が新弁の懲戒委員会委員についていることを話したうえで、私を懲戒処分には絶対にさせないとおっしゃいました。その代わり、自分の大学における過去の不正経理のことは口外しないでほしいと頼んできたんです。『院生のころ、あなたには気の毒なことをしたわね』といって」

彼女が大学院生として、平手教授の研究室にいたころ、教授は、事務器メーカーの代理店を経営していた弟の会社を介して、多数のＯＡ機器を安く納入させた。実際には定価の四五パーセント引きにさせたが、大学には正規料金の三〇パーセント引きにさせたと偽って、その代金を弟の会社に振り込ませた。そのうえで、弟の会社からは、値引き率一五パーセント相当の差額を教授の口座にキックバックさせた。教授はこうして得た金を、私費での学会出張費や研究費に充てていた。

この事実を偶然知ってしまった彼女は、ある日、教授に告げた。「こんなことして、いいんですか」と。教授は鋭い目を返した。「弟の会社だから、融通してくれたのよ。よそに頼んだら、こうはいかなかった」彼女はそれでも教授の経理処理に疑問を投げかけた。教授は激怒した。「あなたねえ、私のやり方に口を挟むんだったら、博士論文は通らないと思った方がいいわよ」この一件を契機に、丘野は、博士号をとるという目標を失って、大学院を退学した。彼女は教授の弱味を握っていたことになる。

あの清廉な平手が、どうして？　専門誌に発表した私の量刑に関する論文を称賛してくれたのは、平手だった。ウィーン大学への留学は、恩師清水陽明教授の紹介によるものだったが、平手も推薦状を書いてくれた。その先生が、なぜそんなことを。

「平手潤さんとは、結婚の約束をしていたのですか」

「いいえ」

「でも、結婚したいという考えはもっていらした？」

「ええ」

「結婚について、平手さんと話したことは？」

「それはありません。お互い、その問題には触れないようにしていました」

「デートはどこで」

「『ホテルエクセルシオール東京ベイ』をよく使いました。彼が仕事で使っていたから」

「携帯を押収されているでしょ」

「はい」

「それなら携帯の通信記録から、検察は二人の交際の裏をとっていますね」

「どうかしら。通信記録はすぐ消去していますから」

「消去しても、捜査機関が携帯会社に照会するなど、とことん捜査すればわかりますよ」

彼女はうつむく。

「犯行のあった夜、ホテルエクセルシオール東京ベイに行ったということでしたね」

「はい」

「そのことは警察でいいましたか」

「いいました。仕事の打合せのため、彼の宿泊先のホテルを訪ねたと」

「でも本当は、彼と密会していたのですね」

「ええ、まあ」

「ホテルでは、ずっと彼と一緒でした?」

「はい」

「平手潤と丘野先生が共謀したというストーリーを検察が組み立てたとしたら、アリバイは弱いですね」

「そうでしょうね」

「しかし、起訴状によると、丘野先生と平手潤が共謀して教授殺害を企てたとはされていない。丘野先生の単独犯となっている。平手教授は小柄です。だから背の高い丘野先生が運河に投げ込むのは、一人でもできるという筋書きかもしれない」

「でも、私は殺していません」

「シリアル番号の入った白蝶貝付きのボールペンを教授に差し上げたとおっしゃいましたね」

「はい」

「どうして、貴重なペンをあげたりしたんですか」

「貴重なものとは思わなかったからです。景品として作ったと聞きましたし、ましてシリアル番号が入っているなんて、全然知りませんでした」

「教授の手帳に貼られた付箋に、『密告の件、水戸Lに』と書かれていたといいます。心当たりはありますか」

「ありません」

「公判まではまだ時間があります。至急保釈を申請します。弁護方針は、保釈が認められてからゆっくり協議しましょう」

「よろしくお願いします」

か細い声で、彼女は頭を下げる。

立ち上りざま、声をかける。

「元気だして。集められた不幸は、ひたすら耐えれば、いつか必ず、幸福に反転する日が来ます」

丘野の公判は、裁判員裁判対象事件ではない。だから公判前整理手続は必須のものではなかったが、私はこの手続に付すよう、東京地裁の担当部に申請する。公判前整理手続とは、争いのある重罪事件で、争点を整理し、検察側、弁護側の手持証拠を事前に出しあい、審理を円滑に進めるための準備手続である。しかし、この手続だけで一年半から二年もかかることがある。本戦より前哨戦《ぜんしょうせん》に時間がかかりすぎるという弊害が指摘されている。

地検の公判部担当検事吉峯孔作《よしみねこうさく》は、地裁からの「求意見」に対し、「公判前整理手続は相当でない」とする意見を付して、返信した。「事案は明白であり、公判前整理手続に付すると、裁判が遅延する」という理由からだ。

これをうけて地裁は、私の申請を却下した。代わりに、第一回公判期日を三ヵ月以上先の一〇月一日と指定してきた。「その間に準備をして下さい」と書記官はいう。

直ちに保釈を申請する。

裁判所は、保釈保証金一〇〇〇万円で、保釈を認めた。三五日ぶりに彼女は拘束を解かれた。

23

検察側が公判で提出を予定していた証拠資料は、厚さ四〇センチにものぼった。

その謄写が完了した一週間後、丘野を事務所に呼ぶ。窓に広がる東京湾を右手に彼女を見たとき、明るさを取りもどしたなと思った。保釈が認められて、自宅に帰れたからだろう。エクリュのスーツに、パールホワイトのインナーを身につけている。ナチュラルメイクや淡い口紅も上品な華やかさで、本来の美貌をとりもどしつつある。

「落ち込まないように、装いだけでも以前のようにしてみました」

狩田に声をかけ、応接室に来てもらう。懲戒の件がよい結果にならなかったので、彼自身、心を痛めていた。そのうえに今回の事件だ。少しでも彼女を勇気づけ、力になりたいというのが彼の本音だった。

「やあ、久しぶり。思いのほか元気そうでよかった」

狩田は応接室のドアを開けるなり、丘野にいう。

彼女は立って会釈した。

「またお世話になります。こんな事態になってしまって」

「まあまあ、座って。人生いろいろ災難はありますよ。先生の場合、つづけざまにそれが押し寄せた感じだが」

「早速ですが、検察側の証拠はお目通しいただきましたか」

「ええ」

「今日は、公判に向けて、弁護方針を打合わせておきたいと思いまして」

「はい」

「検察側の証拠は、大きくわけると、三つの種類に分かれます。供述調書の類い、検証調書の類い、物的証拠の類いです。供述調書は、平手教授が指導していた大学院生のもの、これは犯行当夜、丘野先生が教授の研究室を訪ねたことを証明するためでしょう。次に平手潤の警察での調書、生命保険会社の外交員レディの調書と保険証券、これは、生命保険金の増額を立証するものだと思います。サクラテレビのディレクターと『週刊クリマ』の記者の調書、平手潤と先生との男女関係を立証するつもりでしょう。これらはすべて、公判では『不同意』にします。先生は教授の研究室を訪ねたことはお認めになるわけですから、大学院生は必要ない。平手潤との関係も先生が認めるなら、証拠として出すまでもない。保険金増額の事実は、保険証券を出せば足りる」

「供述調書は出させない方がいいと思いますよ。警察や捜査検事が、先生の有罪を導くように作文していますからね」

狩田が補足する。

「わかりました」

「次に検証調書の類いです。まず実況見分調書として、死体発見現場の写真、次に死体検案書、これには教授の遺体からジアゼパムという抗不安薬の成分が発見されたと記されています。ジアゼパムは一般名で、調べたところ、商品名は『セルミン』か『ホリムゾン』と思われます。次に遺体の鑑定書です。都立医大の鑑定書では、死因は『溺死』と結論づけています。運河の水を含んで肺が膨張していたことや、死体の冷却、鳥肌現象がみられたからだと述べています。頭部左側の頭蓋骨には陥没骨折がみられる。この鑑定書の内容については、私の方でもう少し検討させて下さい。どっちにしろ、検証調書の類いは、『同意』せざるをえないと思うんですね。『不同意』にすれば、作成者を法廷で尋問し、正確に作ったというでしょうから、結局、裁判所は採用する。そうすると、審理が長びくだけで、こちらにメリットがない。犯行当夜の気象データ、有楽町線の運行記録、これらは『同意』します」

「結構です。さっきの抗不安薬ですが、いわゆる精神安定剤ですよね」

「そうです」

「『セルミン』という薬でしたら、私も飲んでます」

「そのようですね。検察側もそれを裏付けようとしています。物的証拠に移りましょう。教授を投げ落としたとされる辰巳桜橋の犯行現場に、遺留品として落ちていた美リューシのボールペン。これには頭に白蝶貝がついていて、そのシリアル番号から丘野先生に贈られたものであることが判明しています。その証拠として、検察側は株式会社美リューシから取り寄せたボールペンの贈呈先名簿を出してきています。この点は、犯行の夜、先生が大学の研究室で教授に差し上げたという線で貫きましょう。それから、さっき丘野先生のおっしゃった『セルミン』の薬袋です。これは、家宅捜索で先生のご自宅から押収した証拠物ということになっています。この薬の効能書きを調べますと、不安や緊張をとり除くのが主な作用ですが、副作用として、眠気やふらつき、歩行障害があげられています。おそらく検察は、丘野先生が教授とお会いになったとき、先生が『セルミン』を何か飲み物と一緒に教授に飲ませたという仮説をたてたのではないかと思います」

「『セルミン』は、私も使ったことがある。少量だったら眠くならないが、量が多いと眠気を催す。弁護士業はストレスがたまりますからねぇ。私も、寝る前に睡眠薬代わりに飲みましたよ」

　狩田がいう。

「物証は、すべて裁判所が採用するのは確実だと思います」

「それに対しては、何か反証をだす必要がありそうだな。『セルミン』なんか、精神科や心療内科を訪ねれば、簡単に処方してもらえる。丘野先生が日ごろ『セルミン』を服用していて、教授の遺体から『セルミン』の成分が発見されたからといって、先生が教授に飲ませたことにはならない。しかし、遺留品のボールペンとか、ほかの情況証拠が積み重なってくると、いかにも一服盛ったように見えてしまう。だから、その推定を一つ一つ、つぶしていく必要がある」

「そうですね。やってみます。ところで、平手潤の調書を読むと、彼は二月二八日の夜、ホテルエクセルシオール東京ベイにいたといっているが、丘野先生と一緒にいたとはいっていない。どうしてでしょう」

「彼は言及を避けているんだと思います。私は彼と一緒にいました」

「先生と平手潤との携帯の通信記録を検察は出してきていません。携帯電話を押収されていることからすると、二人の個人的な関係を証明するものとして、通信記録は必須だと思うんですけど」

「発信も着信も履歴はすぐ消去しているので、発見できなかったのかも……」

「それならいいんですけど。パソコンも押収されたと思いますが、そこでのメールのやりとりも出されていない」

「平手さんとは、パソコン上でのメールのやりとりは、ハッキングされたときの情報流出を警戒して、あえてしていませんでした。出てこないのは当然です。テレビ局のディレクターとの仕事のやりとりのメールしかないはずです」

「検察は、先生と平手さんとの関係を、サクラテレビのディレクターと週刊クリマの記者の供述で立証するつもりらしい。心当たりはありますか」

「私、サクラテレビの出演を二、三度断わったことがあるので、恨みを買ったのかもしれません」

「丘野先生ほど有名ですと、不倫はスキャンダルになります。しかし、だからといって、殺人とは結びつかない」

「水戸君、検察の訴因は、平手潤と丘野先生が共謀して平手教授を殺害したとはなっていないんだね」

訴因とは、起訴状記載の「公訴事実」を指す。

「なっていません。単独犯です」

「丘野先生、生命保険金を増額したのは、平手潤で、先生はご存じなかった?」

「はい。知りませんでした」

「保険金目当てに教授を殺したというのなら、夫に疑いがかけられても不思議ではない。少なくとも、保険金増額について、夫が丘野先生と話しあっていたという想定なら、夫と丘野先生が共謀して教授を殺したという筋書きを思い描くのがふつうだ。しかし検察は、丘野先生だけを殺人罪で起訴してきた。そこが奇妙なんだ。なぜなんだろう」

「……どこかでボタンが掛け違えられているということですか」

「私もそんな気がするわ。私だけを強引にターゲットにしてきた感じ」

彼女は、狩田と私を交互に見る。

腕組みをしながら狩田は、宙をみつめる。

「このケースで検察の牙城を攻め落とすには、こっちにも相当な覚悟がいる。どんな手を使ってきても、それを覆す方法を考える必要がある」

「はい。その一方で、真犯人をみつけたいと思っています。殺された平手教授のためにも。本ボシをさし出せば、検察の牙城は一気に崩れますから」

「もっともだ」

「みつけたいのは、事件の裏に潜む犯人側の論理です」

「論理？」

「ええ。難事件には、研ぎ澄まされた論理がある。それが私の持論です」

24

丘野が帰ったあとで、鑑定書を再読する。

死因は運河に投棄されたことによる溺死だ。肺に認められた水が生活反応があったこと、つまりまだ生きて呼吸をしようとしていたことを物語る。肺呼吸をしようとするから、水を飲んでしまう。その結果、肺がふくらみ、重量が増す。左側頭部の頭皮が割れて血がにじんだ写真があり、頭部の図面に損傷箇所が手書きされている。鑑定書を作成した都立医大法医学教室の祖父江教授は、述べている。「左側頭部の頭蓋骨陥没骨折は、投棄されたとき、橋脚の土台のコンクリートに左側頭部があたったことによって発生したと推定される」

だが一方で、投げ棄てられた辰巳桜橋の場所や橋脚の実況見分調書を読む限り、橋脚の土台のコンクリートには、何かがぶつかった痕跡はない。犯行当日の二月二八日の夜は、吹雪だったから、雪のために痕跡が消された可能性は否定できない。いやむしろ、橋脚の土台のコンクリートに降り積っていた雪が、クッション代わりになり、衝撃を多少やわらげたうえに、吹雪《ふぶ》いたことによって、痕跡が消されたともいえそうだ。

辰巳桜橋の図面と写真を見る。この橋は、全長二七三メートルで、まんなかに一ヵ所、左右を入れると二ヵ所に、橋を支える主塔が立っている。主塔のある部分は、路面が半円形にせり出している。テラスのように。テラスの先端にたつと、主塔のかげで、おそらく他の通行人からは見えにくいだろう。遺留品の位置から推して、教授は、半円形にせり出した部分の先端から投げ落とされた。

そのとき、ひとつの疑問が、脳裡《のうり》に浮かんだ。

湯島大学医学部法医学教室の主任教授山鹿晴行《やまがはるゆき》に電話する。湯島大学の講師をしていたとき、恩師清水陽明教授の紹介で、山鹿教授とは面識があった。

電話にでた男性はいう。教授は学生を対象に解剖の実習中で、午後五時以降なら、研究室にもどっているだろうと。

五時を過ぎたころ、改めて電話する。

「水戸先生？　さっき電話くれたんだって？」

「はい。お久しぶりでございます」

「大学を辞めて弁護士をやってるって聞いたけど。清水さんから」

「そうなんです。研究者の道からそれてしまいました」

気さくな語り口は昔のままだ。これが学生たちから人気を集める理由なんだろう。

平手教授殺害事件で丘野ヒロ子が起訴されたこと、その弁護人を務めていることを話す。

「検察側の証拠資料にあたったところ、都立医大の鑑定書にどうも不自然な点があるんです。見ていただけないでしょうか」

「ほお、そりゃ困ったもんだ」

教授の予定を聞き、四日後に訪問する約束をとりつける。


湯島大学医学部法医学教室は、文京区湯島ではなく、小石川《こいしかわ》にある。

約束の日の午後四時、七月末の強い西日が照りつける中を、湯島大学の門をくぐった。法医学教室は、明治時代の侯爵の邸宅であった洋館を使っている。オリーブイエローのレンガ壁のファサードに向かって歩く。一階の、アーチ型の正面玄関を入って奥の廊下を右に折れ、突き当たりが法医学教室だ。その裏手に、解剖室と冷凍庫がある。解剖室は裏口と直結していて、遺体の搬入搬出がしやすいようになっている。

ドアの上に突きでた『法医学教室主任教授山鹿晴行』という名札を確認して、ノックする。

白衣の教授は、標本がおかれたデスクの前で、顕微鏡をのぞいていた。

私を認めると、「やぁ」といって、横の椅子を左手で指す。

「電話でおよその見当はついているが、状況を説明してみて下さい」

遺体の左側頭部の陥没骨折の原因について、疑問をぶつける。鑑定書によれば、遺体の脳には、急性硬膜外血腫、クモ膜下出血、脳挫傷があった。

教授は犯行現場である辰巳桜橋の実況見分調書や死体検案書、都立医大が作成した鑑定書にくまなく目を通す。

「橋の、張り出したテラスみたいなところから被害者を投げ落としたというわけね」

「検察はそう見ています」

彼は、鑑定書の記述をもう一度、くい入るように見る。

「こりゃおかしいな。法医鑑定の推論に誤りがある」

説明を聞きながら、ひとつの言葉も聞き逃すまいとペンを走らせる。

「それと、肺に含まれる水量が少ない。肺の重量や容積が、膨大化していない。果たしてこの仏様、運河に投げられたとき、どの程度意識があったかなあ。意識が消失していた可能性がある」

「それは自発呼吸ができにくい状態にあったということでしょうか。飲んだ水量が少ないということから推して」

「そういうことだねぇ。つまり、死因の判定に疑問が残るということだ」

詳しく、教授から聞く。

「この女性、昔、左肘をけがしたようだね」

「そうかもしれません」

「左肘にアザがあり、靱帯も損傷していると書いてある。これは古い傷だから、今回、ついたものではない」

説明をひととおり聞き終えたところで、教授に顔を向ける。

「先生、ご面倒でも東京地裁に証人としてご出頭いただけませんでしょうか。いま伺った説明を、裁判官の前でお話しいただきたいんですが」

「いいですよ。法廷にはもう二〇回以上出ているから。都立医大の法医は、こんないいかげんな鑑定書をよく出してくるもんだ。警視庁は仲間意識からか都立医大をよく使うが、こんなでたらめをやられては、われわれの仕事の信頼性にかかわる」

山鹿は、白い口髭のはえた口許をゆるめた。

25

東京地裁前はマスコミでごった返した。

丘野とともに、タクシーで乗りつける。テレビ各局の中継車が、桜田通りに停車されていて、止めるところがない。歩道には、脚立に乗ったカメラマンやそのクルーがいる。出廷する丘野の姿を逃すまいと、映像機器を持って待ち構えている。仕方がないから、少し行きすぎてから車を降りる。

彼女が外にでると、四方からフラッシュがたかれる。あちこちの記者がマイクをさし出す。

「本日の公判に臨むお気持は？」

「罪状認否では否認なさるんですか」

マイクを押し払う。彼女は右うしろからついてくる。私は、彼女の背中側に腕を回し、突きだされるマイクやカメラを遮断する。マイクのひとつひとつが剣のように感じられる。

丘野は濃紺のスーツに純白のブラウスを着てきた。まじめさと潔白を印象づけるためだ。

地裁の前庭、右端には、六〇人分の傍聴席をとるための長蛇の列ができている。

法廷は八階、八一七号法廷。

「検察官、弁護人」と書かれた扉を開ける。私は壇上に向かって右側の弁護人席に、丘野は私の目の前の被告人席に座る。彼女のハンドバッグを預り、横の椅子に置く。

傍聴席を見渡す。満席だ。私から見て、右半分が一般席、左半分が椅子の背に白いビニールカバーのついた記者席になっている。傍聴人の全員がこちらを見ている。殺人犯への非難と戦慄を込めた棘のある視線。

検察官席の最前列には、精悍《せいかん》な顔立ちの男が着席している。吉峯孔作だ。高石五月《たかいしさつき》特捜部長の元部下で、現公判部副部長である。尖《とが》った顎。黒縁の眼鏡。狼《おおかみ》のような目付き。がっしりとした上半身を黒革の椅子に預けている。その体軀からは、絶対的な自信がみなぎっている。

彼の左横には、若い二人の検事が座っている。一人は男で一人は女だ。

公判部副部長の吉峯がじきじきに公判にでてきたところからすると、検察側がこの裁判に並々ならぬ情熱を注いでいるのがわかる。

吉峯と目が合う。彼の背後に、東京地検、東京高検、最高検を含めた検察組織全体の岩山のように強固な意思を感じないわけにはいかない。

うつむいている彼女に、耳打ちする。

「顔を上げて下さい。先生は潔白なんですから」

裁判官が入廷する。

「起立!」

廷吏の声がひびく。裁判官は三人とも男性だ。裁判長は長崎正吾《ながさきせいご》で、世間を震撼《しんかん》させた殺人事件の凶悪犯に幾度も死刑を宣告してきた。死刑判決は、殺された被害者の数に左右される傾向にあるなか、情況や被告人の情状次第では、被害者が一人だけであっても、死刑に値するケースがあるというのが持論だ。特に法を守る側である警察官や弁護士が犯した犯罪には手厳しい。

証人尋問では、長崎みずから証人に質問することはめったにないというのが、弁護士仲間からの情報だ。代わりに、弁護側や検察側が自由に尋問させてもらえる。しかし、裁判長が質問しないということは、心の内を読めないという不安がある。弁護人や検察官は、裁判長の発する短い言葉や語調を聞いて、心証が黒白どちらに傾いているか、懸命に読み解こうとする。それができない。

頭頂部から左右に分けた髪。五二歳という年齢を感じさせない肌の張り。縁なしの眼鏡の奥からのぞく眼光には、すべてを見透かそうとする信念が汲《く》みとれる。今回の事件では、こちらは否認する。それが凶と出なければよいが。

「では審理を始めます。被告人前へ」

長崎の威厳に満ちた声が、丘野に向かって発せられる。

証言台に進みでた彼女に対し、裁判長は、人定質問をした。

長崎に促されて、吉峯が起訴状を朗読する。

つづいて黙秘権があること、この法廷でしゃべったことは、有利不利を問わず証拠になることを告げた。

「ただいま検察官が読み上げた『公訴事実』に間違いありませんか。それとも間違いがありますか」

「間違っています。私は平手教授を殺してはおりません」

「全面的に否認されるということですね」

「そうです」

「弁護人のご意見は？」

「本件『公訴事実』は、百パーセント事実無根です。被告人には、平手教授を殺害する動機がない一方、犯行に及んだとされる時刻には、完璧なアリバイがあります。よって、無罪を求めます」

傍聴席がざわめく。驚きとも溜《た》め息《いき》ともとれる息づかいを感じる。

被告・弁護側の答弁を予想していたかのように、裁判長は顔色ひとつ変えない。

「では検察官、冒頭陳述を」

吉峯は「冒頭陳述書」を手に立ち上る。廷吏を介して、裁判官たちと私の方にも渡される。

冒頭陳述書を速読する。予想した通りの内容がしたためられている。

丘野と平手潤はかねてより不倫関係にあった。それを教授に知られ、丘野は教授から犯行当夜、大学の研究室に呼びつけられた。席上、教授からは夫との不倫の事実を公表すると脅された。否認したものの、公表されればスキャンダルになるだけでなく、テレビ、ラジオ番組の降板も余儀なくされ、弁護士業務にも大きなダメージを受ける。それを怖れるとともに、平手潤との結婚を願っていた彼女は、保身のため教授の殺害をにわかに決意した。

その結果、まず教授が席を離れた隙に、教授のウーロン茶を入れた紙コップに抗不安薬「セルミン」を投与した。二人の面談は二〇分ほどで終了したが、眠気を催した教授を、丘野は送っていくと称して、そろって有明の日英法科大学をでた。当夜は猛烈な吹雪で、五センチの積雪があった。教授の自宅は、東京メトロ有楽町線辰巳駅から徒歩十一、二分の高層マンションにある。本来なら、新木場駅で有楽町線に乗り換えるところだが、吹雪の影響で有楽町線が新木場検車区で架線故障を起こし、全線で運転を見合わせていた。このため、りんかい線で東雲駅まで行き、そこから歩いて自宅に向かうことにした。

東雲駅を下車したころ、教授の足は、かなりふらついていた。午後九時五七分ごろ、辰巳桜橋に入り、午後一〇時四分ごろ、進行方向左側にある主塔のところに来たとき、教授がよろけたのを奇貨として、丘野は足をすくい、教授を運河に投げ落とした。泳げなかったうえに、ダウンジャケットを着ていた教授は、運河の水を吸引して呼吸困難に陥り、溺死した。

「以上の事実を証明するため、『証拠等関係カード』記載の証拠の取調べを請求します」

「弁護人、ご意見は？」

「甲号証、乙号証を問わず、供述調書はすべて不同意です。甲号証の中で検証調書、鑑定書や逮捕手続書、捜索差押関係の書面、気象データ、有楽町線の運行記録は同意します。物証については、異議ありません」

甲号証とは、被告人以外の者が作成した供述調書や事件関係の一連の文書と物証、乙号証とは被告人作成に関わる供述調書や被告人自身に関する前科調書、戸籍謄本などの公的文書を指す。

「それでは弁護人が同意した検証調書などの文書と物証を証拠として採用することにします。検察官、書証について、要旨の告知をして下さい」

吉峯は立ち上る。証拠採用された文書の要旨を簡潔に告げ、廷吏の手を介して裁判長に提出する。つづいて物証の取調べに入る。

吉峯はビニール袋に入ったボールペンを、証言台の丘野の前にさし出す。

「このボールペンが、遺留品として、辰巳桜橋の犯行現場に落ちていました。見覚えはありますか」

「はい」

「あなたのものですか」

「この事件が起きる前は私のものでしたが、あの夜、平手教授とお目にかかった際、教授に差し上げました。ですので、私が差し上げたものであるなら、教授のもので、私のものではありません」

「このボールペンには、頭に白蝶貝がついていて、シリアル番号がふってあります。番号はBRS013Wです。美リューシに確認したところ、このシリアル番号のものは、被告人に渡されたことになっています。裁判長、このボールペンが被告人に渡ったものであることを証明するため、美リューシからとりつけた『景品用ボールペン・シリアル番号一覧表』を証拠として提出したいのですが」

「弁護人、ご意見は?」

「その文書を提出し、シリアル番号上、被告人に贈呈されていたものであることが証明されたとしても、被告人はそれを、平手教授に差し上げたといっています。従って、犯行現場にその物を遺留したのが被告人だということにはならないと思いますが」

「弁護人の意見はわかりますが、裁判所としては、遺留品のボールペンが、まず美リューシから被告人の手に渡っていた事実を確認したいと思います。ですから、その点に争いがないなら、『シリアル番号一覧表』は同意されたらいかがですか」

「わかりました。裁判長がそうおっしゃるのでしたら、同意します」

「では採用することにします。検察官、提出して下さい」

吉峯は、「一覧表」を廷吏に渡す。

裁判長は、壇上に届いた文書を一瞥する。

吉峯は、ビニール袋に入った処方薬の薬袋と、金色の台紙の錠剤を丘野の前におく。

「これはあなたの家から押収した薬の袋ですね」

「そうです」

「表面に『セルミン2mg、就寝前1錠』と書かれている。これはどういう用途で処方されたんですか」

「精神科の先生から、精神安定剤として出されました」

「ということは、本件事件の発生前から精神が不安定だったということですか」

「不安定というよりも、弁護士はストレスの溜《た》まる職業ですので、なるべくストレスを溜めないように、不安をなくすために、いただきました」

「いつごろから?」

「ずっと前からです。飲み始めて五年以上になると思います」

「これを飲むと眠くなりませんか」

「なりますので、寝る前に飲んでいました」

吉峯はビニール袋を廷吏にさし出す。

「以上です」

裁判長は吉峯の方に向き直る。

「検察官、不同意とされた書証類についてはどうされますか」

「証人尋問に切り替えます」

「証人と立証趣旨を」

吉峯は予想していたように、『証拠等関係カード2』をとり出し、廷吏を介して渡す。

「まず、被告人と被害者の夫との不倫関係を証明するため平手潤を、同じくその補強証拠として、サクラテレビのディレクターと週刊クリマの記者を。被害者にかけられていた生命保険金が殺害の約二ヵ月半前に増額されている事実を証明するために、パシフィック生命の外交員レディを。また犯行当夜、被告人が被害者の研究室を訪ねたことの立証として、平手教授が指導する大学院生を申請します」

「これらの証人についての弁護人のご意見は？」

「平手潤については、然《しか》るべく。サクラテレビのディレクターや週刊誌の記者は、必要ないと思います。平手潤を尋問すれば、十分足りるからです。外交員レディも、動機との関連性が明確にされていませんので、却下すべきと考えます。大学院生については、被告人自身が、犯行当夜、被害者の研究室を訪ねた事実を認めておりますので、必要ないと考えます」

裁判長は、壇上で左右の陪席裁判官と小声で協議する。

「それでは、平手潤と大学院生の二人を採用することにします。テレビ、週刊誌の関係者は却下します。外交員レディは、保留とし、平手潤の証言を聞いてから、採否を決定します。次回は、一〇月二二日、午後一時一〇分としたいと思いますが、弁護人のご予定は？」

「結構です」

「では本日は、これにて閉廷します」

裁判官たちが去りはじめると、満席の傍聴人たちは、出口に向かって歩き始める。丘野を、好奇の目で見る人たちの渦の中に巻き込みたくない。わざとゆっくり、書類を鞄にしまう。傍聴席に誰もいなくなったのを確認して、彼女を出口へ誘った。

26

平手宅をふたたび訪れる。

尋問の前にどうしても、証言内容を確認しておかなければならない。

平手はポロシャツ姿で私を迎える。髭も剃《そ》っていない。フローリングの床の左右両端には、埃《ほこり》が灰のように白く積もっている。二、三ヵ月、掃除機をかけていないのではないか。

日本の新聞のほかに、ニューヨーク・タイムズやヘラルド・トリビューンなどの英字新聞、経済雑誌があちこちに無造作におかれている。

「次回の公判で、平手潤さんが証人として喚問されることになりました。近いうちに召喚状が届くと思います」

「法廷で何を話せっていうんですか」

「検察側申請の証人ですので、検察官は丘野ヒロ子さんの有罪立証に向けた尋問をしてくるでしょう」

「彼女を悪者にはしたくない。関係があったので、マスコミに攻撃されるような話はちょっと」

「そういって下さって、ありがとうございます。検察官の吉峯という男は、相当立ち入った質問をしてくるんじゃないかと。予《あらかじ》め心の準備をしておいていただいた方がよろしいかと思います」

「わかりました」

「あの夜、犯行時刻に平手さんは、ホテルエクセルシオール東京ベイの一室におられましたね」

「そうです」

「丘野先生もご一緒でしたでしょ?」

「どうだったかな。彼女とはしょっちゅう、あのホテルで会っていたので、あの夜、彼女が来ていたかどうか、……当時のスケジュールを調べ、記憶をたどってみます。確信がもてないので」

「丘野先生は、平手さんと一緒にいたといってるんですけど」

平手は首を傾《かし》げる。それ以上、その問題には触れられたくない雰囲気を漂わす。彼はアリバイの証言をしないつもりなのか。

「丘野先生との関係は、奥様に知られていたんでしょうか」

「妻は気づいていなかったでしょう」

「丘野先生が奥様を殺害したと思いますか」

「彼女がそんなことするはずがない。動機がない」

「起訴前に平手さんが検察庁に呼ばれたとき、捜査検事から訊かれませんでしたか。平手さんと丘野先生が共謀して奥様を殺したのかと」

「訊かれました。でも否定しました。邪推もいいとこです」

やはりそうだったか。

生命保険金増額の真意を聞く。答えを聞いて、納得する。

「奥様には、特に親しくしておられた方はいらっしゃいますか」

「どういう意味ですか。妻に男はいなかったかということか」

「いえ、そういうことではなくて、仕事上、親しい方はいらっしゃいましたか、ということです。例えば、大学の同僚とかで」

「大学の関係者の中には、特にウマが合う人はいなかったと思いますね。東京高裁の若杉《わかすぎ》判事とは、結構、連絡をとり合っていたようだが。日英法科大学の創立百周年記念事業では、若杉さんに講演をお願いしたくらいですから」

「奥様は、ふだん、精神安定剤は飲んでいらっしゃいました？」

「飲んでましたよ、ときどき。まだ残っていたかもしれないな」

彼はソファから立ち、キッチンの方へ行く。処方薬の白い袋を持ってもどってきた。

「これです」

袋の表面には薬名が印字されている。「セルミン２㎎」。

27

黒沼から依頼された調査の方も、停滞させたままでは気分が悪い。

掛軸はなんとか見つけられたものの、預金の行方を調べるのは、本来、弁護士の領域ではなかったのだ。しかし、引き受けてしまった以上は、やれるだけのことはやって、自分の手に余るなら、彼女にそう伝えるしかない。調査費用をもらっていない分、まだ気が楽だ。

黒沼とともに、芙蓉《ふよう》銀行成城支店に赴く。

こちらの職業を伝え、浮島しのぶの定期預金の引き出しについて、犯罪がらみの可能性があることを示唆する。一五分以上待たされたあと、支店長室に通される。支店長と同席した三〇代とおぼしき女性行員はいう。

「預金をおろす際は、ご本人がみえました」

「本人確認は？」

「健康保険証で致しました。通帳と銀行印もお持ちでしたので。それに、男性もご一緒でした。弁護士バッジをつけた方が」

「弁護士？　名前は？」

「伺っておりません。お客様やその関係者には、必要なこと以外の個人情報は、おたずねしないのがモットーですので」

「年恰好《かっこう》は？」

「四〇代後半でしょうか。髪を七三に分け、黒縁の眼鏡をかけたがっしりした方で、左頬の下に大きな黒子《ほくろ》がありました」

そんな弁護士に心当たりはない。黒沼の横顔を見る。彼女も首を傾げている。

「防犯カメラの映像は？」

「半年以上前のものは、保存しておりません」

「一億六〇〇〇万を現金で？」

「はい。ずいぶん急だなとは思ったんですが、引き止めることはできませんので」

私たちは、銀行をあとにする。

黒縁眼鏡をかけた四〇代の弁護士など、ごまんといるだろう。見当がつかない。少なくとも、私の知り合いには、頬に大きな黒子のある者はいない。いったい誰なんだ？

浮島本人が預金を引き出したとなると、何のために？　なぜ弁護士が付き添ったのか？

いずれにしろ、彼女は、弁護士と接点があった。

浮島はたいへんな資産家である。将来のために、弁護士に遺産の管理を相談していたかもしれない。遺言状の作成を相談したとしても、不思議ではない。

「浮島さんは、弁護士に何か仕事を依頼していなかったでしょうか」

「さあ……」

「残された手紙の中に、弁護士から送られたものがないか、調べてみてくれませんか」

「はい」

「もしでてきたら、知らせて下さい。私からその弁護士にあたってみましょう。そうすれば、預金をおろした理由と使《つか》い途《みち》がわかるかもしれません。一億六〇〇〇万もの大金です。どこへ消えたのか」

「まさか」

「まさか、っていうと？」

「何かの詐欺にひっかかったんじゃないかと、ふと思ったものだから」

「詐欺被害に遭った可能性があるなら、警察にいう必要があります」

彼女はそれにはこたえず、唇をかみしめ、前方を見据えている。

「犯人がみつかったら、始末してやりたいくらいだわ」

思いがけない言葉に、彼女の横顔を見る。

28

二〇〇九年一〇月二二日、第二回公判は、雷雨の午後に始まった。

司法記者たちは、丘野と関係のあった男の尋問だけに、ひとつの言葉も聞き逃すまいと気迫がみなぎっている。

最初に平手潤が呼ばれる。

裁判長は、嘘をいうと偽証罪の制裁があることを告げ、検察側に視線を向ける。

「では検察官、始めて下さい。予め注意しておきますが、被告人が証人と関係があったことは、被告人自身認めていますので、プライバシーに配慮した尋問をして下さい」

下ネタをことさら暴きたてようとするマスコミの下品な狙いを、壇上で察知したからだろう。長崎という裁判官の、彼女に対する配慮を感じる。

「では検察側からおたずねします。被告人はあなたとの間で男女関係があったといっています。それに間違いありませんか」

「はい、間違いありません」

「関係はいつごろからつづいていたんでしょうか」

「はっきり憶《おぼ》えておりませんが、もう五、六年になるかと思います」

「わかりました。あなたはＪＢＣテレビの報道局長をしていますね」

「はい」

「被告人は、あなたの局の朝の番組にレギュラーコメンテーターとして出演しています。局でもあなたは被告人と会っていたんですか」

「いえ、番組はすべてディレクターが仕切っていますので、私がスタジオとか控室で彼女と会うことはありません。それに朝の八時からの番組では、レギュラーの方の局入りは六時四五分と、非常に早いです。控室でその日の番組構成について、チーフディレクターから台本がメインキャスターやレギュラーの方に渡され、ゲスト出演者の説明などが行われます。私が局に来たときには、すでに番組はオンエアーになっていることが多いです」

「すると、被告人と会う場合、連絡には何を使ったのですか」

「携帯電話を使いました」

「被告人から押収した携帯電話には、あなたとの通信記録はなかったですが」

「お互い、発信も着信も記録はすぐ消去していましたから、でてこなかったんだと思います」

「ほかの手段を使ったことはなかったですか。たとえば、会社の電話を使ったとか。人に聞かれない場所で」

「そんなことはしておりません」

腑《ふ》に落ちない表情で、吉峯は口をゆがめる。

「まあ、いいでしょう。あなたは、奥さんの理沙子さんが殺害された二〇〇八年二月二八日の夜、どこにいましたか」

「その日は、竹芝のホテルエクセルシオール東京ベイにいました。夕方の打合せが押して、夜八時半ごろ、ホテルの部屋に着いたと思います」

「どうしてご自宅に帰らなかったのですか」

「あのときは、北朝鮮の情勢が不安定で、すぐに局にかけつけられるようにしたかったからです」

「ホテルでは、誰かと会いましたか」

「会いました。丘野ヒロ子さんです。一〇時すぎだったでしょうか、彼女が私の部屋に訪ねてきました」

「何時ごろまで一緒にいたのですか」

「午前零時過ぎまでだったと思います」

「あなた、二人でいたことを警察ではいわなかったですね。一人でホテルにいたと、警察ではいっている。どうしてですか」

「彼女はうちの局にも出ていただいている有名人ですので、スキャンダルになるのが怖くて、いえませんでした」

「本当はどっちなんですか」

「彼女と一緒にいました」

「二人の関係は、奥さんにも知られていたんですか」

「妻はたぶん知らなかったと思います。何も口にだしませんでしたから。でも、いつかはバレるのではないかと怖れていました」

「奥さんに知られているかどうか、被告人との会話の中で、でたことはありますか」

「なるべくそれには触れないようにしていましたが、いつでしたか、彼女はいいました。奥さん、いなくなってくれるといいのに」

丘野が顔を、証人席の方に向ける。

「それに対し、あなたは何といったんですか」

「ばかなことというんじゃない、とたしなめました」

「奥さんの生命保険のことについて伺います。亡くなられる二ヵ月半くらい前に、奥さんの死亡保険金を五〇〇〇万円から一億円に増額していますね」

「はい」

「これはあなたが契約内容の改定を申し込んだのですね」

「そうです」

「被告人とも相談して、そうしたんですか」

「とんでもない。彼女は無関係です」

「どうして急に保険金額を大幅にふやしたんですか」

「亡くなる三ヵ月前に、妻が『私の身に万一のことが起こるといけないので、保険金を増額したらどうかしら』って、いったのです」

「奥さんの方から？」

「そうです。『まさか。君に恨みをもつような学生でもいるのか』って、私は訊きました。『こちらは気づかないけど、そういう人間がどこにいるかはわからないから』と妻はこたえました。それからしばらく二人とも黙ってしまったんです。考えてみれば、うちの局にも、良識のないひとがときどき押しかけてきて、『責任者に会わせろ』なんてわめき散らし、警備員ともみ合いになることがあります。私の場合は、テレビにでるわけではありませんので、直接恨みを買うリスクは少ないと思いますが、妻は大勢の学生とじかに接しますので、例えば、テストの評価に納得のいかない学生が、教員を逆恨みすることはあるかもしれないと思いました」

「それで、契約内容を改定したわけですか」

「そうです」

「そのことを被告人にも話しましたか」

「だいぶ経ってからですが、たしか、話したと思います」

「終わります」

予想していた証言が得られなかったからだろう。不満そうな表情を浮かべて、吉峯は着席する。

「弁護人、反対尋問を」

　私は立ち上る。

「それでは、弁護側からもおたずねします。奥様は、ふだん精神安定剤を飲んでいませんでしたか」

「飲んでいました」

「何という薬でしょうか」

「セルミンです」

「いつごろから飲んでいましたか」

「さあ、五、六年前からじゃないでしょうか」

「あなたも飲んだことはありますか」

「あります」

「奥様のセルミンという薬の袋はとってありますか」

「あると思います」

「それを提出していただくことはできますか」

「はい」

「ところで、生命保険の死亡保険金は支払われたのですか」

「いえ、まだです」

「どうしてですか」

「……どうも……その、丘野さんと私が共謀して、……妻を殺したんじゃないかと疑われているようで……」

「あなたはその疑念を払拭しようと、丘野弁護士の単独犯に仕立てようとしているのではありませんか」

「異議あり。弁護人は憶測で証人を尋問しています」

吉峯が立ち上った。

「異議を認めます。弁護人は尋問の仕方を変えて下さい」

「わかりました。訊き直します。あなたは生命保険金の請求はしたんですね」

「しました」

「それなのに支払われない。理由を生命保険会社から聞きましたか」

「聞きました」

「先方は何といったのか、話して下さい」

「私が丘野さんと共謀して妻を殺した疑いがあると」

「その根拠を先方は示しましたか」

「いいえ、何も」

「ということは、生保は根拠もなく、あなたに、事実無根の疑いをかけたということですか」

「そう思っています、私は」

「奥さまの殺害にあなたが関与していないことがはっきりすれば、生命保険金はでるんでしょうか」

「そうだと思います」

「先程、あなたは、『奥さん、いなくなってくれるといいのに』と被告人がいったといいましたね」

「はい」

「それはどういうとき、いったのですか」

平手は沈黙する。いいにくそうだ。

「どうしました？　大事なことですから話してくれませんか」

私は裁判長に視線を送る。

「平手さん、被告人の犯罪に関わることですので、ぜひお話し下さい」

「……その、行為のあとで、ぐったりしていたとき、彼女が訊いたんです。『奥様を愛してないの？』って。結婚して二〇年以上になりますので、妻とは夫婦生活もしていませんでした。だからといって、愛していないわけではなく、まあ、空気のような存在でした。彼女からあのように質問されたときは、答えに窮しました。『さあ、どうかな。若いころのようにベタベタすることはないからね。倦怠期《けんたいき》かもしれないが』と適当にお茶を濁しました。そのとき、丘野さんが、うつ伏せになったままつぶやいたんです」

「ということは、淡い願望のような言い方で彼女はいったということですね」

「そうです」

「そのとき以外に、被告人が同様のことをいうのを聞いたことはありますか」

「ありません」

「一度もですか」

「一度もです」

「終わります」

裁判長は左右の陪席判事に質問の有無を確認し、正面に向き直る。

「平手さん、ご苦労さまでした。退《さが》っていただいて結構です」

つづいて、平手教授の研究室にいた大学院生の男性が証言台に呼ばれる。

彼は、犯行日の夜九時ごろ、丘野が平手教授の研究室を訪ねてきた事実だけを証言した。「もう帰っていいわよ」と教授からいわれたので、自分がいては邪魔なんだろうと思い、すぐ研究室をでた。だから丘野と教授とのやりとりは一切知らないと。

「前回、検察側から申請のあった生命保険会社の外交員レディについては、先程、平手証人が、生命保険金増額の申込みをした事実を認めていますので、必要ないと考え、却下します。ついては、双方、ほかの証人の予定は？」

私は立ち上る。

「ホテルエクセルシオール東京ベイのルームサービス係の男性と法医学者で湯島大学医学部法医学教室主任教授の山鹿晴行を証人として申請します。前者はアリバイ立証の補強証拠としてであり、後者は、『公訴事実』に書かれている『溺死』という死因の誤りを、証明するためです」

「訴因に誤りがあるというんですか」

「はい」

「検察官、ご意見は」

「ホテルのルームサービス係はいいとしても、法医学者は無意味だと思います。検察側は死体検案書や、東京都立医大の法医学教室教授祖父江透《とおる》の『鑑定書』を提出しており、それらはいずれも弁護人が同意しています」

「証拠として提出することには同意しましたが、その内容の信憑《しんぴょう》性まで承認したわけではありません。裁判長、弁護人は、この『鑑定書』には疑義があると考えています。といいますのは、事前に山鹿教授に『鑑定書』をご覧いただいたところ、明らかな不自然をご指摘いただいたからです。教授からは証人として出頭することにつき、内諾をいただいております」

じっと耳を傾けていた長崎は、両陪席判事と交《かわ》る交《がわ》る協議を始める。

「ではその二人を、次回、証人として採用することとします」


閉廷後、すべての傍聴人が去ってから、丘野を促し、席を立つ。

廊下にでると、突きあたりの窓から薄ら陽がさしている。雨が止《や》んだのだろう。エレベーターで八階から六階に降りる。南北に通じる廊下中程にある弁護士控室のドアをあける。誰もいない。部屋の中央に大きなテーブルと、椅子が三脚ずつ向かい合わせに置かれているだけの殺風景な空間だ。

彼女が腰かけるのを待って、私は切りだす。

「先程の証言の中で、平手潤さんは、丘野先生がこういったといいました。『奥さん、いなくなってくれるといいのに』それに対し、彼は『ばかなことというんじゃない』とたしなめたと証言しました。これ、本当なんですか」

「嘘です。私、そんなこといってません」

「ということは、彼の作り話？」

「ええ」

丘野の顔いろをうかがう。彼女を信じていいのかどうか。もし彼女が本当は平手教授を殺したのだとしたら、教授に顔むけができない。私を日英の助教授に迎えようといってくれた平手の言葉が蘇《よみがえ》る。弁護人としては、心の中で、どうしても黒白をつけておかなくてはならない。黒なら黒で、情状の弁護に切り替える。それが弁護人として、とるべき道だ。

「先生、平手潤さんの証言は、先生の犯行を推測させるもので、こちらには不利です。遺留品であるボールペンもありますし、本当に殺《や》ってないんでしょうね。もし殺っていたら、正直にいって欲しいんです」

彼女は両手で顔を覆い、声をあげて泣きだす。

「水戸先生まで私を疑うなんて。……懲戒でひどい目に遭わされたかと思ったら、殺人で起訴され、平手さんにも裏切られ、……今度は弁護人の先生にも信じてもらえない……どうしたらいいのかしら」

涙が指の間からしたたり落ちる。

私はハンカチをとり出し、頰の涙をぬぐう。

「失礼なことをいってしまいました。弁護をするうえで、どうしても真実を知っておきたかったからです。先生を信じます。さあ、これで涙をふいて」

くしゃくしゃになった彼女の顔がのぞく。化粧は落ち、目は真っ赤だ。胸のつかえがとれた清澄さを見て、自分にいいきかせる。彼女は潔白であると。弁護への情熱は、惑いと背中合わせになっている。

彼女の目を見つめる。

「どん底の悲哀を味わってこそ、栄光のありがたさも身に沁みます。逆境を乗り越えれば、復活が待っています。どんな攻撃をうけようと、どんな手を使おうと、一緒に闘い抜きましょう。その日が来ることを信じて」

29

彼女には、あのようにいったものの、疑念を完全には払拭《ふっしょく》しきれていない自分を、意識しないわけにはいかなかった。

夜、一人きりのオフィスの部屋で、椅子の背凭《せもた》れに身をあずける。頭のうしろで両手を組み、東京湾をみつめる。暗い水面に映る高層ビルの窓の灯。桟橋《さんばし》のネオンの明滅。湾のしじまが、さまざまな疑念を私につきつける。

本当に彼女は、景品でもらったボールペンを、教授に渡したのか。なぜ彼女と平手潤の通信記録を、検察側は証拠として出さないのか。なぜ平手潤は、彼女に不利になるようなことを証言したのか。

翌日、行きつもどりつする思考のためらいを、狩田にぶつけてみた。

「君の気持はわかるが、平手の証言が果たして信憑性があるか、疑った方がいい。もしかすると彼は、自分に疑いを向けられるのを避けるために、彼女に殺しの動機があることを匂わせたかったのかもしれない」

「その危険性は私も考えました」

「迷ったら、依頼人に寄り添い、依頼人を信じてあげることだ。それが、弁護人の務めだ。彼女を孤立無援にしてはいけない」

「もし彼女が嘘をいっていたら?」

「そのときはそのときだ。嘘をいうには、それなりの理由があるだろう。理由を質《ただ》し、依頼人の心情をわかってあげることだと思う」

狩田はぶれない。懐《ふところ》の浅さを、私は恥じた。

それでも、気の迷いは抜けなかった。

松河なら何というか。刑事弁護教官だった恩師の意見を聞いてみたくなった。末広町の松河雅人法律事務所を訪ねる。

執務室で、ソファに座った私に、松河はいう。

「水戸君、依頼人に疑念を抱いたのなら、その疑念は、心の隅にしまっておいたほうがいい。そうすれば、足をすくわれない。依頼人に百パーセント肩入れするのは危険だ」

「疑いを抱きつつ、依頼人を弁護せよということですか」

「そうだ」

「弁護の情熱が弱まり、こちらの心の内を裁判官に見透かされないでしょうか」

彼は笑う。

「そこは水戸君の演技次第だよ。疑念を宿していても、表面上、悟られてはならない。そういうときは、シンプルに考えるのが一番だ。弁護の鉄則として、迷ったら原点に返れ、というのがある。刑事弁護人の使命を考えてみたまえ。否認事件なら無罪にする。自白事件なら情状弁護をして減刑を求める。アリバイ、凶器、動機。これらのどれか一つに合理的な疑いが生じれば、有罪にはできなくなる。こんなことは、水戸君なら百も承知だろうが」

「真実は、依頼人が殺っていたとしてもですね」

「当然さ。本人が殺ったかどうかなんて、この際、関係ない。真実を暴くのが弁護人の使命ではない。被告人に有利な判決を獲得する。それだけだ。法廷は、真実を葬る場所だということを忘れるな」

弁護士の使命は真実の発見にあるといわれてきたから、意外な言葉に、衝撃をうける。

礼をいって、鞄を手に立ち上る。

松河が私を呼び止める。

「美リューシのかぶれ被害の件は、どうするつもりなのかね」

「あ、あれは、代理人につくのを見送りました。松河先生とは対決したくはありませんので」

「それを聞いて安心したよ。私も、教え子の君と争いたくはなかったんでね」

30

司法修習時代の「事件」を思いだす。

それは、和光《わこう》市にある司法研修所の教室の中で起こった。刑事裁判修習のときだ。白表紙《しらびょうし》とよばれる教材のケースを巡って、議論が白熱した。被告人を有罪にするべきか、無罪にするべきか。私と仲のよい優秀な男子修習生が、強硬に「有罪」を主張した。彼の左隣の男子修習生は、「無罪」を主張して譲らなかった。「有罪」のうしろの席にいた私は、彼を支持し、擁護した。

教室は真っ二つに割れた。「有罪」を主張する友人の主張は、さながら検察官の論告のようであった。「無罪」を主張する隣席の男は、負けじと無罪の論拠を挙げて応酬した。彼は「有罪」に向かって言い放った。

「このケースで被告人を有罪とするには、『合理的な疑い』があるじゃないか。これを有罪にするのは、暗黒裁判だ。法律家失格だ」

それを訊いた「有罪」は、机上にあった六法全書を、左隣の男のデスクにたたきつけた。

運悪くそれは、資料の上におかれていた鉛筆の端にあたり、はね飛んで、芯の先端が「無罪」の右目を直撃した。

彼は救急車で病院に搬送された。失明こそ免《まぬが》れたが、網膜を損傷した。

クラスの教官会議で、「有罪」の処分が検討された。教官は五人いる。この内三人は、彼を「罷免」すべきだと主張した。刑事、民事の裁判教官と検察教官である。いかに議論が白熱したからといって、暴力をふるうなどというのは言語道断であり、法律家になる資格はないというのが理由である。それに対し、民事弁護教官だけは、「罷免」に反対した。若さゆえの過ちであり、せっかく何年もかけて合格した司法試験の資格を、一瞬の出来事で無にするのは、酷にすぎるという理由からだった。

刑事弁護教官の松河は、教官会議でいった。

「罷免は気の毒だと思う。暴力は決して許されるものではないが、彼は六法を体に向かって投げつけたのではない。相手のデスクに投げたんです。たまたま当たり所が悪く、鉛筆をはねとばしてしまった。これは、相手の体に直接危害を加える暴力より、態様は悪質ではない。六法全書をたたきつけるぐらいのことは、むかし、最高裁判事の間でも、自説が容《い》れられないとき、やった人がいたではありませんか。彼は熱意が昂《こう》じてやってしまったんでしょうが、最近の修習生をみていると、やる気のない者も多い。それに比べると、ずっとマシだと思うんですね。彼を罷免したら、将来優良株の法律家を一人、失うことになります。ここは長い目でみてあげて、彼には、治療費と慰謝料を払わせることで決着させてはいかがでしょうか」

検察教官も松河に同調した。金銭で解決する方向に固まった。司法研修所の教官の全体会議でも、その方針が了承された。

六法を投げつけた友人の罪は、「過失傷害罪」になる。しかし、被害者の挑発的言動が誘発したともいえ、被害者も彼を告訴しなかった。警察の介入もなかった。「有罪」は「無罪」の同僚に、治療費のほか二〇〇万円の慰謝料を支払ったと、後日、聞いた。

私自身、「有罪」の主張を強く支持していたから、彼が罷免されないと聞いたときは、ほっとした。

この一件での、松河の大岡《おおおか》裁きのような卓見《たっけん》に私は感銘した。バランス感覚のよさも際《きわ》だっていた。それ以来、彼に深い尊敬の念を抱くようになった。

彼はいま、新弁・懲戒委員会の委員長を務めている。清廉潔白で人格者だからこそ、ほかの委員から推されたのだろう。

31

夕方、オフィスをでると携帯が鳴った。

黒沼シランからだ。

「よろしければ、これからお会いいただけないでしょうか。お話ししたいことがあるんです」

「電話ではダメなの？」

「ええ、そんなにお時間はとらせません」

思わせぶりの口調が気にかかる。

ホテルグランアムール台場の三二階スカイラウンジ、「スーヴェニール」に着くと、中央の、アレカヤシの陰に彼女の姿が目に入る。パノラマウインドーから望む日没の薄明、ジャズを奏でるグランドピアノの横を通って、席に近づく。

髪を黒く染め、ノースリーブの漆黒のワンピースに、ダイヤモンドペンダント、それと揃いのピアスが煌《きら》めく。

「今夜はまた、ずいぶんドレッシーですね」

「先生こそ、いつもお洒落《しゃれ》に、素敵なネクタイとチーフで決めていらして」

「どこかへ行かれたんですか」

「パーティーコンパニオンの派遣会社に、面接に行った帰りなんです」

「そう。受かるといいですね」

ウフッと彼女は微笑む。

「何飲みます？」

「先生にお任せします」

グラスの赤ワインとキャビアのカナッペを注文する。

「何か手がかりでもありましたか。行方不明の預金の件で」

「そうじゃないんです。丘野先生の裁判のほうです」

「え？」

「先日の公判で、平手潤という男性が、丘野先生の犯行を匂わす証言をしましたでしょ」

「新聞を読んだんですか」

「傍聴してたんです、あのとき」

「気がつかなかったな」

「私、彼の秘密知ってるの」

「どういう意味？」

「察しがつくでしょ。男と女の関係」

平手潤は二股《ふたまた》を掛けていたのか。

彼女はワイングラスを口に運ぶ。一瞬、暗い湾に目を向けたかと思うと、鋭い眼差しを私に返した。

「あの男《ひと》、嘘をついている。身勝手は許さない。証言台に立ちましょうか」

自信に満ちた口ぶりに、たじろぐ。

「あなたが、証言台に？」

「掛軸を買い戻してくれた御礼に、先生のお役にたちたいんです」

32

オフィスに戻って、丘野から送られてきた新東京弁護士会の過去三年分の会報をひもとく。

二〇〇七年八月号を見ると、その年の六月に、懲戒委員会に新任された外部委員として、東京高裁判事の若杉年樹《としき》と日英法科大学大学院教授の平手理沙子の名前がある。平手教授だけでなく、若杉判事も同じ時期に懲戒委員会委員になっている。

着任八ヵ月後に、平手は殺害された。

弁護士会の懲戒委員会委員は、刑罰法令の適用にあたっては、公務員とみなされる。

平手は、公務員犯罪が専門だ。丘野の懲戒事案は冤罪で、「議決書」の草案作成に関与した荘、谷山は、虚偽公文書作成罪を犯そうとしていることに気づいた可能性がある。

それを若杉判事と相談したのか。若杉判事もそれに賛同したら？　平手、若杉は懲戒委員会で犯罪の可能性を指摘したのではないか。その事実があったとしたら、知っているのは誰か。

当の若杉はもちろん、荘、谷山、委員長の松河、委員会に臨席した他の委員と事務局の者である。しかし、彼らには守秘義務がある。

荘求一郎と谷山玄の経歴をかつて調べていた。その資料をもう一度とり出す。

荘は、東京地裁の裁判官を退官後、二〇〇三年に弁護士登録している。労働事件が専門で、杉並区高井戸《たかいど》のマンションに事務所がある。

谷山は、港区溜池山王《ためいけさんのう》の古いビルの一室に溜池千鳥《ちどり》法律事務所を構えている。その所長弁護士だ。先代の弁護士千鳥正太郎《しょうたろう》の娘と結婚し、義父の法律事務所を継いだ。いわゆる町弁で、専門分野はない。東京都住宅紛争処理機構理事長の要職を兼ねる。

この二人は、丘野が妬ましいから虚偽の議決書を作ったのか、それとも別の意図があったのか。二人の間で意見が割れてもよさそうなのに、そうはならなかった。何か別の力が働いたのかも知れない。

33

電話で、黒沼はいう。

「伯母のところに、聞いたこともない会社の人から連絡があったようです。パラオ・ナショナル・ファンドとかいう……」

「何ですか、それは?」

「よくわかりませんが、投資顧問会社ではないでしょうか」

「担当者の名前は?」

「能代良治《のしろりょうじ》」

「調べてみましょう。わかったら、お知らせします」

受話器をおいて、インターネットで検索してみる。該当する名前はでてこない。

弁に電話し、消費者問題の担当者に訊いてみる。

「過去にも、その会社による投資話をもちかけられて、被害にあったという方からの苦情が何件も寄せられています」

「どういう投資話なんですか」

「パラオ共和国の定期預金に預ければ、一〇パーセントを超える利回りがあるという儲《もう》け話です。定期預金ならふだんからなじみがあるので、安心だという先入観があるからでしょうね。投資にうとい高齢者がひっかかっています。為替リスクやカントリーリスクのことは、何も説明されないばかりか、実際にはパラオの定期預金に預けるのではなく、金だけうけとって、何もしないという悪徳商法のようです。会社名に『ナショナル』とついているので、パラオ共和国の政府系ファンドと勘違いする人が多いんですが、実際は、パラオ政府とは何の関係もないようで。現在、東京の弁護士会に、弁護団結成の動きがあります」

浮島しのぶは、これに騙されたのかもしれない。

34

歩道のマロニエの樹々が、黄色く色づき始めている。

赤レンガ造りの法務省旧館から東京地裁に至るこの辺りは、一年でもっとも美しい季節を迎えていた。

二〇〇九年一一月一九日、第三回公判が開かれる。

今日は二人の証人尋問が予定されていた。

尋問の前に私は、前回の法廷で、平手潤が証言した理沙子教授の精神安定剤「セルミン」の処方薬袋を錠剤とともに証拠申請する。検察側は同意し、証拠として採用された。

つづいて証人が喚問される。ホテルエクセルシオール東京ベイのルームサービス係の男と湯島大学法医学教室主任教授の山鹿晴行である。

最初に、ルームサービス係が証言台に呼ばれた。二〇代後半だろうか。細身で背が高い。

「弁護人、どうぞ」

長崎に促されて、私は立つ。

「二月二八日の夜、平手潤さんという方が、あなたがつとめるホテルに予約していた事実があります。この点はすでに、ホテルのレセプションに確認済です。あなたはこの日、夜勤でしたね」

「はい、その通りでございます」

明瞭で透きとおるような声だ。

「夜勤ですと、何時から何時までの勤務ですか」

「午後五時から翌日午前一時までの勤務でございます」

「この日、平手潤さんがお泊まりの客室からルームサービスの依頼がありましたか」

「はい、サンドイッチとシャンパンをご注文いただきました」

「よく覚えていますね」

「平手様は私どものホテルを毎月何度もお使い下さる常連のお客様でして、夜食として注文なさるのは、いつも決まってミックスサンドとドゥーツのシャンパンだからです」

「何時ごろ、客室に届けたか、覚えていますか」

「はい。一〇時半前、一〇時二〇分ごろではなかったかと思います」

「そのとき、部屋には誰がいましたか」

「平手様と女性の方がいらっしゃいました」

「女性は知っている方でしたか」

「はい、テレビでよく拝見する丘野ヒロ子様とお見受け致しました」

「二人はどのような格好でいたんですか」

「平手様のほうは、上着を脱いでワイシャツ姿でした。女性の方は、ピンク系のシャネルスーツをお召しだったように記憶しています」

「ありがとうございました」

私は着席する。

「検察官、反対尋問を」

吉峯は立ち上る。

「あなた、いままでに、平手さんのお部屋へ飲食物を届けたことは何回ぐらいあるんですか」

「回数は数えておりませんが、二〇回以上あったと思います」

「そのたびに、同じ物を届けたんですか」

「そう記憶しています」

「本日の尋問にあたって、ルームサービス係の責任者からこの日の伝票を見せてもらいましたが、確かに平手潤さんの注文で、サンドイッチ二人分とシャンパン一本が届けられています。伝票の係名の欄には、実際に届けた人の名前が入るんですか」

「そうです」

「しかし、その日の伝票の係名は、女性名になっています。ということは、女性が届けたのではありませんか」

答えに窮している。

「誰の名前になっていたというのでしょうか」

「鈴木優菜《すずきゆな》というかたです」

「……二月二八日の夜、平手様からのご注文のお電話は、私自身がうけたと記憶しております。ですので、お届けにあがったのも私だと思いましたが……」

「あなた、別の日と勘違いしていませんか」

「………」

「先程、伝票には届けた人の名前を書くといったばかりじゃないですか」

「……そうですね」

「この女性の名前が伝票に書かれているということは、あなたは客室に行ってないということでしょ。違うんですか」

「……そうなりますね」

「終わります」

吉峯は着席する。

私は立ち上る。

「裁判長、弁護側から再主尋問をしたいのですが」

「どうぞ」

「いま、検察側の指摘した鈴木優菜という女性は、当時、ルームサービス係にいたんですか」

「おりました」

「現在でも？」

「いえ、昨年、退社しまして、現在はうちのホテルにおりません。ご主人とともにアメリカに行かれたと思います」

「アメリカの住所は聞いていますか」

「聞いておりません」

「私も事前に、ホテルのルームサービスの仕組みを支配人から聞いたんですが、こういうことはありませんか。平手さんからの注文の電話をあなたが受けた。お届けに上ろうとした直前に、別のお客様から電話が入って、あなたがとった。でもシャンパンの栓は開けてしまったから、早く平手さんのお部屋に届けなければいけない。そこで、自分の代わりに、鈴木さんという女性に行かせた。どうでしょう？」

「確かに、そういうことはございますので、そうだったかもしれません」

「となると、平手さんのお部屋に誰がいたかは見ていないということになりますね」

「そうですね。しかし、テレビでお見かけする丘野ヒロ子さんがいらしたという記憶はあるんですが」

「鈴木さんという女性が届けたとすると、もどってから彼女、何かいいませんでしたか」

「ああ、思い出しました。彼女が私にいったんです。平手様の客室にテレビでよく見る女性がいたと」

「その女性の名前もいいましたか」

「はい、丘野ヒロ子さんがいたといって、クスッと笑いました」

「あなたは鈴木さんから聞いた話を、自分が見たことと勘違いして、いま話されたということですか」

「申しわけございません。たぶんそうだと思います」

彼は証言台を退る。

つづいて、山鹿晴行教授が呼ばれる。

私はメモを持って立ち上る。

「今回の殺人事件に関する犯行現場の実況見分調書、死体検案書、都立医科大学で作られた鑑定書の解剖所見を、先生はご覧になりましたか」

「ええ、もちろん」

「では、それを前提におたずねします。まず遺体は、辰巳運河の木材にひっかかっていた状態で発見されました。鑑定書の解剖所見によりますと、死因は運河に落とされたことによる溺死とされています。また左側頭部の頭蓋骨陥没骨折は、投げ棄てられたとき、被害者の左側頭部が辰巳桜橋の橋脚の土台のコンクリート部分に当たってついたものと推定されています。犯行当夜は吹雪で積雪がありました。被害者はダウンジャケットを着、その下にセーターを身につけていました。先生がご覧になって、解剖所見は正しいと思われますか」

「間違ってますね。残念ながら」

「法医学の観点から、どこが違うかご説明いただけますか」

「まず陥没骨折ですが、これは橋脚の土台にぶつかってついたものではない。この橋の欄干上端から橋脚の土台部分までは、実況見分調書によれば一四・二六メートルあります。これだけの高さから人間を落とし、被害者の側頭部が土台のコンクリートに当たったなら、頭蓋骨の骨折範囲はもっと拡大する。具体的には粉砕骨折をしていてもおかしくはない。しかし、解剖所見では、三センチぐらいの陥没骨折が左側頭部にみられると書かれています。これは作用面積の小さい鈍器で、例えばハンマーのようなもので、一点集中的に打撃を加えられたとみる方が自然です。解剖所見では、左側頭部に急性硬膜外血腫、クモ膜下出血、脳挫傷がみられるとされています。これは、鈍器による打撃を原因として発生したと考えられます。

次に死因です。肺の中に運河の水を含んでいたということは、生体反応があったからで、それで『溺死』と結論づけたんでしょう。しかし、溺死にしては、肺の重量が少ない。通常は左三五〇グラム前後、右四五〇グラム前後のところ、大量の水を吸引すると、肺は膨隆《ぼうりゅう》し、重くなります。左右とも一〇〇〇グラム前後になるのがふつうです。しかし、この被害者の場合、左四二七グラム、右五三一グラムしかない。解剖前の写真を見ても、肺が膨隆しているようには見えない。

さらに、二つの点で、『溺死』とするには疑問が残ります。一つは、溺死の外部所見である鼻口からの白色の微細泡沫《びさいほうまつ》、石鹸《せっけん》の泡が鼻や口からとびでたような、『茸状泡沫《きのこじょうほうまつ》』とわれわれが呼んでいるものが見られない。二番目に、内部所見として、プランクトンの存在です。死体発見場所である辰巳運河は東京湾につながっており、プランクトンが生息していました。実況見分調書によれば、水中には木屑《きくず》もあったとされています。辰巳運河は新木場に近く、貯木場《ちょぼくじょう》にもつながっていたことから、木屑が流れてきたんでしょう。木材にひっかかった状態で遺体が発見されていることからも、木屑の存在を推定できます。運河の水を吸引したとしたら、プランクトンや木屑が臓器内で発見されてもよさそうなのに、ほとんど発見されていない。全然ではないが、ごく微量しか肺に残留していない。肝臓、腎臓、脾臓《ひぞう》などの実質臓器に至ってはゼロです。肺からプランクトンが検出されただけでは、溺死とは判定できず、実質臓器からの検出があってはじめて、溺死の確定診断となります。つまり、本件被害者の場合、溺死特有の外部所見、内部所見に、諸々《もろもろ》の点で該当しません。

結論として、この被害女性は、橋の上で鈍器で左側頭部を殴打された瞬間、気絶するほどの強い衝撃をうけ、意識混濁のまま運河に落とされて死に至ったとみるのが自然です」

「溺死の外部所見のひとつとして、水中死体の場合、皮下に腐敗ガスが大量発生することによって、全身が膨隆し、巨人のような様相を呈すると、法医学の文献には書かれています。しかし、今回の遺体の外部所見には、そういう巨人様化がみられません。この点は、どう解釈したらよろしいでしょうか」

「水温が低い場合、特にセ氏四から五度以下では、溺死であっても、腐敗ガスは発生しにくいんです。本件の遺体が水中にあった当時、吹雪でしたから、運河の水温は零度近くではなかったかと推測されます。このため、腐敗ガスの発生がおさえられ、巨人様化に至らなかったと思われます。腐敗ガスが発生しなければ、死体は浮揚しないのがふつうなんですが、今回は、たまたま運河に木材が流れていたため、それにひっかかって、通行人が発見したんでしょう。つまり、腐敗ガスや巨人様化の有無は、本件の死因とは結びつかないといえます」

「そうしますと、先生のお見立てでは、死因は何になるんでしょうか」

「左側頭部への打撃による急性硬膜外血腫、脳挫傷です。おそらくこの女性は、その一撃によって、死線をさまよい、運河に落とされた。もしかすると、水中で意識がもどりかけ、必死にもがいたかもしれない。そのとき、運河の水を吸引した可能性はある。そう考えます」

「ありがとうございました」

私は着席する。

「検察官、反対尋問を」

吉峯は右横の若い検事と小声で相談したあと、立ち上る。

「ございません」

吉峯は、警戒したのだ。下手に反対尋問をすると、都立医科大学が作った鑑定書の誤謬《ごびゅう》をさらに指摘され、自分たちに不利な証言を上塗りされることを。

「では山鹿先生、ご苦労さまでした」

長崎に促されて、山鹿は証言台の椅子をひく。傍聴席にもどる途中、私と目が合う。

「検察官、ただいま山鹿証人から『鑑定書』の死因の誤りを指摘されました。これについてはどうされますか」

「次回までに検討させて下さい。検察側としましても、都立医科大の教授に確認する必要がありますので」

「いいでしょう。弁護人の立証予定は？」

「平手潤の弾劾《だんがい》証人として、黒沼シランを証人申請します」

「弾劾証人？　どういう関係の方ですか」

「平手潤の交際相手です」

弾劾証人とは、ある証人の、証言の信憑性を減殺《げんさい》させるための証人を指す。

裁判長は、左右の陪席判事と小声でやりとりする。

「では、黒沼シランを証人として採用することとします」


傍聴人たちが帰り始める。最前列の山鹿教授に歩み寄る。

「先生、お忙しい中、ご出頭いただき、ありがとうございました」

「反対尋問がないっていうんで、拍子抜けしたよ」

「そうでしたか。今後の検察側の対応如何《いかん》によっては、再度ご助言をいただきたいと考えております」

「ああいいよ。いつでもいって下さい」

「ありがとうございます」

腰を折って、教授を見送る。

弁護人席にもどる。書類を鞄につめようとしたとき、丘野が、傍聴席のほうに目くばせする。

「あの男が来ているわ」

庄内貢太だ。

「隣の年輩の女性は」

「母親よ。庄内タキ」

男と女の動きをみつめる。

男はチラッと私のほうを見た。外観から判断する限り、到底、身体障害等級一級には見えない。母親のほうは老婆だ。髪の一部を紫色に染めている。部分的に色落ちし、白髪がのぞく。背筋はしゃきっとしていて、腰はまがっていない。男は一人かと思ったが、二人だった。貢太のあとに兄の秋央がつづいている。

貢太がまたこちらを一瞥する。母親は、貢太より足速に出口に向かって歩いていく。

「出ましょう」

彼女はうなずく。

「黒沼シランっていう女《ひと》、よくみつけたわね」

「別件の依頼人です。丘野先生の味方になってくれるはずです」

法廷の弁護人用のドアをあける。先に行ったはずの秋央が廊下で待っていた。五メートルくらい離れて貢太が、その先にタキもいる。貢太は、憎しみをこめた視線を、丘野に向けている。

秋央が寄ってきた。

「けがは大丈夫でしたか」

「けが？　……ああ、おかげさまで。お気遣いいただき、ありがとうございました」

秋央は髪を整え、黒のスーツにネクタイを締めて、ビジネスマンの装いだ。

「その後、お仕事はみつかりましたか」

「まだです。苦労しています。今日もこのあと、面接の予定がありまして」

「この裁判に興味がおありですか」

「はい。弟が以前、丘野先生にはお世話になりましたので。私も国会図書館へ行って、保険金殺人の判例を調べてみたんですよ。ほとんどのケースで有罪になっていますね。特に被告人をとりまく情状が悪いときは、有罪の確率が高い。不倫とか。でも、丘野先生のケースだけは、例外であってほしいと願っています」

「それはどうも」

庄内は皮肉な笑みを浮かべる。

彼のうしろ姿を見ながら、丘野はいった。

「嫌みな男」

エレベーターで一緒になりたくないので、廊下のつき当たりの窓際に彼女を誘い、時間をつぶす。

「懲戒請求した男だから、今回の証人尋問に興味があったのか」

「母親もついてくるなんて」

「何か陰湿さを感じる。傍聴券をとってまで法廷に来たんだから」

「福祉センターに障害偽装を通告したいくらいだわ」

「ホテルのルームサービス係の男の証言、あれでは、完璧なアリバイ立証にはなりませんね。サンドイッチとシャンパンを実際に届けたのは同じ係の女性のようで、彼の証言は伝聞になりますから。先生はそのとき、顔は合わせなかったんですか」

「ええ、なるべく人目につかないように心がけていましたので」

アリバイの証明が弱いとなると、検察はこのまま丘野の有罪立証に突き進んでくるだろう。さしあたって、死因を検察がどう判断するかだ。

35

刑事の六車が、私を訪ねてきた。

公判中の丘野の件で、補充捜査でもするつもりなのか。

彼はいった。

「先日行われた山鹿教授の証人尋問の詳細を新聞で読みました。私は、丘野さんを誤認逮捕したんじゃないか、と思えてならないんです。それならこの手で、本ボシをパクらないと、どうも寝覚めが悪くていけない。何か先生に協力できないかと思って来ました」

「臨海署の捜査本部は、解散しているんじゃありませんか」

「ええ」

「いま、六車さんはどちらに？」

「本庁の捜査一課にもどっています」

「動けるんですか」

「大丈夫です。上にいわなければいいんですから。刑事はホシをあげるのが仕事です。しかし、シロかもしれないと思いつつ、日を過ごすのは、私の性に合わない。逮捕状を請求したのは、私なんですから。丘野弁護士に疑いの目を向けたことにより、上も私も、周りが見えなくなっていました。もっとよく調べるべきだった。ホシの手がかりを見逃さないのと同じように、自分の非も見逃さない。自分の過ちは、自分で正す。それがあるべき刑事魂だと思っています」

「おどろきましたね。そこまでいう刑事に会ったのは、はじめてです」

「実は、水戸先生のところに来たのには、わけがあります。私が兄貴と慕う人に勧められたからです」

「ほう」

「これまで、いろいろありましてね。私の郷里は大津《おおつ》ですが、少年時代は、警察官になるようなタイプじゃなかった。むしろ、警察の世話になるような人間でした。小学生のころは、不登校で親を困らせ、中学に入ってからは、非行に走りました。高校のときは、暴走族仲間との博打《ばくち》にのめりこみました。負けた金を払えずに、袋だたきにされ、血だらけになって路地に倒れていたところを救ってくれたのが、二〇歳そこそこの男でした。もう少し発見が遅れていたら、出血多量で死んでいただろうと医者にいわれました。助けてくれた男から、病院でいわれました。『こんな生活をいつまでもしていてはだめだ。早く族《ゾク》から足を洗え。怖《こわ》ければ俺がかけ合ってやる。族の頭《アタマ》は知っているから』生死の境をさ迷ったことが私を立ち直らせました。それ以来、私はその人を兄貴と慕っています」

「その人、いまは？」

「魚屋をやってます。京都で。今回、私は自分の悩みをその人に打ち明けました。彼はいったんです。『俺は親父《おやじ》を八年前に交通事故で亡くした。親父はミニバンを運転していたが、相手のダンプの赤信号無視だった。相手の保険屋がＪＳ損保だった。保険屋は何ていったと思う？　親父の方が赤信号を無視していた。借金の返済に苦しんでいたので、故意に赤信号を無視して交差点に突っ込んだんだろう。死んで、保険金をだまし取ろうと企《たくら》んだ保険金詐欺にちがいないと。俺はこのときほど、頭に血が上ったことはない。加害者側からは一円も出なかった。一生、ＪＳ損保は許さない、と誓った。親父は犬死させられたんだ。それ以来、ＪＳの名がでるたびに、ＪＳの悪口をいいつづけてきた。

二年ちかく前のことだ。そのＪＳ損保を東京の狩田、水戸という二人の弁護士が徹底的に痛めつけ、倒産に追い込んでくれた。俺は二人の先生がいる東京に向かって、手を合わせたね。おかげで、俺の不眠症も治った。

当時の新聞によると、主に動いたのは、水戸先生と書いてあった。

俺がもし、困ったことができたら、東京に出向いて、絶対、水戸先生に依頼する。相手から取る金が全部弁護士費用に消えても、構わない。金の問題なんかじゃない。俺の恨みを晴らし、人生を変えてくれたのが、水戸先生だからだ。

六車、お前の生き方が俺によって変わったというなら、俺の生き方は、水戸先生によって変わった。

だから、誤認逮捕をしたのではないかとひとりで悩むくらいなら、水戸先生に相談したらどうか。お前の上司は、丘野の逮捕でお前の仕事は終わったといってるんだろう。このままでは、動きようがないじゃないか。あの人は並の弁護士じゃない。超すご腕だ。あの先生なら、解決の糸口をきっと見つけてくれるだろう』そういわれて、先生のところに来ました」

36

「いや、私の弁護活動が、そんな風に他人様《ひとさま》のお役にたっていたとは、思いもよりませんでした。丘野弁護士の裁判の方は、まだ先が読めない状態です。検察側もこのまま黙っているとは思えませんし。いずれ、六車さんのお力をお借りしたいことが、でてくるかもしれません。そのときは、よろしくお願いします」

「遠慮なくいって下さい。実は被害者《がいしゃ》の夫ですが、保険金増額の話は、一一月ないし一二月に妻からもちかけられたと証言しています。保険会社に確認したところ、事件の前年の八月末ごろには、夫から、妻の生命保険金を一億円にしたら、保険料はいくらになるか、という問い合わせがきていたことが判明しました」

「ということは、平手潤は、保険金増額を、妻が殺される半年前から計画していた可能性があるということですか」

「ええ」

「それを、事件の三ヵ月前に、妻から提案されたように嘘をついた……」

「彼にはアリバイがありましたので、先生にはお伝えしなかったのですが、事件直後、被害者のマンションの住民に聞き込みをしたところ、平手宅の隣人がいうには、夫婦で言い争いをしているような声がときどき聞こえたというんです。それも、事件の六ヵ月くらい前から。平手潤が、妻の生命保険金増額について、保険料を生保に打診した時期と重なります」

夜、自宅のテレビで、ＮＨＫのニュース番組を見ていたときだ。

女性アナウンサーは伝える。

『警視庁は、投資顧問会社、パラオ・ナショナル・ファンドの代表取締役能代良治を詐欺の疑いで、全国に指名手配しました。能代容疑者は、………被害総額は、全国で三七億八〇〇〇万円に及ぶとみられています』

記者が、ビル街をキャリーバッグを持って歩行中の本人にマイクをさし向け、インタビューを試みようとしている。男は、ボルサリーノを目深にかぶり、記者の呼びかけを無視して歩き去る。あご髭をはやした男であることはわかるが、顔がよく見えない。たぶん帽子は、顔を隠すためのファッションなんだろう。

被害にあった高齢の女性は、涙声で話す。

『パラオは、親日の国で安心です。定期預金だから、元本割れは絶対にありません。安心して預けて下さいっていうんで、すっかり信用してしまって……老後の蓄えでしたので、これからどうやって生きていったらいいのかと、途方に暮れています。返してもらいたいです、すぐに』

荘、谷山の資料にあたったあと、六車に電話する。

「ちょっと、お力をお借りしたいことがありましてね。丘野の話によれば、彼女が平手教授の研究室を訪ねたとき、教授は丘野への懲戒請求に触れ、『私が懲戒処分にはさせない』といったといいます。教授が若杉判事とも親しかったことからすると、若杉判事も同調した可能性がある。二人はもしかすると、丘野の懲戒事件の『議決書』の草案を作った荘、谷山という二人の弁護士に、内容の変更を求めたのかもしれません。ところが二人はそれに応じなかった。応じたくない理由があった。そう推測しています。しかし、荘、谷山には守秘義務がありますから、口を割らないでしょう。懲戒委員会委員長の松河弁護士や他の委員も同様だと思います。話す可能性があるとしたら、懲戒委員会に臨席していた新弁の事務局長です。私と一緒に事務局長に会いに行ってくれませんか。新弁の懲戒委員会の外部委員が殺されているわけで、その捜査に協力してもらいたいといえば、話すかもしれません」

「なるほど。わかりました」

「あすの朝一〇時に、弁護士会館一階のロビーでどうでしょう」

§

翌朝、六車とともに、一七階の新弁を訪ねる。受付の女性に名前を告げ、事務局長に会いたいと伝える。

現われたのは、小柄で、物腰の柔かい辻本公一《つじもとこういち》という男だった。丘野の刑事裁判で弁護人をしていることと、用件を伝える。六車は警察手帳をかざした。

私は単刀直入にいう。

「辻本さんは事務局長として、懲戒委員会の審議の場に同席されていましたよね」

「そうですが、審議内容は外部の方にはお話しできないんですよ。事務局の者にも守秘義務がありますので」

「それは知っています。しかし、懲戒委員の平手教授が殺されているんです。いま話していただけないとなると、辻本さんに署までおいでいただいて、事情聴取をうけてもらうことになりかねません。大ごとになりますよ。会の役員には当然知れ渡るでしょうし、新聞にのるかもしれません」

辻本の顔が青ざめていく。

「なんでしたらいま、会長さんの承認を内々に求められたらいかがでしょうか」

困惑した表情で考えている。

「……しばらくここでお待ち下さい。会長に訊いてまいりますから」

彼はそういって、奥にひっこむ。ほどなくして、でてきた。

「それではどうぞ、こちらの応接室にお入り下さい」

通された部屋は会議室のようだ。中央には、オーバル形の巨大なマホガニーのテーブル。片側に一〇脚ずつ、合計二〇人分の黒革のアームチェアーが並んでいる。

その一端に私と六車が座り、向かいに辻本が腰をおろす。

「当会としましても、懲戒委員会の外部委員の先生が殺害されたことには、心を痛めております。捜査には協力しなさいというのが会長の考えですので、私でわかることでしたら、何でもお話しいたします」

「ありがとうございます」

私は切りだす。

「丘野弁護士は、新弁・懲戒委員会で業務停止六ヵ月の処分をうけましたが、その処分が出される前に、平手教授を殺害したとされています。しかし、犯行当夜、丘野弁護士が平手教授に呼び出され、教授の研究室を訪ねたとき、教授は丘野弁護士に、懲戒処分にはさせないといったといいます。平手教授と若杉判事は親しかったと聞きました。そこでおたずねしたいのですが、平手、若杉の両先生から、その件で主査を務めていた荘、谷山の両弁護士が作った『議決書』の草案に、委員会の席上、疑義が出されませんでしたか」

辻本は、黙ってうなずく。

「どのような疑義が出されたんでしょうか」

「『こんな議決書を書いたら、虚偽公文書作成罪になります。懲戒委員会の委員は、刑罰法令の適用にあたっては、公務員とみなされるのはご存じでしょう。われわれは、このような犯罪に加担するわけにはいかない』と平手先生がおっしゃいました。若杉先生も同調されました」

「それに対し、主査の荘、谷山委員は、何ていったのですか」

「何もおっしゃいませんでした」

「平手、若杉委員と荘、谷山委員の対立は、委員会の席上でだけあったのですか」

「委員会が閉会してからも、平手、若杉両先生が、荘、谷山両先生にはげしく詰め寄っていたのを覚えています」

「平手、若杉先生からの指摘に対し、荘、谷山の両弁護士はどういう反応をしたんでしょうか」

「困惑していたようです。特に反論はしていませんでしたが」

「誤りを指摘されたら、草案の内容を変えればすむことですよね。どうして困惑する必要があるのか。それとも、草案を変えたくない理由でもあったんでしょうか」

「さあ、そこまではわかりません」

辻本は、顔を曇らせた。彼は何かを隠している。

37

二〇〇九年一二月一七日、第四回公判の冒頭で、吉峯は発言を求める。

「裁判長、検察はここで、訴因の一部を変更します」

「どのように変更するんですか」

「はい。『被告人は、携帯していた折りたたみ傘の把手《とって》で、背後から被害者の左側頭部を殴打し、ひるんだ隙に同人を運河に投げ棄て、溺死させた』に変えます」

「訴因変更申立書を提出して下さい」

吉峯は廷吏を介して、裁判長と弁護人席に申立書をよこす。

「では被告人、前へ」

丘野が証言台に進みでる。

「お聞きの通り、犯行態様について、検察は訴因の一部を変更してきました。これについての答弁は？」

「私はそのような行為は一切しておりません」

「弁護人も同じ意見ですか」

「そうです」

「検察官、変更後の訴因によれば、凶器を特定しているようですが、それについての立証方法は？」

「押収済みの折りたたみ傘と、それに関する検証調書を追加提出致します」

「弁護人、検証調書はよろしいですか」

「同意します」

「では採用して、二つとも取調べることにします。検察官、物《ぶつ》を被告人に示して下さい」

吉峯が、ビニール袋に入った折りたたみ傘を、丘野の前に置く。

「この傘はあなたの物ですね」

「そうです」

吉峯は、ビニール袋ごと廷吏にさし出す。

裁判長は一瞥し、右陪席の判事に回す。

「それでは検察官、検証調書の要旨の告知を」

「はい。折りたたみ傘は、折りたたまれた状態で、長さ二四センチであり、そのうち把手部分はたて四・七センチの円筒形になっています。この円筒部分の材質はアクリル樹脂です。全体の重さは二〇七グラムで、円筒部分は着脱可能な構造になっています。この円筒部分を逆さにした場合、つまり傘の部分を下に、把手を上にした場合、よくわかるのですが、円筒部分の上端の縁から下にかけて約三センチ、線状痕がついています。以上が検証調書の要旨です」

長崎は、ビニール袋の中の傘に目を近づける。

吉峯が説明する。

「その線状痕は、被告人が、折りたたまれた傘の部分を右手に持ち、把手部分で被害者の左側頭部を強打したとき、ついたものと推定されます」

長崎は眉をひそめながら、右陪席と左陪席に、吉峯が指摘した把手の部分を示す。

「検察官、いま傘の部分を手に持ち、把手部分を被害者の側頭部に強打したといいましたねぇ」

「はい」

「この折りたたみ傘を折りたたんだまま、逆さに持ったというんですか」

「そうです」

「しかし、犯行当夜は吹雪だったんでしょう？　それなら、傘は開いていたんじゃないですか」

「いいえ、裁判長。捜査段階の被告人の供述によりますと、犯行前の数日、天気予報で東京は雪になるといわれていたため、被告人は折りたたみ傘を鞄に入れて持ち歩いていました。ところが、被告人が有明にある平手教授の研究室を訪ねるため、自分の事務所を出たときは、すでに外は吹雪いていたため、折りたたみ傘では役に立たないと判断して、オフィスに常備していたふつうの傘をもって出たということです。犯行に及んだ際も、被告人はふつうの傘をさしておりましたが、鞄の中には、凶器となった折りたたみ傘がそのまましまわれていたことになります」

私は立つ。

「裁判長、ただいまの検察官の見解は、検察側がにわかにこしらえたフィクションにすぎません。たしかに、被告人は当時、鞄の中に折りたたみ傘を入れておりましたが、あの日は、ひどい吹雪になりましたので、小さめの折りたたみ傘などでは役に立たないと判断し、ふつうの傘をもって出た、それだけのことです。また被告人は教授の研究室をでたあと、日英法科大学の正面玄関からタクシーで、ホテルエクセルシオール東京ベイに行っております。教授と行動をともにしてはおりません。さらにいえば、把手部分の線状痕ですが、そんな傷は使用中に容易につくものであり、被害者の左側頭部の損傷のつき方と傘の把手の線状痕が一致するものか、はなはだ疑問に感じます」

「検察官、弁護人がいま指摘した点については、どう証明するんですか」

「取調済みの『鑑定書』を作成した都立医科大学教授の祖父江透を証人として申請します」

祖父江の証人喚問が採用される。

「では、弁護人申請の黒沼シランさん、前にでてきて下さい」

彼女は、珍しく、黒のスーツに白のブラウス姿で出頭した。

人定質問で職業を訊かれる。

「無職です」

長崎に促されて、私は尋問に立つ。

「あなたは、この裁判の被害者の夫平手潤さんをご存じですか」

「知っています」

「どういうきっかけで、彼を知ったのですか」

「ＪＢＣテレビで、バラエティ番組をアシスタントとして手伝う機会がありました」

「いつごろですか」

「たしか、五年くらい前です。収録のあと、プロデューサーの平手さんが私に声をかけてきたんです」

「待って下さい。彼は報道局長だと法廷で証言しているんですが」

「その当時は、報道局ではなく、番組編成局にいらしたと思います」

「声をかけてきて、そのあとは？」

「食事に誘われ、ときどき電話をもらって、つき合うようになりました」

「平手理沙子さんが殺されたのは、二〇〇八年二月二八日ですが、その前から交際していたんですね」

「はい」

「平手潤さんはこの法廷で、被告人が、『奥さん、いなくなってくれるといいのに』といったといっています。そういうことを彼の口から聞いたことはありますか」

「それは逆です。妻がいなくなってくれないかと思っている。世の中の男はみんな、一度は妻の不在を願うものさ、と彼はいいました」

「いつ、どこでですか」

「教授が亡くなる少し前じゃなかったかと思います。場所は、竹芝にあるホテルエクセルシオール東京ベイの部屋でした」

「どういう状況で、彼はそういったのですか」

「行為のあと、ベッドで、『奥様を愛してないの?』って訊いたんです。そうしたら、彼、そういったんです。半分は冗談だったかもしれませんが」

「今回の裁判に関係するようなことも話したことがありますか」

「あります。この裁判で、彼が証人喚問されたとき、彼と丘野先生の交際が明るみに出ました。その公判の何日かあとだったと思います。ホテルで、私、訊きました。『あなた、丘野先生とも交際してたんでしょ?』って。そうしたら彼、横になったままいいました。『昔はな……でも、もう終わった。あれは実刑になる』って。『どうしてそういえるの?』って訊くと、いったんです。『俺が法廷で、あいつが殺ったことを匂わせたからな。保険金を出させるには、彼女を犠牲にするしかなかった』」

「生命保険金のことですか」

「ええ、保険会社には、丘野先生と共謀して奥さんを殺したのではないかと疑われていたようで、その疑いを払拭するため、丘野先生に罪をかぶせたといっていました」

「彼への疑いが晴れれば、保険金は支払われるといっていましたか」

「はい。『これであの女とは別れる口実ができた。金が降りたら、好きなものを買ってやる』というので、『期待してるわ』といいました」

「終わります」

　私は着席する。

「検察官、反対尋問を」

吉峯が立ち上る。

「あなた、職業は、無職だといいましたね」

「はい」

「いまは無職だけど、昔はテレビ番組のアシスタントをしていたということですか」

「そうです」

「その仕事はいつ辞めたんですか」

「四年くらい前です」

「どうして辞めたんですか」

「大学院に入ることになったからです」

予想外の証言だった。彼女の次の言葉に、私は耳を傾けた。

「大学院の学費は、誰がだしていたんですか」

「彼に援助してもらっていました」

「平手潤さんにですか」

「はい」

「どのくらいの援助をうけていたんですか」

「月三〇万円です」

ほお、と吉峯が息を吐く。

「現在でも、平手さんから援助をうけているんですか」

「うけていません」

「それはどうして?」

「終わったからです。関係が」

「どちらから別れ話を切りだしたんですか」

黒沼はムッとした表情を浮かべ、助けを求めるかのように、こちらを見る。

「裁判長、検察官は本件とは関係のないプライベートな問題に立ち入る質問をしています。このような質問は、証人を困惑させるもので、不適切です。やめさせていただきたい」

「検察官、証人のプライバシーに配慮して質問するようにして下さい」

「わかりました。では質問を変えます。あなたは先ほど、平手潤さんがベッドであれこれ話したことを証言されてましたね」

「はい」

「それは本当なんですか」

「本当です」

「あなた、彼に対し、丘野弁護士と自分との二股をかけていることを強くなじったのではありませんか」

「えっ?」

彼女は動揺する。

「なじった結果、平手さんとの関係が冷えて、当然、資金援助もなくなった。そうではありませんか」

「それは違います」

「違う？　部下の検事が、平手さんに確認したところでは、彼のほうはそういってるんですがね。だから腹いせに、彼を悪者に仕立てた」

「そんなこと、ありません。でたらめいわないで下さい」

「でたらめじゃないでしょ。あなたねぇ、法廷で嘘をいうと偽証罪になるんですよ。わかってるんですか」

「それって、証人である私に対しての脅しじゃないでしょうか」

彼女は、私の方に視線を送る。

「異議があります。裁判長、検察官は自分の憶測を証人に押しつけ、証人を威迫しています」

「異議を認めます。検察官は推測で質問をしないように」

「わかりました。事前に平手潤から聞いていた内容とはくい違うものですから。それではもう一度、訊きます。平手潤さんの女性関係について、あなたが強くなじったというか、非難したことはあったんですか、なかったんですか」

「『なじった』とか『非難した』といわれても、……少し皮肉をこめていったかもしれませんが、特に非難めいた口調でいったことはありません」

「平手さんの方は、そうは受けとっていませんけどね」

「それは、受けとる側の意識の問題でしょ。第一、いま検事さんが私に、平手さんの話としておっしゃっていることは、部下の検事さんからの伝聞じゃありませんか。本当に彼がそんなことをいったかどうか」

彼女の反論の論理的正確さに、おどろく。

吉峯の顔が紅潮する。

「私が嘘をいっているとでもいうんですか」

「彼が話したとする内容の正確性に疑問があるといいたいんです。あの裁判長、司法修習時代に私は、検察官の質問自体が、不確かな事実や憶測にもとづいているときは、それを指摘して、証人には証言を回避させる方が望ましいと、研修所の弁護教官から教えられました」

目を見開いて、長崎は証人を見つめる。私も彼女に注目する。吉峯も、仰天《ぎょうてん》した表情を隠さない。

長崎はたずねる。

「司法修習時代といわれたけど、あなたは無職ではないのですか」

「いまは無職です。法科大学院をでて、すぐ司法試験に合格し、司法研修所の二回試験（卒業試験）にも合格したんですが、法律事務所の就職先がみつからなくて……」

「参考までに訊きますが、弁護士登録は申請したのですか」

「申請しようにも、働き口がみつからなければ会費も払えませんので、断念しました」

「そうでしたか。検察官、つづけて下さい」

「いいえ、結構です」

あきらめ顔で、吉峯は着席する。

傍聴人が帰り始める。

ダウンジャケットを着た人が目立つ。

最前列の黒沼に歩み寄る。

「話があります。廊下の突きあたりの控室で待っていて下さい」

弁護人席にもどる。丘野にささやく。

「いま証言してくれた女性に確認しておきたいことがありますので、先生は先にお帰りいただいて結構です」

「わかりました。彼、あの女《ひと》ともつきあい、私と別れる口実を探していたかと思うと悲しくて」

「お気持はお察しします。彼のことは、早く忘れた方が賢明ですよ。今日の証言で、平手潤の証言の信用性が揺らいだのは幸いでした」

「そう思います、私も」


東京地裁の裏手にある弁護士会館地下一階の喫茶室に、黒沼を誘う。

ウェイトレスが去ったのを見て、たずねる。

「あなたが弁護士資格を持っているというのには、おどろきました。あなたほどの美人が、どうしてどこの法律事務所でも採用されなかったのか、不思議だな」

「色っぽすぎたのがいけなかったのかも」

「それはどういう意味?」

「国際法律事務所に就職が決まっていたんです。入る前にボスに食事に誘われ、車でホテルに連れ込まれそうになったんです。『これってセクハラじゃない。弁護士会にいってやる』といったら、クビにされました」

「そのあと就活は？」

「してみたけど、もうどこにも採用の口がなかったんです」

私と同じだ。就活に出遅れたのは。

「ノキ弁でもいいから、どこかの法律事務所に籍だけおかせてもらおうとは思わなかったの？」

ノキ弁とは、「軒先《のきさき》を借りる弁護士」という意味で、オフィス内に机だけをおかせてもらい、固定給はなく、たまにボスから回してもらう仕事を手伝って、歩合給を得るというシステムのことだ。イソ弁と呼ばれる勤務弁護士（アソシエイト）にはそれなりの固定給が支払われるから、生活は安定する。しかし、ノキ弁は、いつ仕事をもらえるか不確定だ。食事は一日一食で、いつもおにぎりかカップ麵、あとは水だけ。年収六〇万円などという人もいる。

「同期でノキ弁になった人もいますけど、結局食べられなくて、一年もしないうちに、弁護士登録を抹消しました」

「確かに、日弁連の会報『自由と正義』には、毎月何十人もの登録抹消請求者の氏名が掲載されている。三、四年前までは新人弁護士ばかりだったが、最近は中堅や還暦をすぎたベテランまで載るようになりました。法テラスの国選弁護の受付窓口には、新人や高齢の弁護士が、安くてもいいから仕事をもらおうと、殺到しているらしい」

「栄養失調で、同期が二人死んでいます。生活保護を受けている人もいるわ。会社に勤めた方が、よほどましなんです。でも、なまじ法曹資格をもっていると、企業側は、権利意識が強くて、労働問題が起きたとき、厄介《やっかい》な人間と思うのか、新卒にくらべると、採用をしぶりがちなんです。リーマン・ショック以来、景気が低迷しているので、なおさら。だから、あの男の愛人生活を続けるしかなかったんです」

「そうでしたか……法廷での受け答えには感心しました。あなたが、それほど明晰《めいせき》な頭脳の持主なら、伯母さんの預金が紛失している件も、何か手がかりがみつかりませんでしたか」

「伯母の遺品を洗いざらいあたってみたけど、これというものは何も」

鞄を持って立ち上る。

店を出、地上への階段を上る。彼女もついてくる。

表にでる。日比谷公園を右に見て、祝田橋《いわいだばし》に向かって歩く。サザンカの葉叢から、黄櫨染《こうろぜん》に輝く屋根がのぞく。日本料理店「幽玄亭」の銅板の円蓋だ。初冬の落日が反射し、煌々《こうこう》ときらめいている。

「有楽町《ゆうらくちょう》にでるけど、あなたは?」

「途中までご一緒に」

祝田橋の交差点に来る。青信号になったので、横断歩道を渡りかける。

「待って下さい。『密告の件』っていうメモが、教授の手帳に貼ってあったんでしょ」

歩みを止める。

「どうしてあなたが、それを知っている?」

「彼がいってたんです。水戸先生からたずねられたって。でも、知らないと彼は嘘をいった」

「嘘?」

「女から、教授に密告があったんです」

女性が何を平手教授に密告したのだろう。警察だって、密告の内容については、平手潤に聞き込みをしたはずだ。妻が殺されているのだから、彼だって知っていれば話しただろう。密告した女とは何者なのか。それがわかれば、真実解明の突破口になるかもしれない。

38

『大阪府警は、投資詐欺で三七億八〇〇〇万円を騙しとったとして、全国に指名手配されていたパラオ・ナショナル・ファンドの代表能代良治容疑者（五二）を、本日、潜伏先のホテルで逮捕したと発表しました』

夕方のテレビニュースで放映された能代の顔写真では、あご髭は剃り、垂れ目で、純朴そうに見える。あの顔で、パラオの定期預金のパンフレットを示しながら、やさしく投資話をもちかけられたら、高齢者は信じてしまうかもしれない。

六車に電話し、浮島しのぶとの関連性を大阪府警に訊いてもらう。

一時間ほどして、彼から電話が入る。

「能代は、今回のパラオ定期預金への預託を勧誘したのは事実だが、騙してはいないと、全面的に詐欺を否認しているそうです。浮島しのぶの件も、大阪府警の刑事を通して訊いてもらいました。本人は、そんな人物は知らないし、金を預かったこともないといっているようです。まだ逮捕直後なので、後日、自白するかもしれませんが」

§

翌日、拾遺書店を訪ねる。

能代が、浮島しのぶに接近していたのが事実だとすれば、投資話だけでなく、掛軸も彼が換金し、着服したのかと疑ったからだ。

ネットにでていた能代の顔写真を、菅原に示す。

「良寛の掛軸を売りにきたのは、この男ですか」

菅原は、テーブルの眼鏡をかける。

「違いますね。こんな垂れ目ではなかった。もう少し若かった。写真の男は眼鏡をかけていないが、掛軸を売りにきた男は、眼鏡をかけていました」

見込み違いだったか。

顔をあげたとき、菅原の眼鏡が気になった。黒縁眼鏡だった。

39

幾夜もの煩悶《はんもん》の日々が過ぎた。

夜中、問いを反芻《はんすう》したまま眠りに落ちると、明け方、不意に目覚めて自らそれを否定する。本当は彼女が殺ったということはないのか。それはない。彼女はほかに隠していることはないだろうか。ないと信じるべきだ。

オフィスの私の部屋からは、東京湾に出入りする大小の船が見える。朝、竹芝桟橋には豪華客船が白い船体を横づけし、夕べ、台場の海には、隅田川から航行してきた屋形船が、赤い灯をともした。その光景を見るにつけ、気持は、埠頭《ふとう》にたゆたうマストのように揺れた。


クリスマス・イブ。

妻の東京ロイヤル・フィルハーモニーの定期公演を聴くため、サントリーホールに出向く。この日は、ブザンソン国際指揮者コンクールで優勝した日本人の若手指揮者を客演に迎えている。プログラムは、ベートーヴェンの「コリオラン」序曲と「交響曲第九番『合唱付き』」だった。

「コリオラン」序曲を聴いている最中から、脳裡には、丘野への不安の波が襲ってきた。

演奏会が終わって、楽屋口から出てきた妻の三希子と落ちあう。タクシーで月島の自宅に向かう。

「どうだった？」

「よかったよ。マエストロの指揮が躍動的だったね。アンサンブルも絶妙だった」

月並みな誉めことばを口にする。本当はステージの音楽に集中していなかったのだ。

翌朝、オフィスに顔をだすと、丘野から電話があったと秘書の一橋がいった。

私からかけ直す。

「お目にかかって、お話ししておきたいことがあるんです」

彼女の口調は、心なしか愁いを帯びている。

「ではあす一〇時ではどうでしょう。狩田もおりますから」

「わかりました。伺います」

こんどは何だろう。不安がよぎる。

翌日は快晴だった。寒かった。

約束の時間に丘野が顔を出す。苦悩の表情をにじませる。

「実は……私、もう一台、携帯をもっていたんです」

「それは押収されなかったんですか」

「ええ」

「どうして？」

「オフィスの本型のボックスに入れてあったので、わからなかったんでしょうね。漢和辞典の装丁になっていますから」

「平手潤さんとの通信には、そちらを使っていたんですか」

「ええ。彼も二台もっていました。一台目とは別会社のものですが」

「どうしていままで黙っていたんですか。弁護人にはすべて本当のことをいっていただかないと、十分な弁護ができないじゃありませんか。そんなことは、先生ご自身、おわかりでしょう。私まで騙そうとしていたんですか」

鬱積していた感情が口からほとばしる。

「ごめんなさい。押収されなかったために、お知らせするまでもないと思ってしまって……」

彼女は涙ぐんでいる。

「その携帯のほうには、彼がメールでいろいろなことをいってきてたんです。もちろん、メールはそのつど消去しましたけど……もし復元されたときは、不利な証拠になるんじゃないかと思って、いいだせなかったんです」

「内容によっては不利になる。でも、どうして話す気になったんですか」

「検察が、私と彼との通信記録がないことを不審に思って、別の携帯があるはずだと考えた場合、みつかってしまうかもしれません。そういう事態になったときを想定しますと、やはり水戸先生にはお話ししておかなければいけないと思いまして」

「平手さんは、もう一台の携帯はどうしたんでしょう?」

「とっくに処分したはずです」

「先生のその携帯は、いまどこに?」

ハンドバッグから、彼女は携帯をとりだす。

「解約して、処分しようかとも思うんですけど」

「それはしないほうが賢明です。処分してしまうと、万一、検察から証拠開示請求があったとき、自分に不利だから棄てたととられてしまう。元の本型のボックスに入れて、事務所に置いておくのが一番だと思います。気づかないで押収しなかったのは、捜査機関の手落ちですから」

「わかりました。そうします」

「緊急のときは、私の携帯か自宅に電話下さい。電話番号をお知らせしておきます」

メモを渡す。

彼女が携帯を捨てることを懸念して、「取り扱いは慎重に！」と書き添えた。

狩田が現われる。

「外で熱いコーヒーでも飲みましょう」

応接室からテラスに出る。

眼下に東京湾が広がる。穹窿《きゅうりゅう》の下、レインボーブリッジは手に届くくらい間近だ。陽の光を浴びた水面から反射光が拡散し、遠景の高層ビル群が生成色に霞《かす》む。狩田はかつていった。そんな朝は気をつけた方がいい。精神が混濁している証拠なのだと。

そのとき、私はこたえた。

「大気中の微粒子のせいで、こちらの精神とは関係ないんじゃありませんか」

「快晴なのに風景が混濁して見える。自然現象でそう見えるのだろうが、心の目が濁っていると、風景はますます霞む。経験から学んだことだ」

清爽な空気が、肌に心地よい。テーブルを囲んで、木製の椅子に腰を下ろす。小倉がコーヒーを持ってきた。

「弁護士をクビになったら、先生の事務所の清掃人に雇って下さい。こんな素敵なテラスなら、毎日モップを使ってピカピカに磨くわ。先生方がいつ来ても居心地がいいように」

「清掃スタッフとしてではなく、うちの専属モデル兼パラリーガルとして来てもらいますよ。なあ水戸君」

「残念ながら、その可能性は一パーセントもないでしょうね。私が無罪にしてみせますから」

彼女が笑う。狩田からも笑みがこぼれる。

「少し、問題点を整理してみましょう」

狩田がいう。

「丘野先生は、平手教授を殺害したとして起訴された。しかし、先生にはアリバイがある。交際していた平手教授の夫と一緒に竹芝のホテルにいた。平手潤はそれを法廷で証言してくれたが、彼が先生をかばっているととられると、十分な証明とはいえない。ホテルのルームサービス係の男にしても同様です。平手の部屋にサンドイッチとシャンパンを届けたのは、彼ではなく、同じ係の女性だった可能性が高い。彼は直接二人を見ていない。二人が客室にいたという証言は、伝聞ということになる。そうなると、どこまで信憑性があるか疑わしい。アリバイの立証が尽されていないという現状からすると、検察側は当然、有罪に確信をもつでしょう。

問題は、訴因だ。検察は凶器を折りたたみ傘に特定し、左側頭部の頭蓋骨陥没骨折は、傘の把手で強打したときついたと限定してきた。この主張を何とか崩せないだろうか」

「もう一度、山鹿先生に確認してみます」

「そうして下さい。検察が訴因の立証に成功しなければ、有罪にはできない。それにしても、どうもしっくりしない事件だ。どこかでボタンを掛け違えられている気がしてならない」

「私も、その思いを早い段階からもちました」

「平手教授は若杉判事と親しかった。二人とも新弁の懲戒委員会委員だった。この二人は、丘野先生の懲戒手続に関与していた。犯行当夜、丘野先生が教授の研究室を訪ねたとき、教授は、『懲戒処分にはさせないから』といっている。その意見は若杉判事にも伝えられ、判事も同調した。事務局長の辻本公一の話によると、二人は懲戒委員会の審議の中で、主査委員と意見が対立した。もっともそんなことは、弁護士会の委員会ではよくあるケースで、注目するほどのことではない。懲戒手続の審議中に、平手教授が殺された。関連性があるのかないのか」

「丘野先生はどう思われますか」

「私、自分のことに精一杯で、先生方のように、事件の筋を読む余裕がありませんでした。でも思い返せば、平手先生が別れ際に、気になることをおっしゃったんです」

「何て?」

「『生きていくってたいへんね。いわれなき攻撃から身を守らなければならない』」

テラスのフェンスのそばを、スッと鷗《かもめ》が一羽飛んで行った。

40

二〇一〇年一月二一日、第五回公判は、検察側の証人祖父江透の証人尋問で始まった。

祖父江は検察側が提出した「鑑定書」の作成者である。東京都監察医務院の監察医であり、東京都立医科大学法医学教室の教授を兼ねている。背が極端に低い。一五〇センチぐらいしかないだろう。それでいて頭が大きいから、体型のバランスが悪い。

宣誓書を読み上げる声はかすれ、緊張していることをうかがわせる。

証言台に座って落ちつきをとりもどしたのか、吉峯の質問には明瞭な声でこたえる。彼は遺体が都立医大の法医学教室に搬送されたときの状態を述べ、解剖所見に言及する。

「先生は、被害者の死因を『溺死』と結論づけておられますが、その判断は現在でも変わりませんか」

「変わりません」

「弁護側の証人の山鹿晴行教授は、『左側頭部への打撃による急性硬膜外血腫、脳挫傷』を死因とみるべきだといっているんですが、この点はいかがでしょう」

「それは、左側頭部の頭蓋骨陥没骨折と死亡との因果関係、あるいは運河の水の吸引と死亡との因果関係、この二つのどちらにより強い因果関係を認めるかで、判断が分かれると思います。私は後者の方に、より強い因果関係があると考えましたので、死因を『溺死』と致しました」

「ありがとうございました」

吉峯は着席する。

「弁護人、反対尋問を」

用意したメモを持って立ち上る。

「先生が死因を『溺死』とされたのは、被害者の肺の中に運河の水が含まれ、肺が膨隆していたからですか」

「そうです」

「肺が水を含んで膨隆すれば、肺は重くなりますね」

「その通りです」

「解剖所見によれば、被害者の遺体の肺は、左四二七グラム、右五三一グラムで、一般人の平常時の肺と比較しても、そう重くはありませんよね。溺死なら、片側一〇〇〇グラム前後になるのがふつうではないでしょうか」

「そんなことありませんよ。人間は茶碗《ちゃわん》一杯の水でさえも、溺死することがあるんです。溺死とは、水などの液体を気道内に吸引し、それによって生じる窒息死をいうんです。肺の膨隆、重量の増大は、溺死の決定要因ではない。茶碗一杯の水を肺に含んだからといって、そんなに重くはなりません。そんないいかげんな知識、どこから仕入れたんですか」

突然、目を剝《む》いて怒鳴った。私はたじろぐ。長崎もおどろいている。明らかに山鹿教授への対抗意識からだろう。湯島大学と都立医大の法医は、ひごろ何かと対立している。ここで、ひるむわけにはいかない。

「茶碗一杯の水でも、溺死することはあるというお説は、私も存じております。風呂の中で乳幼児が溺死するというケースも知っています。肺の中に吸引された水の量が多いか少ないかは、被害者が、どのような場所のどのような状況下で、どのくらいの時間、水中にあったかにより違ってくるのではありませんか」

祖父江はこたえない。顔面がピクピク痙攣《けいれん》している。

「本件被害者は運河に落とされたと考えられています。被害者はダウンジャケットを着、その下にはセーターを身につけていましたから、水中に投棄されれば、これらの衣類が大量の水を含み、被害者の浮上を妨げる要因になったと推測されます。そうだとすると、被害者が水中でもがいたなら、もっと多量の水を吸引していても、おかしくないのではないでしょうか」

「……うちの法医学教室に搬送されたときの遺体には、淡紅色の死斑がでており、グーススキンと呼んでいる鳥肌現象もみられた。遺体は冷えきっていて、直腸温も低下していた。よくある溺死の様相を呈していましたからねえ……だから『溺死』という判断を……」

「お言葉ですが、溺死特有の外部所見である、鼻口からの白色の微細泡沫はなかったのではありませんか。さらに内部所見で見逃しえないプランクトンの存在も、実質臓器からは確認されていません。このような外部所見、内部所見にてらしても、先生は溺死が死因だとお考えですか」

目が泳いでいる。動揺しているのがわかる。

「さきほどもいったように、被害者がうけた外力が複数あった場合、どの外力、または外傷が死に至らしめたか、どこに強い因果関係を認めるか、それは法医の評価、診断の問題です。一方が絶対的に正しく、他方が誤りということではない」

「先生は、『鑑定書』の中で、左側頭部の頭蓋骨陥没骨折を、被害者が落とされた際、被害者の左側頭部が橋脚の土台であるコンクリートに当たってできたものだと推定されましたね」

「はい」

辰巳桜橋に関する実況見分調書の図面を、証言台の前におく。

「この図面をご覧下さい。被害者が落とされた場所は、ちょうど主塔が立っているところで、直線の歩道からは、半円形にふくらんでいます。このふくらんでいる部分から、落とされたと考えられています。でも、橋脚の土台の写真を見ますと、この通り、ふくらんだ先端よりも土台は引っ込んでいます。このような状況下では、半円形にふくらんだ場所から人間が落とされても、土台には当たらないのではありませんか」

「それは、落とされた場所にもよるでしょう。半円形にふくらんだ場所の先端から投げられたら、当たらないかもしれないが、もっと歩道寄りの、支柱に近い部分から落とされたら、土台に当たる可能性は十分あると思いますね」

　顔を紅潮させて、祖父江はいう。

「先生は、そういう可能性から、土台のコンクリートにあたったと推定されたわけですか」

「そうです」

「もう一度、橋の図面を見て下さい。橋の欄干から橋脚の土台の上端までは、一四・二六メートルと記載されています。一四・二六メートルの高さから、人間が落とされ、左側頭部が土台のコンクリートに激突したなら、頭蓋骨は粉砕骨折をするんじゃありませんか。一点集中的な陥没骨折ではすまないと思うんですが」

「それはどうかな。この日はひどい吹雪だったから、被害者の女性はダウンジャケットのフードをかぶっていた可能性がある。土台には積雪があった。そうであれば、フードや積雪がクッションの役目を果たし、粉砕骨折を免れたとしてもおかしくはない。私はそうみてますがね」

　彼はあくまで自説を曲げようとはしない。反対尋問での深入りは危険である。

「そうですか。最後に一点だけ。裁判長、取調済みの折りたたみ傘を証人に示したいのですが」

　壇上から廷吏を介して、折りたたみ傘が私に渡される。

「この折りたたみ傘の把手を見て下さい。この把手はアクリル樹脂でできていまして、たてに約三センチ、線状の傷が走っています。検察側はこの折りたたみ傘こそ、被害者の左側頭部を殴打した凶器だと主張しています。そこでおたずねしますが、把手についた線状痕が左側頭部を打ちつけたときの痕跡なんでしょうか」

「それはあなたの思い違いだよ。この把手の反対の周縁に、わずかなへこみができている。これが頭部を強打したとき、ついたものだと考えられます」

「変更された訴因によれば、検察側は、被告人が折りたたみ傘の把手で、被害者の左側頭部を殴打したと言っています。そうしますと、左側頭部の頭蓋骨陥没骨折は、そのときできたものだという主張のようにも読みとれます。しかし先生は、陥没骨折は、被害者が落とされた際、橋脚の土台であるコンクリートに当たってできたものだとおっしゃいます。そうなると、検察側の主張と先生のご見解には矛盾があるのではありませんか」

「いや、そうはいいきれないだろう。傘の把手はアクリル樹脂製ですから、打撃の程度によっては、骨折にまでは至らない可能性がある。まして、犯人が女性だとすると、外力は強くなかったかもしれない。被害者はひるんだでしょうが。そういう状態で落とされ、コンクリートに左側頭部が当たったと考えれば、矛盾はない。それに検察は、訴因を変更したものの、頭蓋骨陥没骨折の要因については、言及していなかったんじゃないかな」

「軽いアクリル樹脂といえども、それで殴打すれば、頭皮に痕跡が残るのではありませんか」

「現に残っているだろう。頭蓋骨陥没骨折をしたということは、頭蓋骨を包む頭皮もやられていることが前提です。私の『鑑定書』にも、頭皮の損傷を記載してある」

「それは認識しています。先生は、被害者の頭の、アクリル樹脂で殴られた部位と、落とされたとき、橋脚の土台のコンクリートに打ちつけた部位が同一だとおっしゃりたいわけですか」

「そうです」

「偶然にしては、おかしいとは思いませんか」

「ありえないわけではない。不自然とは考えないが」

「わかりました。終わります」

裁判長は、検察側に再主尋問の有無をたずねる。

「ございません」


法廷を出て廊下を歩く。

丘野に、爽やかな笑顔がのぞく。

「今日の水戸先生には感心したわ。あの法医学者への反対尋問、追及の手を緩めないですものね。たじたじとなっていた。お見事って叫びたかったくらい」

「それはどうも。山鹿先生からレクチャーを受けましたので」

41

山鹿教授の研究室を再訪する。

先生は、外国語の文献らしきものを机上に開き、パソコンのマウスを操作している。

「おう、どうぞ」

傍らの椅子に腰かける。

「グラーツ大学犯罪学研究所の法医の教授がね、新しい論文を送ってきてくれたんだ。あなたが学んだミュンツァー教授とも親しい方だよ。読むかね」

机上に広げた専門雑誌を手にとり、私に示す。ドイツ語だ。ミュンツァー先生のことが蘇る。

ウィーン大学教授で、死刑廃止論者から存置論者に転向した先生には、留学中、公私にわたり指導をうけた。法律論文ならドイツ語でも読めるが、医学論文では歯がたたない。

「結構です、先生。お電話でもご説明しました通り、今日は、検察が凶器として特定してきた折りたたみ傘と頭部の損傷との整合性を確かめたくて参りました」

「資料を見せて」

鞄から証拠資料をとりだす。

「これが折りたたみ傘の検証調書でして、写真のほか、把手の寸法、材質、重さが記載されています。そして、こちらはすでにお手許《てもと》にいっている解剖所見です。被害者の左側頭部の頭皮の損傷、頭蓋骨陥没骨折の形状が載っています。前回の公判で、都立医大の祖父江教授が出廷しまして、これについて説明しました」

「彼は何ていった？」

「把手の、このたてに走っている約三センチの傷は、被害者を殴打したときついたものではなく、反対側の周縁のへこみこそが殴打したときについたものだとおっしゃいました」

「死因についても何かいってたか」

「ええ、明らかに山鹿先生に対抗するような反対意見を述べておられました」

祖父江教授の証言内容を報告する。

「素人だからねぇ、あいつは。あんなのが法医の教授におさまるようじゃ、都立医大もおしまいだな。都立ということで、警視庁はあそこを重用するが、誤診された仏はたまったもんじゃない」

先生は、祖父江に対する怒りをあらわにする。
「資料を預らせてくれませんか。難くせをつけられないように、慎重に検討したうえで回答します」

三日後、山鹿教授からオフィスに電話が入った。
「あの折りたたみ傘では、今回の陥没骨折にはならないね。この傘の把手は長さ四・七センチの円筒形になっている。しかし、中は空洞なので、軽い。しかも円筒の底にあたる部分には、円盤形のアルミがついている。この円盤部分が四ミリはみ出している。手に持ったとき、滑らないようにするためでしょう。全体では八ミリ、円筒より直径が大きい。この円盤部分に微妙なへこみ傷がある。この傷は、頭部を殴打したときについたものだと祖父江はいう。一見もっともらしいが、違うね。傘の部分を手に持って、把手部分を頭部に打ちつけた場合、円盤形の部分が頭皮に先にあたる結果、頭皮にはやや誇張していえば、T字形の損傷がつくのが自然だ。Tの縦棒には、舟底のような半円形の損傷ができると考えられる。

しかし、遺体の頭皮にはT字形の損傷はみられない。舟底形の損傷もない。頭頂部から斜め左に五・四センチさがった側頭部にかけて、一ヵ所のみ三センチ四方くらいの損傷があり、頭蓋骨の陥没骨折も、その一点のみ、集中的に外力が加わったとみられる。

これはむしろ、三センチ四方くらいの、作用面の小さいハンマーのような鈍器によって、殴打されたと考えるのが合理的です。おそらく、この折りたたみ傘の円盤形の部分の傷は、持主が傘を固い地面、アスファルトやビルの床などに、誤って落としたときついたものでしょう」

「先生、それをもう一度『鑑定意見書』の形式にしたためていただけませんか」

「いいですよ。祖父江ごときにデタラメをいわれたんじゃ、こっちも黙っているわけにはいかないから」

草稿ができ次第、メールで送ってくれるよう頼む。これで検察側の立証を崩せるかもしれない。

42

黒沼シランが、前ぶれもなく、事務所に訪ねてきた。

「どうしました？　このあと私は法廷がありますので、余り時間がないんですが」

「もう調査は中止してほしいんです」

「中止？　どうして？」

「理由は訊かないで下さい。一億六〇〇〇万を伯母が自分でおろしたのなら、伯母のお金なんですから、それはそれで仕方ないと思っています」

「一億六〇〇〇万ですよ。そんな大金がおろされたまま、使途が不明というのは、おかしいじゃありませんか。もし投資詐欺にひっかかったのなら、犯人を追及したくなりませんか」

「もういいんです」

「あきらめるんですか」

彼女は、トートバッグから厚みのある大きめの封筒をとり出す。

「この中に六〇〇万あります。五五〇万は先日の掛軸の代金です。残り五〇万は先生への謝礼です。お世話になりました」

そういって彼女は立ち上る。

「ちょっと待って下さい。この金はどうしたんですか」

「街金《マチキン》から借りました」

「何という無謀なことを。そんな金は受けとれない。すぐ返して下さい」

「いいんです」

金を置いたままでていく。引きとめたが、エレベーターに乗ってしまった。

封筒の中身を調べる。帯封をした一〇〇万円の札束が六つ入っている。

どうしたものか。とりあえず、この金は預っておくしかない。

依頼人は、これ以上調査はするな、と釘《くぎ》をさした。それでもつづけるのは、依頼の趣旨に反する。弁護士倫理にも反するのではないか。


法廷からもどって、狩田に相談する。

「不可解だが……何かが、彼女に心境の変化をもたらした。そう考えざるをえない」

「ええ」

「止めろといわれれば、ふつうならそこで中止する。しかし、内密に調査をつづけたとしても、非難には値しない。真実発見も弁護士の使命だ。調査費用を依頼人に請求することはできないが。ただその前に、中止の理由を質すべきだろう」

「本人に会ってみます」

黒沼と連絡をとる。

ホテルグランアムール台場の三二階、スカイラウンジ「スーヴェニール」で会う約束をとりつける。私を避けるかと思ったが、意外にもすんなり承諾したので、びっくりした。

店に着く。

窓際の席に、彼女が見える。眼前に一八〇度、黄昏《たそがれ》の東京湾がひろがる。レインボーブリッジをかたどる白い光、そのシルエットの下から発する琥珀《こはく》色のさざ波の帯、浜離宮と高層ビル群の黒い影、刻一刻表情を変える風景は、いつも何かの予兆を孕《はら》ませる。

「今夜は何にします?」

「カクテルを」

ドリンクメニューにある『ル・リス・ルージュ（赤い百合《ゆり》）』を注文する。マティーニにストロベリーを混ぜたオリジナルのカクテルだ。

グラスを傾けながら、たずねる。

「調査をつづけるな、というのなら、止めます。しかし、なぜなんです? 当初はあれほど金の行方を不審がっていたではありませんか。説明して下さい。合理的な理由があるなら、引きさがります」

彼女は逡巡する。しばらく無言のまま、考えている風だったが、ようやく口を開く。

「ヌードの映像を流すって、脅されたんです。『恥ずかしくて、街を歩けなくなるぞ』って」

「つき合っていた元カレから？」

「いいえ、誰だかわかりません」

「あなたと交際していた人でない限り、そんなもの流せないでしょ？」

「むかし、お金に困っていたとき、露出の高いビデオに……」

「制作会社の人ですか、そいつは？」

「わかりません。名前をいわないので。男から自宅に電話がかかってきました。『調査をやめさせなければ、映像を流す』って」

「相手の電話番号は？」

「公衆電話からでした」

「そんな脅しをしてきた男は、預金の行方を調査されたくない人物です。警察にいいましょう」

「大丈夫でしょうか」

「知っている刑事に、伝えます。それと内々に、調査はつづけさせてもらいます。よろしいですね」

「はい」

鞄から、六〇〇万が入った封筒をとりだす。

「これは受けとるわけにはいきません。借りて間がないなら、利子はつかない可能性がある。一刻も早く、街金融に返済して下さい」

「いいんですか」

「もちろんですよ。街金融から取り立てにあったらどんな目にあうか、そっちの方を心配します」

「ありがとうございます」

男は、黒沼が金の行方を調査していることを知っていた。たぶん、彼女が浮島しのぶの姪で相続人だということも、知ったうえでのことだろう。生前、浮島から聞いて、知っていたのか。それとも調べたのか。戸籍謄本を取り寄せて、他人の家系を調べられる人物は、特定の職業の者しか思い浮かばない。預金の引き出しには、浮島本人に弁護士がついてきたという。その弁護士か。

店をでて、六車の携帯番号を押す。

§

丘野より、事務所に電話が入る。

「たったいま、家宅捜索をうけました。事務所と自宅に。もうひとつの携帯を押収されました」

「ええっ？　どうしていまごろ？」

「平手潤さんと通信した記録が押収済の携帯からはでてこなかったので、ほかに何かあるはずだと睨んだんじゃないでしょうか」

検察は、徹底的に丘野の有罪立証につき進むつもりなんだろう。公判で、吉峯がくり出してくるだろう論理と証拠が、頭の中を駆け巡る。

43

殺害された平手教授は、新弁の懲戒委員会委員として、丘野の懲戒事件に関与していた。その審議の過程で、われわれが知らない別の何かがあったのではないか。

新東京弁護士会の事務局長辻本公一を訪ねる。

「お忙しいところ、お時間をとっていただき、すいません。丘野ヒロ子弁護士の懲戒手続のことで、もう一度確認したいことがありましてね」

怪訝な顔をしたものの、彼は控室に私を案内する。

「丘野弁護士への懲戒請求事案が懲戒委員会にかけられていたとき、委員の平手教授と若杉判事から、主査が作った『議決書』の草案に疑義が出されたことは、先日伺いました。どんな疑義だったんでしょうか」

「懲戒委員会の委員は、刑罰法令の適用にあたっては、公務員とみなされることが、弁護士法にうたわれております。そこで平手先生はそれをひき合いに出され、この草案では虚偽公文書作成罪になるとおっしゃり、草案を作成した荘、谷山の両先生を強く非難されました。虚偽の事実をでっち上げているとおっしゃいました。若杉委員もそれに賛同され、『懲戒不相当』に書き改めるべきだと、お二人の先生が強硬に主張されたんです」

「私が伺いたいのは、平手、若杉の両委員は、事実認定のどこを虚偽だと指摘したのか、ということなんですが」

「委員の先生方は、事前に草案を読んでこられています。それを前提に審議を進めますから、われわれ事務方には、先生方のお考えの詳細まではつかめません。おそらく、平手、若杉両委員がおっしゃりたかったのは、丘野先生が弁護士として活動した行為を、『議決書』の草案で、『品位を失うべき非行』とみえるように事実を捏造《ねつぞう》し、間違った事実をもとに『非行』と断じている点がおかしい。『非行』には全くあたらないということではないかと思います」

「それに対し、荘、谷山の二人の弁護士は？」

「譲られませんでしたね。自分たちの草案は、証拠を精査したうえでの結論だとおっしゃって。そこへ松河先生も参加されました」

「どうして、荘、谷山の二人は、そんなにこだわったのでしょうね。別の委員から異論がでたなら、考え直せばよいものを」

「どうしてなのか、私にはわかりません。しかし、平手先生も譲りませんでした。私は、会議室の後片づけなどがありますので、委員の先生方が全員お帰りになるまで、会場には残るようにしています。全体会議の終了後、平手先生は、荘、谷山の両先生におっしゃっていました。『私は故意に冤罪をでっち上げるあなた方に、与《くみ》するわけにはいきません。丘野弁護士のケース、議決書を《懲戒不相当》に書き改めるべきよ』」

「松河先生は何かおっしゃっていましたか」

「いいえ、何もいわず、黙って聞いておられました」

「そのときは、四人以外、他の委員はもうみんな、帰っていたんですね」

「はい」

「荘、谷山の二人の委員はどういう反応を示されましたか」

「困ったように、松河先生の顔色をうかがっていました」

「この二人への配点は、誰がお決めになったんですか」

配点とは、事業の担当を決めて、割りふることをいう。

「委員長の松河先生です」

「それからどうなりました?」

「平手先生が先にお帰りになりました。帰られたあと、荘、谷山の両先生と松河先生が隅で何やら話されておりました。テーブルの紙コップを集めながらそれを見ていたので、話の内容は聞いておりません。しばらくすると、荘、谷山の両先生が私の方に近づいてきて、おっしゃったんです」

「何て?」

「『腕のいい調査事務所はどこかな。ちょっと紹介してもらいたいんだが』と。急に何をおっしゃるのかと思いましたが、立ち入ったことは聞きづらい雰囲気でしたので、いったん事務局にもどり、信頼できる調査事務所をご紹介しました」

「何というところですか」

「東弁協(東京都弁護士協同組合)の特約指定店になっている大平調査事務所です」

丘野が庄内貢太の行動調査に使ったところだ。

新たな疑問がわきあがる。

何のために彼らは、調査機関の紹介を求めたのか。何を調査しようとしたのか。

§

「明治神宮前」駅の改札口をでたところで、六車と待ち合わせる。

大平調査事務所は、原宿の明治通り沿いにある。ガラス張りの斬新なビルだ。七階に上り、インターフォンを押す。

予約はとっておいた。大平がでてくる。ラフな服装だが、目や口許は穏やかだ。名刺を交換する。

「本日は、警視庁の刑事の方にもご同行いただきました」

「刑事?」

「警視庁捜査一課の六車といいます」

彼はスーツの内ポケットから、警察手帳をのぞかせる。

「はあ」

不安が、彼の顔に拡がっていく。

「ま、どうぞ」

中に通される。

無味乾燥で、寒々とした室内だ。スタッフは出払っているのか、誰もいない。パーティションで仕切られた六人掛けのコーナーに案内される。壁には一月のカレンダーが掛けられているだけで、ほかには何もない。

「早速ですが、新東京弁護士会の荘、谷山の二人の弁護士から調査を依頼されましたよねぇ」

「どうしてそれを？」

「事情があって、新弁の事務局長から内々に伺いました。どのような調査を依頼されたのか、教えていただきたいんですが」

「いや、それはちょっと……」

大平は、私と六車に視線を泳がせる。

「お客様からの調査依頼の内容は、お話しできないことになっているんです」

「わかってます。もともとこの調査は、事務局長が荘、谷山の二人の弁護士に大平さんのところを紹介し、それでお受けになったと理解しています」

大平は唇をかむ。

「実は、新弁の事務局長にも守秘義務があるのは承知しているんですが、犯罪がからんでいるだけに、新弁会長の許可をえて、特別に教えていただいたんです」

「平手という大学教授が一昨年二月に殺害されています。それはご存じですね」と六車。

「はい」

「われわれは、その事件の捜査にあたっていましてね」

「平手教授の殺害は、丘野ヒロ子先生が犯人として逮捕されたんじゃなかったんですか。たしかいま、公判中なのでは」

「そうです。私は丘野の弁護人なんです。しかし、彼女は殺していない。そう信じてます。丘野弁護士は、以前、大平さんのところに調査を依頼していたこともありましたでしょ。庄内という男の。それも彼女から聞いているんです」

「大平さん、お話しいただけませんか。協力をお願いしたいんですけどね」

「……そういわれても……調査内容をお話しするというのは、われわれの信用にかかわることですし……」

「そりゃ、理由もなく秘密をばらしたら、信用にかかわるでしょう。今回は、殺人事件の捜査への協力という大義名分があるんです」

私はいう。

「もしご協力いただけないとなりますと、署の方においでいただかざるをえなくなるかもしれません」

「そんな……」

「その面倒を省くために、六車さんにも同行してもらったのです」

大平は、小さなため息をもらす。

「仕方ありませんね。……荘先生、谷山先生からは、平手教授に関するある調査依頼がありました」

「何ですか」

「教授の身辺調査です」

「身辺調査?」

「教授の経歴、現在の交友関係、大学や学会での評判などで、何でもいいから弱味となりそうなものがでてこないか、調査してくれということでした」

「それで結果は？」

「できました。不正経理です」

「何ですって？」

丘野がいっていた教授の、ＯＡ機器納入をめぐってのキックバックの件を、大平は話した。

「それを調査レポートにして提出したんですか」

「しました」

「荘、谷山の二人は満足されましたか」

「ええ、よくやってくれたとお誉めの言葉をいただきました」

「調査費用はどなたが出したんですか」

「谷山先生からお振り込みをいただきました」

六車の顔を見る。彼はうなずく。

「お忙しいところ、ありがとうございました」


大平の事務所をでて、人混みの歩道を歩きながら私はいった。

「事務局長は、この先を知っている可能性がある。もう一度、辻本を追及する必要がありますね」

「いまから行きますか」

新弁に電話し、事務局長の在席を確認する。

タクシーをとばして弁護士会館に着く。新弁の受付で事務局長を呼んでもらう。電話中とのことで、少し待たされたあと、辻本があらわれた。

「たびたび申しわけありません。重ねて伺いたいことができましてね」

六車に視線を移す。何かを察したようだ。

「では、あちらの方がいいですね」

控室に案内される。

「先程、大平調査事務所の所長から話を聞いてきました。彼の調査結果をもとに、次の懲戒委員会で、荘、谷山の二人の先生が、平手教授とさらに突っ込んだやりとりはしていなかったでしょうか」

六車は、刑事としての眼で彼を直視する。

大平がどのような調査をし、どういう結果を得たか説明する。

「実は、次の委員会でも、丘野先生の懲戒処分の草案は変更しないと谷山先生がおっしゃったため、平手、若杉の両先生から猛反対されました。再び継続審議となり、他の事案について審議したあと閉会となりましたが、今度は荘、谷山の両先生が平手教授だけをつかまえて、窓際で小声で話し込んでいました。松河先生も、近くで聞いておられました。荘、谷山のお二人の先生は、平手教授の大学での不正経理の事実を公表しない代わり、丘野弁護士の件に、これ以上異議を述べないでもらいたい、平手教授が強硬なら、こちらも不正経理処理を大学に通告すると迫っていました。そうしたところ、平手教授は激怒されました。『そんな証拠、どこにあるというのよ。根も葉もないことをでっち上げて私を脅すなんて、許しがたいわね』……それはもう、怖くなるくらい激しい剣幕《けんまく》で吐き捨てました」

「荘、谷山の二人の先生は、それに対して何と」

「教授の口調がすさまじかったため、お二人ともたじたじとなって、黙ってしまわれました。教授は、谷山先生のうしろにいた松河先生の方に向き直り、『あなた、ちょっと話があるわ』といわれました。その言い方は、有無をいわせないような調子でした。教授と松河先生は出ていかれました。たぶん、個室の控室で話し込んだのでしょう。しばらくしてから、荘、谷山のお二人の先生も出ていかれましたので、その後、お二人がどうされたかは知りません。私は心配になりました。双方の対立がさらに激化したなら、次の委員会はどうなってしまうのかと。委員の間に意見の対立がある事案は、それぞれの委員が持ち帰って、もう一度よく検討することになっています。その結果、丘野先生のケースも、結論を出すことを先送りされたんです」

「それはいつのことですか」

「二月の第三金曜日です。懲戒委員会は、毎月第三金曜に開催されますので」

「二〇〇八年の？」

「はい。三月の委員会の三週間前、突然、平手教授の訃報に接し、びっくりしました」

「平手教授が殺害されたあとも、若杉判事は出席されたんですか」

「いいえ、翌月の委員会は、体調不良を理由に欠席されました。おそらくショックが大きかったからだと思います。訃報のあとだっただけに、皆さん神妙で、お通夜みたいに誰一人意見を述べませんでした。そうしたところ、司会をしている委員長の松河先生から、『継続案件になっている丘野ヒロ子弁護士の件について、そろそろ委員会としての結論を出さなければいけないと思うんですが、いかがですか』と提案されたんです」

「平手、若杉という二人の反対論者がいなくなったことによって、丘野弁護士を懲戒する草案は、すんなり通ったということですか」

「そうです。新弁の場合、懲戒委の議決は、出席した委員の全員一致が原則ですが、このときは誰も反対する人がいませんでしたから。……ちょっと気になったのは、平手先生が荘、谷山の両委員に詰め寄っていたとき、二人には『先生』と呼んでいたのに、委員長の松河先生に対しては、『あなた』と呼びかけたことです」

辻本は腕時計をみる。

「すいません。このあと私、役員の会議に臨席しなければなりませんので」

「わかりました。お忙しいところ、ありがとうございました」

六車も一礼する。

エレベーターホールまで、辻本が見送ってくれた。

そうか。荘、谷山の二人からこんな脅しをかけられたので、平手は二月二八日の夜、丘野を大学に呼んだのに違いない。時間的にも論理的にも、辻褄《つじつま》が合う。

弁護士会館の外にでる。霙《みぞれ》を孕むと思えるほどの重い雲がたれこめている。人々はコートの襟を立てて歩いてゆく。

六車は桜田門の本庁にもどるという。

検察庁の横を通りながら、彼がつぶやく。

「若杉判事に聞くという手もあるが」

「あの方はいま、札幌《さっぽろ》高裁に異動になっています。平手教授が殺されたことから、捜査の手が及ばないよう、最高裁が異動させたのかもしれません。もっとも、どこにいようと、裁判官は絶対に内情は話さないと思いますけど」

「私は、とり返しのつかない間違いをしたのかもしれない」

彼の横顔を見る。苦悩が滲《にじ》みでている。

「大平に会ってから、誤認逮捕したのじゃないかという思いが、いっそう強くなった」

責念、後悔が入りまじっているのがみてとれる。

「六車さんのせいじゃありませんよ。逮捕時の情況証拠からすれば、確かに、丘野弁護士に不利なものが揃っていた。警察が収集した証拠をひとつひとつ検証して、起訴、不起訴を決めるのが検察です。検察の詰めの捜査に甘さがあった。悪いのはむしろ検察です。彼らは、何としても丘野に罪を被《かぶ》せようとした。彼女への妬み、弁護士業界への恨みがあったからです。冤罪は存在するものではない。周りが形成するものです。特に検察が」

「そういってもらえると、少し気が楽になりますが」

一月の寒風が、全身を凍らせそうだ。それきり六車は口を開かない。本庁を目の前にした桜田門の横断歩道で、彼と別れる。


オフィスにもどった。大平、辻本の二人から聞いた話は、真犯人を暴き、丘野の無罪を勝ちとる有力な手がかりだ。

狩田はいう。

「荘や谷山が、平手教授殺害に関与していたかもしれないということか。……弁護士や検事だって、自分の身が危うくなれば、手を汚す。法を守る立場の者が犯罪に手を染めたからといって、驚くには値しない。問題は証拠だ」

44

ひとつの疑問が脳裡をかすめる。

なぜこの件が、綱紀委員会から懲戒委員会に回されたのか。新弁は、丘野の冤罪を二つの委員会で見過してきたことになる。見逃したのか、故意にそうしたのか。

綱紀事案のファイルをとり出す。綱紀委員会の「議決書」をもう一度開く。末尾には、二一人の委員全員の署名押印がある。丘野に確認したときのメモを見ると、主査委員は、和泉《いずみ》次雄《つぐお》、海老沢《えびさわ》博《ひろし》、山内《やまうち》君絵《きみえ》の三人の弁護士だ。部会長は和泉次雄と聞いている。

綱紀委員会も懲戒委員会同様、部会の結論を全体委員会の結論にすりかえられる仕組みになっている。部会が判断した黒の心証を全体委員会に報告すれば、他の委員はほとんどそれを追認する。異議をはさむことは、まずしない。部会の結論を尊重する風潮があるからだ。その風潮を逆手にとり、部会が、「白」を「黒」と報告していたらどうなるか。全体委員会は、その案件を「黒」として承認し、懲戒委員会に回すだろう。

部会では、部会長の見解に影響されやすい。丘野が事情聴取をうけたとき、部会長の和泉は欠席していた。海老沢と山内にしか、彼女は会っていない。綱紀委員会での「聴取期日録取書」を見ると、三人の委員は、庄内貢太とは会っている。つまり、和泉次雄は丘野には会っていないが、庄内貢太とは会っている。和泉は、丘野からは直接話を聞かないまま、部会としての結論を出し、それを全体委員会に諮って、了承を得た。かなり杜撰《ずさん》な印象をうける。

丘野が私にはまだ語っていないことで悪印象をもち、それで彼女を陥れたのか。

受話器をあげる。

「丘野先生、水戸です。過去のことになりますが、綱紀委員会の部会長をしていた和泉次雄って、どういう人物ですか」

「えっ？」

「綱紀委員会での先生の聴聞に際し、先生は和泉に会っていないんですよねぇ」

「会ってません。それが何か」

「どうして、綱紀から懲戒委員会に回されたのか、不思議に思いましてね。綱紀で『懲戒不相当』になるはずだった。それが懲戒委員会に回され、そこで不幸にも処分がでた。源流をたどると、綱紀の部会にたどりつく。それも部会長の和泉次雄という弁護士に」

「それはそうですけど、刑事裁判とは関係ないんじゃないかしら」

「無関係なら、いまさら詮索《せんさく》するのは無意味ですが、疑念は払拭しておきたいんです」

「そういうことですか」

「和泉とは、別の事件でも面識はなかったんですか」

「ありません」

「弁護士会内での彼の評判は？」

「会務には熱心だったと思います。いい、悪い、の評判は聞いていませんが、たぶん、人望は集めていたんでしょう」

「それはどうして?」

「何年か前、そう、平手教授が殺された年の新弁の会長選に、派閥から推されて立候補しようとしていたくらいですから。私のところにも、支援者の弁護士から、支持を呼びかけるファックスが何回も送られてきていました」

「会長選に出馬ですか」

「ええ。たしか二回くらい。ところが何か問題が起きて、断念したと思います」

「問題というと?」

「そこまでは知りません」

「丘野先生は、当時からマスコミに出て大活躍でしたので、妬まれたと思いますが、それ以外に、和泉や海老沢、山内といった部会委員が、先生に悪意を抱くような材料って、あったんでしょうか」

「さあ、思いあたらないですね。こっちが気づかなくても、恨まれるということはあるでしょうけど」

和泉から話を聞けないだろうか。いまさら彼がしゃべるとは思えないが、当たってみる価値はある。

和泉は、八丁堀で「和泉・藪中《やぶなか》法律事務所」を開いている。ホームページを見る。パートナーの和泉、藪中のほかには弁護士はいない。和泉は、刑事事件を主に扱っているようだ。

黒縁眼鏡をかけたポートレートが載っている。口許の右側に小さな黒子がある。

生年月日から計算すると、五五歳のはずだが、若く見える。実際に本人がこの写真のままなら、四〇代に見られてもおかしくはない。

芙蓉銀行の女性行員が語っていた言葉が蘇る。弁護士バッジをつけた男は、黒縁眼鏡をかけ、左頬の下に大きな黒子があったという。黒子の位置を誤って記憶していたのかも。和泉が浮島しのぶの預金を引き出した？　何のために？　それなら、浮島とはどういう関係があるのか？

インターネットには、和泉が新弁から、戒告の懲戒処分をうけたことが書かれている。

和泉の事務所に電話する。彼は不在だった。夕方もどるという。時間を見計らって、もう一度かける。こんどは和泉がでた。

「弁護士の水戸といいます。先生は新弁で綱紀委員会の委員をしておられましたね」

「そうだが、もうあの委員は辞めた」

「丘野ヒロ子先生が懲戒請求されたとき、綱紀委員会で、先生が部会長として担当されたと思うんですが、憶えていらっしゃいますか」

「さあ、どうだったか。昔のことで、よく憶えておらん」

「その件で、一度お目にかかってお話を伺わせていただけないでしょうか」

「君ねぇ。憶えておらんといっとるだろ。仮に憶えていたとしても、話せるわけがないじゃないか」

和泉は一方的に電話を切る。とりつく島がないといった感じだ。話し方からみて、あくが強く、強引な印象をうける。

両手を頭のうしろで組み、リクライニングの背凭れに体をあずける。和泉がだめなら、どこから攻めたらよいか。

小倉が私の部屋に入ってきた。

「先生、こんなブログをみつけました」

彼女が一枚の紙をさし出す。和泉のブログをプリントしたものだ。日英法科大学の学食で、平手教授と昼食を食べたことや、教授の提案で、自分が刑事模擬裁判を実施したことが書かれている。

「和泉弁護士は平手教授を知っていたのか」

「親しかったんじゃないでしょうか。戒告になる前、法科大学院で教えていたようです」

小倉はもう一枚を出す。

「こちらは別の人が、和泉先生について書いたものです」

和泉の過去の経歴が載っている。戒告の処分をうける前、日英法科大学で客員教授をしていたと紹介されている。担当は刑事訴訟法だ。平手教授の専門は刑法。刑事法という同じ分野の教授同士、意見交換する機会も多かっただろう。

「いま、ご本人のホームページからは、日英で客員教授をしていた経歴は削除されています。戒告をうけたんで、大学に迷惑が及ぶのを避けたのでは」

そうかもしれない。

平手教授と親しかったのなら、それを理由に面談を申し込む手もある。教授の殺害を気にかけていないはずはない。

もう一度、受話器をあげる。

「和泉先生ですか。先程は失礼しました。先生の過去のブログを拝見しました。先生は、日英法科大学の客員教授を務めておられて、平手先生とは親しい間柄だったんですね」

「そうだが」

「教授にはずいぶん目をかけていただきました。私も弁護士になる前は、別の大学で講師をしておりましたので。専門は刑事法です」

「ほお」

「実は亡くなられた教授のことで、一点、気になることがあるんです」

そういったとき、和泉の息遣いから、こちらに対する関心が急に高まったように感じた。

「一度お会いして、先生のご意見を伺わせていただけませんでしょうか。教授が殺害された真相を探るためです」

沈黙の時間が流れる。和泉は考えている。

「わかった。それなら会おう、新弁で」

それまでとは一転して、積極的な口調に変わる。日時の調整をする。

「そうか、水戸先生は、丘野弁護士の弁護人をしているんでしたね」

「はい」

「新聞で読んだのを、いま思い出しましたよ。ちょうどいい。私も弁護人のかたには、お耳に入れておきたいことがあったんだ」

夜、六車に電話する。

「あさって、新弁所属の和泉次雄という弁護士に会うことにしました」

「時間と場所は？」

「正午。弁護士会館新弁ロビーです」

「私も行きます」

「六車さんは忙しいでしょう。急なことですし、私が聞いて、あとで報告しますから」

「このヤマは私が主任として担当してきたんです。丘野弁護士を誤認逮捕したのなら、本ボシをあげるまで退くわけにはいきません。それが刑事としての私の使命です」

「じゃ一緒に行きましょう。一一時五〇分、弁護士会館一階のエントランスホールで」

45

和泉と会う約束をしていた日だった。

朝七時のＮＨＫニュースを見て、仰天する。

昨夜遅く、和泉が殺されたというのだ。自宅近くの路上で、何者かに撲殺されたという。ＪＲ王子《おうじ》駅から徒歩十二、三分の場所だ。近辺には、大学や高校、小中学校などが点在する文教地区である。一体誰が？　何のために？

六車に電話する。

「殺された？　ホシは、先生と私が今日、和泉と会うのを知って殺したのか、別のルートで殺したのか。抜きさしならないところに来ましたね」

和泉が最後にいっていた言葉が蘇る。「弁護人のかたには、お耳に入れておきたいことがあったんだ」

正午。

弁護士会館内で記者会見が開かれる。オフィスにあるテレビでそれを見る。出席したのは、日弁連の会長、事務総長、新弁の会長、副会長である。松河の顔も見える。日弁連の副会長として、臨席したのだろう。東弁、一弁、二弁は、現職の会長が日弁連の副会長を兼務しているが、新弁だけは、かつての会長経験者が、日弁連の副会長に就任するならわしだった。

日弁連の会長がマイクを握る。

「本日、和泉弁護士の突然の悲報に接し、われわれとしても、強い憤りを禁じえません。正義のために闘う弁護士へのこのような暴力は、弁護士業界全体への挑戦であり、断じて許しがたいものです。この二年間に法曹界では、大学教授が殺害され、今度は弁護士に刃が向けられました。法律家を標的にした悪の連鎖を断ち切るべく、日弁連としては、犯人逮捕に向けて警察に全面的な協力を惜しまないつもりです」

記者が手を挙げる。

「弁護士の不祥事はどうなんですか。丘野ヒロ子弁護士は、いま、平手教授に対する殺人容疑で公判中ですが、それについてのご見解をお聞かせいただきたいんですが」

一列に並んだ役員たちは、誰がこたえるべきか逡巡する。声がはいらないようマイクを寝かせ、右の者は左を、左の者は右を向いて、小声で話し合っている。マイクが松河に渡される。

「丘野弁護士の起訴事実は、交際相手の妻であった法科大学院教授を殺害したというものです。交際自体、倫理上問題がありますし、殺人が真実なら言語道断であります。公判中であり、これ以上のコメントはさし控えさせていただきますが、有罪であれば、裁判所が適正に断罪するものと信じております。今後も弁護士の非行や犯罪に対しては、弁護士会としても、厳正なる処分を行う予定です」

46

秘書の小倉が、六車からの電話を取り次ぐ。

「平手殺害の件ですが、教授に恨みをもつ者がいないか、もう一度洗い直しました。気になる人物がでてきたんです」

「誰ですか」

「古書店の店主です」

「何ていう古書店?」

「拾遺書店。神田にある」

「拾遺書店?」

「知ってるんですか」

「ええ、まあ」

彼は、古書店にまつわる情報を話してくれた。

拾遺書店の先代の店主菅原時夫《ときお》は、数年前に自殺している。自殺の原因は、フェアとして出品していた洋古書の初版本に贋作《がんさく》の疑いをかけられたことだった。その洋古書と日本の古典籍約五〇冊を、日英法科大学が、図書館に『レアブックス・ライブラリー』を特設したのを機に、購入することになっていた。ところが、それに待ったをかけたのが、当時、図書館長をしていた平手理沙子だった。大学図書館が初版本を収集するのは珍しい。大学の本は、学生や研究者の用に供するのが目的だから、外国語の原書は、現代版で間に合うからだ。平手はそれだけ、『レアブックス・ライブラリー』に思い入れがあったのだろう。最後に平手教授に会ったとき、彼女が漏らした言葉を思い出す。「最近は、アジアだけでなく、欧米からの研究者も、よくうちに見えてね。客員研究員も少なくないのよ。『レアブックス・ライブラリー』には、談話ができるサロンも作ろうと思っているの」

贋作の疑いをかけられたのは、洋古書だけだった。日本の古典籍は問題なかったが、平手の判断で、すべて購入は中止された。この問題は、古書業界では、耳目《じもく》を集めた。拾遺書店は、経営難に陥った。挙句の果てに、先代菅原時夫は、自宅で服毒自殺した。順調に契約が成立してさえいれば、店は四〇〇〇万円以上の利益をあげられる見込みだった。それが流れた。

「真贋《しんがん》の判定はされたんですか」

「はっきりしません。だが、関係者の話では、本物の可能性が高いようです」

「そうだとすると、拾遺書店はとんだ濡《ぬ》れ衣《ぎぬ》を着せられたというわけですか」

「いま私の手許に、そのとき、日英で買い上げを予定していた本の目録の一部があります。その初版とやらが、どれくらいの価値があるのか、見当がつかない。メールで送るから、見てくれませんか」

「わかりました」

六車は、PDFファイルにして、洋古書の一覧を送ってきた。

モンテスキューの『法の精神』(一七四八年 ジュネーブ)やベッカリーアの『犯罪と刑罰』(一七六四年 リヴォルノ)、アダム・スミスの『国富論』(一七七六年 ロンドン)など、法律や経済の歴史的な名著の初版ばかりだった。これほどの稀覯本を拾遺書店はよく集めたものだ。おそらく、ロンドンやパリ、ローマ、ベルリン、サンフランシスコなどの老舗古書店とも、長年にわたる親密な取引があるのだろう。この他に、日本の古典籍が五〇冊あるというのだから、拾遺書店が四〇〇〇万円以上の利益をあげられたというのもうなずける。

平手理沙子。稀覯本に贋作の疑いをかけ、店の信用を台なしにしたばかりか、父を自殺に追い込んだ張本人。私がはじめて拾遺書店を訪れたとき、店主がまっさきにいった言葉を思いだす。

「おたく、大学の関係者?」菅原孝之は抱いたかもしれない、教授への激しい恨みを。

47

五日後、和泉次雄の葬儀が、北区にあるメモリアルホールで執り行われた。

非業《ひごう》の死であったうえに、ニュースでも報道されたせいか、参列者が列をなす。

読経がつづく。焼香をすませ、遺族席の最前列に座っている女性の前に歩みでた。喪主の妻亜《あ》也子《やこ》だ。膝を折って、小声で話しかける。

「このたびは突然のご不幸で、心よりお悔み申し上げます。私、弁護士の水戸と申します。実は、和泉先生の訃報に接した日、先生とお会いする約束になっておりました。先生も私に、何か伝えたいことがあるとおっしゃっておられました。悔しくてなりません。犯人を何としても見つけだしたいと思っています。何か気になることがありましたら、ご連絡下さい。お役に立たせていただきたいと存じます」

§

一週間を経た日の午後、和泉亜也子から電話が入る。会いたいという。「ご自宅に伺いましょうか」ともちかけたところ、彼女はいった。

「葬儀のあとで、自宅は散らかっておりますので、私の方から水戸先生の事務所に伺います」

翌日昼前、娘を伴って彼女が訪ねてきた。突然の夫の死、それにつづく葬儀、訪問客の応対と、予期せぬ出来事が連続したからだろう。顔には、疲労の色が濃い。娘の奈々《なな》は、大学四年生だという。

亜也子は、会葬の礼を述べたあと、本題を切りだす。

「実は、主人の死に直接関係あるかどうかわかりませんが、お話ししておいた方がよいのではないかと娘が申しまして」

「どんなことでしょう」

「三年前、主人は、新弁の会長選に立候補したんですが、僅差で対立候補の先生に敗れました。二〇〇七年の二月です。そのとき、和泉を強力に推して下さったのが、緑山会《りょくざんかい》という派閥の代表をしておられる松河雅人先生でした」

「新弁の元会長で、懲戒委員会の委員長をしている方ですね」

「ええ。松河先生は和泉とは別の派閥ですが、このときは、松河先生の派閥が全面的に和泉を支持して下さいました」

「どうして、松河先生は和泉先生を推したんですか」

「それは、松河先生に、ゆくゆくは日弁連の会長選挙に立候補したいという思惑があったからでしょう。その際の支持票を早めに固めておきたいという狙いからだと、主人からは聞いております。主人が新弁の会長に立候補しようという意向を固めたのは、会長選挙の二年ぐらい前からでして、松河先生のところにもたびたび挨拶に伺い、支持の賛同をいただいたと喜んでいたのを覚えています」

「和泉先生の方から、松河先生にお願いに行ったということですね」

「そうです」

「会長選挙は、東京の四つの弁護士会とも、毎年二月初旬にいっせいに行われますから、その二年前からというと、二〇〇五年の春先ごろから、徐々に支持層を固める運動を開始されていたということですか」

「そうです」

　新弁の綱紀委員会で、丘野に対する「懲戒相当」の議決がでたのは、二〇〇六年一二月だ。当時、和泉は綱紀委員会の部会長をしていた。新弁の会長選を二ヵ月後にひかえて、和泉としても、松河をはじめ、支持固めに活発に動いていたころに違いない。

「敗れたのは、わずか四〇票差でした。和泉としては悔しくて、来年の会長選に再出馬したいと考えていたようです。ところが、日英法科大学での講義中に不適切な発言をしまして、それがもとで戒告の処分をうけたんです。それで三年間、会長選に立候補できなくなりました」

「どんな発言をされたんでしょうか」

「階段教室での、刑事訴訟法の講義のときだったと聞いています。『被疑者の人権というものを、分かっていない学生が三人いる』といったうえで、その三人の実名をあげ、『こういうバカどもは、中東に行き、盗みでもはたらいて拷問《ごうもん》にかけられれば、適正手続《デュープロセス》の大切さが分かるだろう』と発言したと聞いています」

彼女の話が真実だとすると、和泉の発言は、私からみても品位をけがす失言に思える。

「講義は、大学側で録画していました。名指しされた三人の学生が、新弁に主人を懲戒請求しまして」

「この三人のうちの誰かが、和泉先生を殺したのではないかとおっしゃりたいわけですか」

「いえ、学生が犯人だとは思っていません」

奈々が口を挟む。

「父は仕事以外のことが原因で殺されたのではないかという気がするんです」

「それはどうしてでしょう?」

「父の訟廷日誌を調べていたら、T・ニシウラという人と何度か会っているんです」

「女性ですか、男性ですか」

「わかりません。ただ、依頼人ではないと思います。カタカナ表記は、本業の仕事以外の関係者の場合に、そうしていたようですから」

「そういうことですと、警察の捜査に任せるしかないんじゃないでしょうか」

「そうなんですが、警察の捜査も行きづまっているようで……お金なら用意します」

「いえ、お金の問題ではないんです。私なんかで、お役に立てるだろうかと思いまして」

「パートナーの藪中《やぶなか》先生なら、もしかすると、何かご存じかもしれません。先生から訊いていただけないでしょうか」

「パートナーの先生にならも和泉先生の奥さまの方が、よほど話が早いんじゃないですか」

一瞬、二人の顔が曇る。

「パートナーといっても、亡くなる三月《みつき》ほど前から、主人と藪中先生とは対立しておりました。分裂寸前だったんです」

「どうしてそんなことに？」

「事務所の経費負担をめぐる問題で揉《も》めていたようです」

§

二日後、予め電話したうえで、八丁堀の「和泉・藪中法律事務所」に藪中弁護士を訪ねた。裏通りの、一階が牛丼屋になっている古いビルだ。テナントの表示板を確認し、ガタガタ音をたてるエレベーターで五階に上る。

藪中のプロフィールを『全国弁護士大観』で調べてあった。和泉よりは六歳若い四九歳だった。彼は、白髪で眼鏡をかけ、落ちつきがなく、警戒心をむきだしにした目でこちらを見る。

名刺を交換したあと、和泉の殺害に関し、恨みを買うような事件関係者はいなかったかとたずねた。

「警察からも同じことを訊かれましたよ。先生はなんでまたそんなことを訊くんですか」

「和泉先生は、丘野ヒロ子さんの弁護人である私に、話しておきたいことがあるとおっしゃいました。新弁で会う約束をしていた日の前夜、殺害されたものですから、気になっているんです。パートナーの藪中先生であれば、何か聞いておられなかったかと思いまして」

「パートナーといっても、実際は経費を分担しているだけで、共同で事件の代理をすることはなかったんです。ですから、和泉先生が扱っている事件については、まったく知らないんです。お互い、手持事件については干渉し合わない方針だったので。それに最近は、和泉先生とぶち当たることが多くなりまして、来月には、この事務所を去ることにしていたんです。和泉先生が亡くなられたんで、来月いっぱいでここはたたむことになります。和泉先生付の秘書も片づけが済み次第、今週限りで辞めてもらいます。そんなわけで、お話しすることは何もありません」

これ以上の話を遮断するような強い語調だ。

「そうですか」

あきらめて、席を立つ。

オフィスのドアをでて、エレベーターホールまで、小柄な女性秘書が私を送ってくれた。

「私、和泉先生についていた秘書の児玉《こだま》といいます。和泉先生は亡くなる前、何かで悩んでいたみたいなんです」

「何かといいますと？」

「先生は、平手教授が殺されて以降、ふさぐ日が多くなりました。どなたかと連絡をとっていたみたいです」

「誰とですか」

「わかりません。でも、亡くなる数日前、知らない女性から電話が入ったのを覚えています」

「名前は？」

「ニシウラタマミといってました。『和泉先生いますか』というので、『外出中ですが、もどり次第、お電話するように伝えましょうか』とこたえると、『じゃあ、ニシウラから電話があったとお伝え下さい。東京都心身障害者福祉センターのニシウラタマミといって下されば、おわかりになると思います』そういって、切ってしまわれました」

「若いかた？　それとも年輩？」

「中年の声だったと思います」

§

数日後、六車から電話が入った。

「東京都の心身障害者福祉センターに、西浦珠美《にしうらたまみ》という女がいます。名簿で確認しました。和泉弁護士がつき合っていた女ではなさそうです。どうして和泉が、その女と連絡をとっていたのかはわかっていません」

「西浦には会ったんですか」

「いや、ほかの刑事が聞き込みに行きました。和泉弁護士は知っているが、その死に心当たりはないといったそうです」

西浦はどうして、和泉を知っているのだろう。誰かの紹介か。

「もうひとつわかったことがあります。荘求一郎という弁護士だが、あの男は裁判官二〇年目のとき、東京地裁の所長に呼び出されて、再任拒否の通告をうけたらしい。それで厭気がさし、裁判官を辞めたという噂です。前に話したかもしれませんが、日英法科大学と姉妹校になっているロンドン大学の客員教授に転職したかったようですが、平手理沙子の猛反対で、話がこわれています」

「平手教授が猛反対したのは、再任拒否と関係があるんですか」

「荘という男は、権力を笠《かさ》に着て、法をねじ曲げるような強引な判決を連発しました。週刊誌でたたかれたことがあります。敗訴した原告から、辞める前、訴えられてもいる。そういう独善的な性格を、平手は若杉から聞かされていて、ことさら嫌ったのでしょう」

「そういえば、裁判官が訴えられたというニュースを聞いた覚えがあります。あれは荘のことだったのか」

「いまは九燿会《くようかい》の顧問弁護士におさまっています」

「指定暴力団の？」

「そうです。食っていけないからでしょう」

夜、六車が、ふたたび電話してきた。

「拾遺書店の件ですが、いまの店主は、友人たちに、日英の平手教授への恨みをこぼしていたそうです。『あの女さえ口を出さなければ……』『もう二度と、あそこの大学には古書を売らない』と」

「教授が殺された夜の、本人のアリバイは？」

「ないんです。気になるのは、菅原にとって、平手理沙子をいま殺しても、得にはならないということです。考えられる動機は怨恨しかない。確かに、先代の菅原時夫は、平手のせいで信用を失い、儲け損った。それがきっかけで、自殺している。だが、決め手に欠けます。菅原の犯行とすると、当日、どうやって平手に近づいたのか。大学の入口で見張っていたのか。凶器はどうしたのか。現場に落ちていたボールペンとの関連は……その辺りが見えてこないと」

「犯人と断定するのは難しいですか」

「いまのところは。捜査線上、といってもこれは私の考える捜査線上ですが、菅原が消えたわけではありません。もう少し、調べてみます」

48

降りそそぐ陽光を全身に浴びながら、風だけは冬の名残りをとどめるようにひんやりと肌をさす、そんな早春の感触が私は好きだ。

三月半ば、霞が関の官庁街のパティオでは、辛夷《こぶし》の木がいっせいにアイボリーの花をつける。

桜の開花より、二週間ほど早く咲くこの花の明るさに、いつも春の訪れを知った。

快晴の日、アイボリーの繚乱《りょうらん》に精神を慰めつつ、東京地裁の門に向かって桜田通りを歩く。

二〇一〇年三月一五日、第六回公判。今日の法廷は気が重い。丘野が窮地に追い込まれなければよいが。


山鹿教授から送られた「鑑定意見書」を、証拠として提出する。

吉峯は発言する。

「裁判長、検察はここで、被告人の事務所に対する捜索差押許可状と押収調書、押収しました携帯電話と、通信記録の反訳書、それに弁護人作成のメモを証拠として提出します」

「立証趣旨は何ですか」

「被告人が本件殺害を実行するにあたり、被害者の夫平手潤と、犯行日について、連絡をとりあっていた事実です。これは、被告人の犯行を決定づける動かしがたい証拠と考えています。弁護人のメモは、証拠の隠蔽について、弁護人が被告人に指示したことを裏づけています。弁護人にはあるまじき行為です」

弁護人のメモとは何か。検察側は何を指していっているのか。

「弁護人、ご意見は？」

「捜索差押許可状と押収調書、携帯の証拠採用は致し方ありませんが、反訳書とか、私のメモとやらは、まだ写しを見せていただいておりませんので、こたえようがありません」

「検察官、弁護人に写しをすぐ見せて下さい」

吉峯の部下の若い男性検事が、弁護人席まで持ってくる。

一瞥して、立ち上る。

「裁判長、この反訳書の記載内容については、たったいま見せられたばかりで、被告人に確認ができていません。三〇分、休廷をいただきたいのですが」

「いいでしょう。ただいまから三〇分間、休廷します」

丘野を伴って、廊下にある証人控室に入る。検察側が寄こした「取り扱いは慎重に！」という私のメモと反訳書の写しを、彼女の前に置く。

「どうしてこんなメモを、携帯と一緒に入れておいたんですか」

「ごめんなさい。先生が、私のことを気遣って下さったお気持がうれしくて、携帯を本型のボックスに戻した際、つい、一緒にしまったんです。こんなことが、先生への攻撃の材料にされるなんて……」

彼女の目は動揺を隠せない。

「大丈夫。落ちついて。先生のお気持はわかりましたから」

反訳書を示す。

二〇〇八年二月四日　メール

平手潤から丘野ヒロ子へ

――Xデイは、今月末になるかも。

丘野ヒロ子から平手潤へ
——うまくやれるかしら。怖いわ。

「検察はこれを、犯行日についての共謀だととらえています。そうなんですか」

「違います。ここでいう『Xデイ』とは、北朝鮮のクーデター計画の実行想定日を指しているんです」

「クーデター計画？」

「ええ、JBCでは、その情報をキャッチしていたものですから、潜入取材を計画していて、取材のメインキャスターに、私を抜擢《ばってき》したんです。『うまくやれるかしら』というのは、メインキャスターとしての仕事を、上手にこなせるかしら、うまく務められるかしら、という意味です。『怖いわ』というのも、北朝鮮には行ったことがありませんし、戦闘状態になることも予想されましたから、『怖いわ』って、つぶやいたんです」

「なるほど。そういう裏事情があったのでしたら、メールでのやりとりも説明がつきますね。でもクーデターは実行されなかった」

「はい。一週間前になって、クーデター計画は頓挫したようで、北朝鮮行きも中止になったのです」

「問題は、裁判所が信じてくれるかどうかです。反訳書を『不同意』にすると、かえって、うしろめたいことがあるからではないか、と疑われかねない。『同意』したいと思いますが、よろしいですか」

「ええ」

法廷にもどる。

壇上に現れた長崎に対し、私は発言する。

「すべて、『同意』致します。反訳書に記されました通信内容だけを見ますと、一見、犯行日についての共謀のように受けとられるかもしれません。実はこれは、全く違う事情によるものであることが判明しましたので、取調べ後、弁護人から説明させていただきたいと思います」

「よろしいでしょう。では検察官、物を被告人に示し、書証については、要旨の告知を」

検察側の証拠の取調べが行われる。

携帯の通信内容の趣旨を彼女から聞いた通り、裁判長に説明する。自分のメモについても、隠蔽の指示ではないことを表明する。


公判後、書類を鞄につめていた私のテーブルに、吉峯が寄ってくる。

「証拠隠滅教唆。実刑は免れないな。最近の判例では一年六月《ろくげつ》は下らない。もちろん弁護士資格は剝奪、永久に法曹界から追放だ。自由でいられる内に、せいぜい美人の奥さんとも楽しんでおけ」

「そんな脅しに屈すると思うんですか。浅ましい。こんなのが立件されるようなら、いまいったこと、覚えておきなさいよ。こっちもあなたを脅迫罪で告訴してやるから。丘野先生という証人もいることだし」

吉峯と若い検事は、私を嘲笑しながら去っていく。

49

和泉は、死の直前、西浦珠美という女性と連絡をとっていた。

和泉の秘書も、亡くなる前、和泉あてに中年の女性の声で電話が入っていたという。娘と秘書の二人の証言からすると、和泉の死には、西浦珠美が鍵を握っているように思える。

六車の話では、ほかの刑事が西浦に聞き込みに行っている。だが彼女は、和泉の死に心当たりはないと語ったらしい。本当だろうか。ともかく彼女は和泉を知っていた。なぜ知っていたのか。

東京都心身障害者福祉センターに電話し、西浦を呼びだす。用件を伝える。

逡巡したあと、彼女はいう。

「じゃ、お会いしましょう。でも会うのはここではなく、外で」

センターは都の飯田橋庁舎にある。都の職員だから、仕事中に職場で会うのを避けたいのは当然だ。「西浦さんのご都合のよい場所に伺いますが」といったら、意外なこたえが返ってきた。

「それなら、日英法科大学の学食がいいんです。有明の。社会福祉学科の夜学に通っているんで」

承諾して、六車に電話する。

「西浦と会うことにしました。一緒に行ってくれませんか」

「西浦？　その女は、別の刑事が地取りに行って、何も収穫がなかったということでしたが」

「そうなんですが、和泉が亡くなる前、西浦と連絡をとっていたことが、どうしても気になるのです。じかに会って確かめたいんです」


有明の日英法科大学は、葡萄茶《えびちゃ》の煉瓦《れんが》の正門を抜けると、広い芝生のアプローチがある。正面に本館があり、その左右には、両翼をアーチ状に拡げた地上七階、地下一階建ての講義棟と研究棟がつづく。向かって左が教室やゼミ室のある講義棟、右が教職員の研究室がある研究棟である。本館の上部にはドームがついている。そこが大講堂と図書館だ。日没前の薄明かりの中、マーブルグレイの建物に下から照明があてられ、窓という窓が美しく浮かび上がっている。

本館の正面玄関に立っている六車を認める。

「お待たせしましたか」

「私もいま来たところですから、そんなに」

「行きましょう」

地下一階の学食に向かった。閑散としている。手前に座ってテキストを開いている中年の女が目につく。西浦にちがいない。紫の眼鏡をかけた、ショートカットの黒髪の女性だ。こちらを見た。

挨拶を交わし、自己紹介する。六車は警察手帳を示す。それを見て、一瞬、戸惑いの表情をのぞかせた。覚悟を決めたのか、私にうなずく。

「早速ですが、和泉先生が殺される前、たびたび西浦さんと連絡をとっていましたね」

「ええ、私の方から先生に連絡しました。気になることがあって」

「気になること？」

「私、障害者福祉センターにいるものですから、毎月、患者さんの医療費の請求が病院から送られてくるのを見ているんです。ある男性のかたで、どう考えても一級ではない人がいます。一級ですと、医療費は全額こちらもちになりますから。不審に思って上司に相談したら、身障者手帳に『何年後に再検査を要する』といった記載がないから、本人が自己申告しない限り、どうしようもないというんです。でも、明らかに障害偽装だと思うんですよね。それで、以前の勤め先にたびたびお見えになっていた和泉先生にそのことをご相談したんです」

「以前の勤め先って、どこなんですか」

「法律事務所です」

「じゃ、あなたは弁護士の秘書だった？」

「秘書というより事務員ですけど。二〇年以上勤めました」

「どちらの法律事務所？」

「松河総合法律事務所です。丘野ヒロ子先生の懲戒事案で、松河先生のところに新弁から送られてきた、男性に関する隠し撮り映像を見たんです。すたすた歩いてたんですよ。本人が事務所に、お兄様と一緒にみえたときも歩いていました。これで一級だなんて、信じられませんでした」

「庄内貢太ですね」

「そうです」

「それで、和泉先生は何と？」

「それはおかしい、といわれました。『たぶん、外部の人間からの通報があれば、福祉センターとしても動かざるをえないんじゃないかな』って先生はおっしゃって……『本人を呼び出してくれませんか。そのとき、歩いているところを映像にとるから』と」

「呼び出したんですか」

「はい」

「和泉弁護士は？」

「うちのセンターの玄関ホールの隅で、隠し撮りしていました。小さなビデオカメラを鞄の破れ目から出して」

「撮影した映像は？」

「届いたら、上司にいおうと思っていたんですが、届く前に亡くなられたんです」

和泉は、どうして福祉センターに出さなかったのか。

「隠し撮りをしたあと、和泉先生とは連絡をとらなかったんですか」

「一度、先生から連絡がありました。『今回の映像は使えるかもしれない。これを証拠に本人を追及できる』とおっしゃいました」

「『本人を追及できる』？　自主申告させようと考えたのかな？」

「さあ」

「松河先生の事務所はどうして辞めたんですか」

「ちょっと先生には、ついていけないことがありまして」

「どんなことですか?」

彼女は腕時計を見た。七時六分前だ。

「すいません。もうすぐ授業が始まるので」

椅子をひいて立ち上る。

「お忙しいときに、ありがとうございました。参考になりました」

「疑問点がでてきたら、また連絡下さい。協力しますから」

「ありがとうございます」

西浦はトートバッグを持って、駆け出した。

エスカレーターで一階にあがり、外にでる。

自分の見方を六車に伝える。

彼は歩みを止めた。

「庄内貢太をあたりますか」

「その前に、この男はいま何で食っているのか、仕事を調べた方がいいと思います。彼には兄と母親がいる。兄は庄内秋央といって、以前勤めていた町工場をクビになった。不況のあおりを食らったんです。いまごろはどこかで働いているかもしれません。その辺りを洗ってもらえませんか」

「わかりました」

「そのうえで、庄内貢太に聞き込みに行きましょう」

50

三日後、六車からオフィスに電話が入った。

「庄内貢太は働いていません。兄の秋央のほうも職に就いていない。ときどき職安には行っていますが。貢太の障害年金で食っている可能性が高そうです」

「やっぱりそうですか。しかし、それなら和泉は、隠し撮りした映像を障害者福祉センターに送りつけて、貢太の障害偽装を告発すればすむ。だが、そうはしなかった」

「当たってみますか」

「そうですね。私も行きます」

午後、六車は応援の刑事を二人呼ぶ。彼らとともに、足立区《あだちく》綾瀬にある庄内貢太のアパートを訪ねた。

宅配業者を装って、ジッパー付きの作業服を着た六車が、若い二人の刑事と私に目でゴーサインを送る。六車がブザーを押す。

しばらくして、「はい」という男の声がした。声の調子から、警戒心を感じる。

「庄内貢太さんのお宅はこちらでよろしいですか」

「そうですが」

「お届け物です」

ドアスコープをのぞく様子がうかがえ、ドアが細めに開けられる。その隙間に、六車は右足をはさむ。と同時に、警察手帳をかざす。

「警察の者ですが、ちょっとおたずねしたいことがありまして」

庄内は、いきなりドアを閉めようとした。だが六車の足が邪魔になって、閉められない。

「なぜ閉めようとするんだ。まだ何も訊いていない」

体格のいい刑事が、ドアを思いきり手前に開く。六車ともう一人の刑事、それに私が玄関に踏み込む。

仰天した。

玄関に通じる通路、入口から見える六畳ぐらいの広さの部屋の壁全面に、丘野の顔写真が貼られているではないか。彼女がテレビ番組に出演中の写真だ。BSニュースのキャスターとしてスーツを着ている姿もあれば、別の番組で、ドレッシーなワンピース姿のものもある。笑顔の眉間に、赤い五寸釘が打ってある。両目をくりぬいたもの、両目に白い鋲《びょう》を打ったもの、両目の上下瞼《まぶた》を切りとり、そこに真紅の色を塗ったものまである。

「なんだこの写真は?」

「自分の部屋にどんな写真を貼ろうと勝手でしょ?」

「お前、一級の身障者手帳を持ってるな」

「はい」

「障害年金を受けとっているだろう」

「福祉の人が受けとっていていいといったからです」

「見たところ、どう考えても一級ではない。一級の障害が回復したら、自主的に手帳は返さなければいけないと福祉センターからいわれていなかったか」

「いわれてません」

「嘘をつくな。ま、それはあとでゆっくり聞く。和泉弁護士を知ってるな」

「そんな人、知らないです」

「いいかげんにしろ。和泉弁護士がお前と連絡をとったことはわかってるんだ」

「向こうから、会いたいといってきたんで、会っただけです」

「やっぱり知ってるじゃないか。嘘をつきやがって。いつだ？」

「おぼえていません」

「何を訊かれた？」

彼はこたえない。

「何を訊かれたかと聞いているんだ」

「平手とかいう教授、お前が殺ったのかって」

和泉は、平手教授殺しに庄内貢太がからんでいると疑ったのか。

「お前は何てこたえた？」

「変ないいがかりをつけないで下さいよっていいました。それだけです」

「そうか。詳しくは署で聞こうじゃないか。障害偽装で年金をうけとっていたのは詐欺になるからな」

庄内は、二人の刑事に左右をかためられて部屋を出た。

和泉が隠し撮りした映像は、障害偽装を追及する以外に、別の目的があったのではないか。庄内貢太は、新弁に丘野ヒロ子の懲戒請求をした男だ。和泉は、綱紀委員会の部会長だったとき、丘野には会っていないが、彼とは会っている。

和泉は、隠し撮りにより彼の弱味をつかんだ。それをつきつけて、諍《いさか》いが起き、貢太に殺されたのか。

その夜、六車から電話が入る。

「庄内は、いまのところ、落ちていません」

六車の部下の若い刑事は、詐欺容疑で逮捕された庄内を取調べた。

六車が追及しても、庄内は、平手の名前すら知らないといった。もちろん、殺人は否認した。

庄内が丘野に憎しみを抱いていたことは分る。だが、懲戒委員の平手、若杉が丘野への懲戒処分に反対していたことまではわからなかったはずだ。委員の名前や会議の内容は、部外者には知らされていない。

捜査本部は、庄内の主張している本人のアリバイの裏をとった。

庄内貢太と平手を結ぶ線が見えない。和泉とは接点があったが、和泉殺害の仮説をたてると、動機が曖昧だ。

一週間が過ぎる。捜査の進捗状況が気になりだしたころ、六車から電話があった。

「庄内貢太を本日中に釈放します。処分保留のまま」

「泳がせるんですか？」

「あいつには、完璧なアリバイがありました。平手教授殺害の日には、西日暮里《にしにっぽり》の居酒屋で友人と飲んでいました。これは友人と店の従業員から裏がとれています。和泉弁護士殺害の日には、北千住《きたせんじゅ》のネットカフェにいました。監視カメラに映っています。結局、庄内は殺しとは関係ないとの結論を、捜査本部は下しました」

「障害年金詐取の方は」

「そっちは続行中です。ただ詐欺の故意があったとの裏がとれていない。それより、拾遺書店の菅原の件で、新しい情報がでてきました」

「何ですか」

「菅原は、日英が一般向けに開講しているオープンキャンパスの講座を一日だけ受講していました。それも、平手が殺された夜、なんと彼女の講義を聴いていたことが判明したんです」

「講座のテーマは？」

「『証拠の隠滅《いんめつ》、偽造、変造は、どこまで罪になるか』です」

51

殺された平手理沙子は、日英法科大学の教授だった。

西浦珠美は、専攻は違うが、その大学の夜間部の学生である。どこかに接点があったとしても、不思議ではない。

西浦に電話する。

先日の礼を述べたあとで、たずねた。

「西浦さん、日英法科大学に、刑法の平手理沙子教授がおられました。ご存じでしたか」

「ええ、まあ」

かなり深く知っていたことを察知する。

「この前、お会いしたとき、松河先生にはついていけなくなって、松河法律事務所をお辞めになったとおっしゃいましたね」

「はい」

「そのことで、お話を聞かせていただけませんか」

西浦は逡巡している。

「もう一度、大学に伺いますが」

「では、土曜日ではいかがでしょう。その方が、ゆっくりお話しできると思います」

§

週末に、西浦と大学の学食で会う。

彼女の話は、信じられないものだった。

聞き終えてから、彼女にたずねた。

「平手教授に密告したのは、あなたですね」

平手潤の家を再訪し、彼から話を聞いた。

オフィスにもどって、平手理沙子の戸籍謄本を過去にさかのぼって取り寄せるよう、小倉に指示する。

つづいて、大平調査事務所に電話し、調査依頼をかけた。

§

翌々週、大平から電話が入る。

「ご依頼の件、調査が完了しました。お目にかかって、レポートをお渡ししたいんですが」

次の日、大平が事務所に来た。

応接テーブルの前に座るなり、彼は鞄から調査レポートを取り出す。

「今回の調査には裏技を使いました」

「裏技？」

「㋟の関係筋から協力を仰いだのです」

マルタイとは、調査対象者を意味する業界用語である。

「内部情報を流してもらったということですか」

「直接ではありませんが。しかるべき筋からです。そのために、ちょっと経費がかさみました。ご了承いただきたいと思います」

「いくら？」

「八〇万ほどでいかがでしょう？」

予想外の高額に驚く。しかし頼んだのは自分だ。いやとはいえない。

私の顔いろの微妙な変化を見てとったのか、大平がいう。

「内容の信頼性は保証しますので、ご安心下さい」

「そうですか」

ページをめくる。

……そういうことだったのか。

レポートには、末尾に裏付け資料も添付されている。それに目を走らせる。肝心な部分には、緑色のマーカーが引かれているから、わかりやすい。調査結果の記述と、裏付け資料の記載とを照合する。

「請求書をあげて下さい」

「ありがとうございます」

「この資料、警察に出しても構いませんね」

一瞬たじろぐ。

「自信があるのなら構わないでしょう？　殺人事件がからんでるんですから」

「結構です。先生のお好きなようにお使い下さい」

52

調査レポートの内容を、六車に電話で伝える。

今後の対応を詳細に話す。警察には警察のやり方がある。私の考えている方法に異論がでるかと思ったが、彼は賛成した。

覆面パトカーに乗って、六車と一緒に北区に向かう。和泉の娘に会うためだ。車は若い刑事が運転し、助手席に木村という女性刑事が同乗している。

二人に聞こえるのも構わず、彼はいった。

「私、水戸さんと会って、変わったように思います。刑事になってからは、ホシをあげることにがむしゃらに精をだしてきました。ホシがあがれば一件落着で、刑事の手柄になる。冤罪かもしれないなんて、昔は考えたこともなかった。誰でもよかったんです、ホシがあがりさえすれば。今回のケースで私は、とんでもない間違いをしでかしました。

上はいいます。平手教授殺しは、ホシが起訴されてるんだから、この件でお前はよくやった。これ以上、首を突っこむなって。だが丘野弁護士を逮捕したのは私です。初動捜査に誤りがあったとすれば、その責任は私にある。ほかに本ボシがいるかもしれないというのに、身に覚えのない罪に彼女を陥れて、見て見ぬふりをするなんてことは、いまの私にはできません。本ボシがいるなら、そいつを逮捕しない限り、私の仕事は終わらない。

刑事としては、まだまだ半人前だと思い知らされました。ホシの当たりがついたとしても、もう一度初心にかえって疑ってみなくてはいけなかった。それを教えてくれたのが、水戸先生です」

「そこまでいわれると、気恥ずかしくなります」

「『冤罪は存在するものではない。周りが形成するものです。特に検察が』と、いつか先生はおっしゃいましたね。私をかばってそういってくれたんでしょうが、やっぱり、私にも責任がある。冤罪を形成した責任が。この償いをするには、丘野弁護士への無罪獲得に協力するだけでは足らない。上が何といおうと本ボシをあげて、そいつを落とさないと。私はそう思ってます」

「私も六車さんに会って、教えられました。『ホシの手がかりを見逃さないのと同じように、自分の非も見逃さない』その言葉で目が覚めた。和泉にたどりついたのは、それがきっかけでした。やはり警察手帳の威力は絶大だと思います。新弁の事務局長からは、六車さんが同席してくれなかったら、とても話は聞けなかったでしょう。調査員の大平にしてもそうです。丘野の裁判でもし無罪を勝ちとれたら、あなたのおかげです」

「『もし』だなんていわないで下さい。無罪を勝ちとるために、われわれはいま走りだしているんですから」

車は、和泉の自宅のある一二階建てのマンションの駐車場に滑り込む。

運転手の刑事を車に残し、六車と木村、私の三人で和泉の部屋に入る。

「お電話でもお話しした通り、本日は、和泉先生を殺した犯人逮捕のため、ご協力いただきたいと思ってまいりました」

「それはもうぜひ。私どもは何をすればよろしいんでしょうか」

六車は、身を乗りだして説明する。

「お嬢さんのお名前だけ、お借りしたいんです」

女性刑事の木村が、和泉の娘奈々になりすまし、電話する。無論、木村からの電話は、警視庁から支給された携帯を使う。

《和泉の娘ですけど、父の遺品を調べていたら、あなたのことを書いたメモが出てきたんです。このことで、お会いいただけませんか》

私は、六車と木村にいう。

「相手をおびき出す場所は、弁護士会館一階のロビーで、研修会が開かれている日の夜七時。研修会は、通常、八時か九時まで開催されます。そういう日なら、正面玄関が開いているから、相手が入って来やすい。夜七時なら研修会の真っ最中です。ロビーには誰もいません。相手を油断させせられます。一方、われわれが身を隠すところは沢山あるから、監視しやすい。ロビーの中なら、つかまえやすい。相手は逃走しにくいから。好条件が揃います」

「それでいきましょう。奥さまとお嬢さんは、いつも通りの生活をつづけていただいて結構です」

「あの、私たちが危険に晒《さら》されることはないでしょうか」

「それは、われわれが全力でお守りします。相手が逮捕されれば、終生、社会にはでてこられないでしょう。死刑になるかもしれません。報復の心配はなくなります」

訟廷日誌を開き、いつ、どういう研修会が弁護士会館で開かれるか説明する。三つ、候補日をあげる。

「この内のどれかで決めたいところですが、木村さんが相手に電話してみて、相手の都合に合わせた方が賢明です。怪しまれなくてすむでしょうから」

「私もそう思います」

木村は、研修会の予定を手帳に書き込む。


和泉の家を出る。

公園の前の静かな場所で、木村が電話する。

二日後の夜、六時四二分、弁護士会館一階のロビーで、五人の刑事が配置に着いた。

木村が、正面のガラス扉を入ってすぐ右の長椅子で待つ。女子大生風にミニスカートをはいている。玄関を入って正面受付の横に、チラシを貼ったホワイトボードがある。『新人弁護士・法曹資格者懇親会。本日午後六時三〇分　幽玄亭』右側の柱の陰に六車、左側奥の、ラックのうしろに一人、公衆電話の陰に一人、正面玄関からみて左側の広い階段の上に一人である。私は、正面からは視界に入らない自動販売機の前の椅子に座って事態を見守る。そこは、木製のパーティションで囲まれていた。向こうからこちらは見えないが、パーティションのつなぎ目から、相手を見ることはできる。この場所の難点は、正面玄関までの距離が遠いことだ。

静寂がロビーを包んでいる。

六車とは事前に協議し、建物の外には刑事を配置しないことにした。夜七時の弁護士会館の外は、閑散としていて、ふだんほとんど人の行き来はない。刑事が隠れる場所がなく、下手に配置すると、目につきやすいからだ。

七時三分だった。一人の男が正面玄関から入ってきた。周囲に視線を走らせる。顔が見える位置に来る。あいつだ。人影がないのを確認した様子で、木村の方に歩いていく。

「イズミ、ナナさん?」

「ええ、はじめまして」

「電話をもらった者ですが」

庄内秋央は、ポケットからいきなりペッパースプレーをとり出し、木村の顔に噴霧した。予想していたのか、木村は持っていた冊子でそれを遮断し、相手の太腿《ふともも》を蹴り上げる。庄内はひるむ。六車を含む四人の刑事がとび出してきた。私も駆けつける。庄内は手に刃物を持ち、振り回す。次第に彼は、後ずさりし、正面玄関の自動ドアが開いたと思ったら、駆け出した。車が行き交う祝田通りを横切り、日比谷公園の繁みの中に逃げ込む。車の往来がはげしく、刑事は通りを渡ることができない。六車は車の中で待機させていた応援の刑事に無線で指示を出す。

赤信号で車が停まった隙に、刑事たちが、庄内の消えた方向に走り出した。私も追いかける。日比谷公園には、さらに三人の刑事がいた。その内の一人が六車に叫ぶ。

「奴は『幽玄亭』に逃げ込みました」

樹林の中にある日本料理店を指さす。

「行こう。お前たちは裏口へ回れ」

「わかりました」

刑事たちと一緒に幽玄亭に入る。一番奥に鮨《すし》バーがある。中は騒然としていた。庄内が壁寄りの席の女性の首に、刃物をつきつけている。黒沼シランではないか。

彼女と同じ席で、弁護士バッジをつけた若い女性が震えている。全員着席したままだ。黒沼は、この女性弁護士と会食中だったのだろう。

「みんな、動くな。下手に手出しをしたら、この女の命はないぞ」

私の斜めうしろには、店長が事態を見守っている。

庄内は、右手で黒沼の首に刃物をあてたまま、うしろから左腕を彼女の首下に回し、両肩をがっちり押さえている。彼女の隣の、トートバッグがたてかけてある椅子を、黒沼に左手で引かせた。羽交締めのように両肩を締めつけられているから、彼女は腕の自由がきかない。片手で椅子を引くのももどかしそうだ。黒沼をひき連れて、椅子を壁際に移動させる。攻撃されたら、椅子を盾にするつもりだろう。

「どいつもこいつも幸せ面しやがって。てめえらばっか、こんな店でうまいもん食って、飲んで、笑って、いいと思ってんのか。世の中には、その日のめしにありつくのさえ、苦労している人間がいるってこと、考えたことあるか。ゴミ袋の中から、残飯を漁《あさ》って飢えをしのいでいる者のことを考えたことあるか。よぉ、そこの金バッジをつけたねえちゃんよ。そんなバッジをつけて、えらくなったつもりなら、大間違いだ。バッジをはずせ。はずして皿ん中に入れろ。入れろといったら入れろ。早くしねえと、この女の命はないぞ」

恐怖にひきつった顔で、女性弁護士はいわれた通りにする。

「よーし。今度はその皿の中身を自分の顔にぶちまけろ」

「えっ?」

べそをかきながら、彼女は聞き返す。

「皿ごと顔にぶちまけろといってんだ。聞こえねえのか、この牝《めす》ブタヤロウ！」

震える手で女性は皿をつかみ、手前から中身を顔に浴びせる。弁護士バッジが眼鏡のレンズに当たり、カチンと音をたてて床に転がる。右目のレンズにひびが入ったようだ。額、鼻、頬、口、首にかけて、ステーキやたれのついた野菜で弁柄色に染まる。白いブラウスも朱の塊に変色する。顔にかかった食物に涙が入り混じり、嘔吐《おうと》したような姿になった。

六車に、ささやく。

「妙案がある。ほかの刑事をここに残し、われわれはこっそり調理場に入りましょう。ここの店長とは顔なじみです」

「わかった」

うしろの店長に目くばせし、調理場へわれわれを案内してくれるよう促す。この店には何度も来ているから気心が知れている。私の職業もわかっている。

調理場に入って、六車を紹介する。二人、若い刑事たちがついてくる。

「いま、あいつが立っている場所は、鮨バーのところからは少し下っているでしょ」

「はい」

「いつだったか、鮨バーでこぼしたビールが、筋を作ってあの男のいる辺りにまで流れているのを見ました」

「古い建物ですので、床が少し傾いていましてね」

「鮨バーの下から、こっそりあいつのいるところに、灯油でも流せませんか」

「そんなことをして、どうするんですか」

「あいつの足元に油が到達したら、火をつけるんです」

「とんでもない」

「人命がかかってるんです。もしこのまま人質の女性が首を刺され、亡くなったりしたら、店のイメージが悪くなりますよ」

「そりゃそうだけど」

「逆に、店の被害を顧みず、犯人逮捕に協力したとなれば、店のイメージは向上します。時間がありません」

店長は考えている。

「……でも、その方法は危険過ぎます。人質になっている女性の方に油が流れでもしたら、大やけどを負います。どうせやるなら、壁の下の排水溝の方がいい。犯人はいま壁を背にしてますでしょ。壁の真下に調理場からつづく排水溝があり、調理場からあの男のいる場所にむかって、微妙に下り勾配《こうばい》になっています。排水溝には格子状の蓋があるから、火の勢いは少し弱まるかもしれないが。それに灯油ではだめです。発火しません。やるなら酒です」

「酒？　ブランデーとか？」

「アルコール度数九六度のウォッカがあります。ポーランドの『スピリタス』という」

私と六車は顔を見合わす。

「そいつを流して、火をつけたものを放り投げれば、すぐ発火します。ただ調理場まで焼けては商売ができなくなりますので、一番客席に近いところの排水溝から注意して注入するしかありませんね。引火しないよう、調理場の火はすべて消して」

「女性に燃え移ることはありませんか」

「たぶん大丈夫でしょう。女性は男の前に足を投げ出した格好でいるので」

「消火器は？」

「どこにあったかな」

「予め用意しておいて、調理場で火がでたら、すぐ消し止めて下さい」

「もちろん」

店長は調理場のスタッフと相談している。ウォッカを準備させ、消火器の場所と扱い方を確認しているようだ。

もどってきて店長がいう。

「いけそうです、何とか」

「外から窓ガラスを割らせてもらっていいですか。あいつの注意を惹《ひ》くためです。ウォッカを流したら、ガラスを割ると同時に火をつけてもらいたい」

「了解しました」

六車は、無線で外にいる刑事に指示を与える。

「じゃ」

彼は横の刑事に小声で指図する。

調理場を出て、客席にもどる。頭から吐瀉物《としゃぶつ》を浴びせられたような客が、七、八人いる。男も女も。若い人も年輩者も。スーツにもワイシャツにもネクタイにもブラウスにも、肉や野菜が飛び散っている。一人一人が皿ごと食べ物を顔にぶちまけていくのを、庄内は楽しんでいるようだ。汚穢《おわい》にまみれたような姿に変貌するのを。

庄内は、相変わらず刃物の刃先を黒沼の首にあてたまま、同じ場所でわめいている。彼の背中側は壁で、窓はない。背後から襲われる心配がない場所を選んだのだろう。

「次はそっちの男だ。ビールのジョッキとスープ皿を頭からぶっかけろ。……早くしろ」

指示された男は、いわれた通りにする。小便をかけられたように、ワイシャツが黄色く染まり、びしょ濡れになる。庄内は哄笑《こうしょう》する。

そのときだった。庄内の左、八メートルぐらい離れた場所の窓が割られた。悲鳴がとどろく。彼は振り向いた。同時に、壁下の排水溝から火の手があがる。

「熱《あつ》!」

テーブルクロスの陰に潜んでいた刑事が、いっせいに庄内にとびかかった。刃物を奪いとる。私も走り寄る。黒沼の服には引火していない。椅子の上のトートバッグに飛火《とびひ》し、炎上していた。私はスーツの上着を脱いでそれにかぶせる。

店のスタッフが消火器を持ち出してきて、炎を消し止めた。調理場からでた火を先に消していたのだろう。

床に倒れている黒沼を抱き起こす。出火場所から引き離す。

六車の声がする。

「庄内秋央だな。お前を殺人未遂と威力業務妨害、強要で現行犯逮捕する」

彼は庄内の両手を後ろにひねり、手錠をはめる。その動作は、格闘家のように素速かった。

黒沼の首を見る。出血はしていない。

「大丈夫か。けがは？」

彼女は首をふる。頰についた煤《すす》を、掌でぬぐう。彼女は私にしがみついて、泣き崩れた。

「服に火がつかなかったのは、よかった。火がついたのは、椅子と、そこに置いていた君のトートバッグだけだ。なかは大丈夫だろう。重要資料でも入っていたか」

「スーパーで買ったおにぎりと、鮭《さけ》の切身のパックだけ」

思わず吹き出す。

「おにぎりは焼きおにぎりに、鮭の切身は食べごろになったかもしれないな」

「ひとの気も知らないで」

冗談をいってる場合じゃないわといわんばかりに、彼女は私の腕の中で、両手の拳をあげて胸板をたたく。きつく抱きしめる。恐怖から解放された安堵《あんど》感からだろう、彼女の涙が、ワイシャツを濡らした。

53

六日が経った。

庄内秋央の身柄を警視庁本庁に移してから、六車は、平手と和泉の殺人容疑で逮捕状をとり、彼を逮捕した。

秋央は、当初殺人をかたくなに否認した。しかし、自宅のガサ入れで凶器が発見され、自供に追いこまれた。

凶器は、本人が日曜大工として使っていた金槌《かなづち》だった。

「金槌の木の把手から、ルミノール反応がでました。いまDNA鑑定に回しています。ばかな奴です。あいつ凶器を捨てなかった」

二日後、六車から電話が入った。

「あいつのアパートから押収したパソコンを過去に遡って分析したところ、二〇〇八年二月の、平手教授の授業のスケジュール表がでてきました。それには、講義の開始時刻と教室番号も書いてあります。教授のブログの閲覧履歴も入っていました。犯行前、秋央は授業の下見に行っていたんです。平手の刑法の講義は、二〇〇人は入る階段教室で行われていました。人気教授だっただけに、いつも司法試験をめざす学生などで満席だったそうです。秋央がまぎれこんだとしても、教授には分からなかったでしょう」

「犯罪者が未知の人物を狙う場合、犯行前に下見をするのは、犯罪学からいっても自然な行動です。これで彼の計画性が立証できますね」

「先生に見せたいものがあります。夕方、桜田門に来られませんか」

§

警視庁本庁の受付で刑事部捜査一課の六車刑事に面会を申し込む。

彼が来た。エレベーターに乗り、五階のボタンを押す。

「ＤＮＡ鑑定の結果がでました。金槌についていた血痕のＤＮＡが、平手、和泉のＤＮＡと一致したそうです。さっき、鑑識から報告があがりました」

「それはよかった」

案内されたのは、向かいの取調室の様子が、ガラス窓を通してつぶさにわかる部屋だった。ガラスは透視鏡になっていて、こちらから向こうは見えても、向こうからこちらは見えない。こちらの声も向こうには聞こえない。

向かいの取調室に男が座っている。うつむいていて、顔が見えない。

中年の刑事が男にいう。

「平手教授、和泉弁護士殺害容疑で、庄内秋央が逮捕されたのはご存じですね。彼はすべて、あなたに唆《そそのか》されたといっている。あの男、用心深いところがありましてね、録音していたんですよ、あなたとの会話を。万一、自分がつかまったとき、あなたはすべて庄内の単独犯だと言い張るでしょうからね。あいつはそれを警戒してたんです。お聞かせしましょう」

刑事が録音機のボタンを押す。

嗄《しゃが》れ声が流れる。

——和泉君に勘づかれたということは……厄介なことになったな。このままでは終わりだ。彼を消すしかないかもしれない。

——平手のようにですか。

――そういうことだな。

――殺りましょうか。

――ほかに選択肢はないだろう。

――前金を少しいただけませんか。


椅子を引いて立ち上る音がする。

三〇秒くらい、空白の時間が流れる。

もどってきた様子で、椅子に座る。


――さしあたっていま、四〇〇ある。これでいいか。

――殺り終えたら、報酬をもらえますね。

――わかってる。


刑事が停止ボタンを押す。

男が顔を上げる。松河だ。

「その声は、私の声じゃない。別人のものだ」

「いま、この部屋での会話は、すべて録音され、映像も撮っています。声紋鑑定すれば、録音の声と先生の声が一致していることは、簡単に証明されますよ。証拠があるのに否認をつづけると、不利になるのは、先生、よくご存じでしょう」

別の若い刑事が、その場で逮捕状を読みあげた。

夜のテレビ各局の報道番組は、元新弁会長で日弁連副会長、元司法研修所教官の松河雅人の逮捕でもちきりだった。翌朝の新聞各紙一面にも、このニュースの見出しが躍った。

弁護士会の腐敗、弁護士の凋落《ちょうらく》は、テレビのワイドショーや週刊誌でもとりあげられる。背景には、弁護士の激増により、新人弁護士はもちろん、中堅、ベテラン弁護士まで、生活に困窮する者がふえたことにあると報じた。

夕方、六車から電話が入った。

「庄内貢太を再逮捕しました」

「詐欺？　それとも殺し？」

「詐欺です、障害年金の。西浦珠美から裏がとれました。西浦は福祉センターの仕事についてから、庄内貢太に、何度も障害者手帳の返還を電話で求めています。手紙を送ってもいました。そのなかで、一級でもないのに、障害年金を受けとりつづけるのは、詐欺にあたる。電車賃などの半額割引をうけるのも同様だ。弁護士さんに聞いたらそういわれた、と書いています。貢太はそれを承知で、年金を受けとりつづけていたんです」

「被害金額は？」

「一〇〇〇万を超えています」

「残るは荘、谷山の二人の弁護士の処分ですか」

「時間の問題でしょう。いま別の課が、立件に向けて、裏付け捜査にあたっています」

「容疑は？」

「虚偽公文書作成罪です。懲戒委員会で、虚偽の『議決書』を作成したかどで」

「捜査のメスをそこまで入れていただけるのは、願ってもないことです」

「荘と谷山の二人には、嘘の『議決書』を作ってでも、丘野弁護士を陥れたいという思惑があったんですよ」

「思惑？」

「上からの指示に、逆らえなかったんです。松河からの」

§

庄内貢太の逮捕をうけて、厚生労働省は各都道府県の障害者福祉センターに通達を出した。障害偽装者が他にもいないか、きびしくチェックするようにとの内容である。

現行の身体障害者福祉法についても、法改正する方向で検討に入った。現在の法律では、いったん認定された障害が消失した場合、身障者が自主的に申告しない限り、福祉センターでは障害の実態を把握しようがない。認定された障害は、永久に残存すると考えられてきたからだ。しかし医学の進歩により、治らないと思われた障害でも、最新の手術で治るケースもある。

厚生労働大臣は記者会見で、今後の方針を発表した。

「障害を偽装して障害年金をもらいつづけるような、福祉を食いものにする行為は、福祉制度の根幹を揺るがすものです。そのような者に対しては、刑事告発だけでなく、受給した障害年金を返させるなど、厚労省としても厳正に対処します。再発を防止するため、今後は、二年又は三年ごとに、医師の再検査、再診断を義務づける方向に改めたいと考えています」

54

いつもとは違う「桜田門」の出口を出た。

すぐ横は、城砦《じょうさい》のような警視庁本庁のビルだ。生い繁ったマロニエの葉叢が、歩道に覆いかぶさる。

桜田通りを隔てて左手二〇〇メートル先に、裁判所合同庁舎が見える。こんな角度から、裁判所を望むことはめったにない。勾留中の被疑者たちは、勾留質問のため、一度は必ずあそこに運び込まれる。その距離は見た目以上に近く、被疑者たちはお白洲《しらす》に引き出される思いで、あの場所に連行されるのだ。私は悲哀をこめて想起する。丘野もそうだったのに違いないと。

警視庁に入る。接見の申し込みをして、地下にある代用監獄に向かう。

接見室で待つ私の前に、松河は、無精髭《ぶしょうひげ》をはやした顔で現われた。

「何しに来た。囚われの身に堕《お》ちたぶざまな私を、確認するためか」

「そうじゃありません。どうしてこんなことになったのか、事情をご説明いただきたいんです。松河先生は、尊敬する恩師だったんですから」

彼は、皮肉な笑みを浮かべる。

「だったか。もう過去形でいうしかないものな」

沈黙の時間が流れる。

「先生は、庄内貢太、秋央の二人に民事訴訟を依頼されたんですね」

「誰に聞いた？」

「西浦珠美さんです。依頼の趣旨は、貢太が丘野先生に払った着手金の二五〇万を取りもどすことだったんですか」

「そうだが、そんな理屈が通るわけがない。一億八〇〇〇万の損害賠償請求で着手金が二五〇なんて、報酬規定からすれば半分以下だ。誰が考えても安すぎる。本人だって、納得して払ってるんだからな」

「でも先生は断らなかった。取りもどしは無理だが、代わりに丘野先生を懲戒請求せよともちかけましたね。なぜです？」

「食っていくのがたいへんなんだ。以前は、丸の内の丸ビルの高層階に事務所を開いて、五〇人の弁護士を使っていた。顧問会社も三〇社はあった。それが弁護士人口の急激な増加で、顧問という顧問がのきなみ、若手の安い方へ流れた。企業なら月額最低五万円が顧問料の相場だったが、若い弁護士は一万円で顧問を引きうける。ネットには、三〇〇〇円なんていうのもでている始末だ。顧問会社の方も、コスト削減で、ベテランの私より、未熟でもいいから若い弁護士を選ぶ。質より金なんだ。安くさえあれば、何でもいいという世の中の風潮が、弁護士業界にも押し寄せている。弁護士のような専門業は、経験と学識、交渉力がものをいうことを、多くの連中は分かっていない。弁護士なんか誰でも同じだと思っている。そういう愚かな奴らに、私はいいたくなる。心臓や脳の手術が必要になったとき、あなたは料金の高い名医より、医療費が安い新米の研修医に命を預けるのかと。……腹立たしいったらない。

顧問会社は二社に落ち込み、賃料の高い丸ビルでは事務所を維持できなくなった。事務所の経営悪化を察して、主力の弁護士は辞めていった。仲間同士で経費を分担する共同事務所を始めた奴もいる。どこにも行くあてのない十人ばかりは、私が解雇を通告した。……経済的な苦境とは無縁な君には、わからないだろうが」

「そんなことはありません。子供のころ、私も辛酸《しんさん》をなめさせられましたから」

「ほう？　意外だな」

「丘野先生を懲戒にかけようとしたのも、経済的な理由からですか」

「そうだ。丘野が業停以上になれば、彼女の顧問会社美リューシの顧問がこっちに回ってくる」

「役員の福岡和馬が先生を推薦するからですね」

「そこまで知っているのか」

「庄内を、どうやって説得したんですか」

「二五〇は戻らないが、一五〇なら自分が出してやってもいい。まず懲戒請求の軍資金として二〇を貢太に渡した。残り一三〇は、懲戒処分が出てから渡す約束だった」

西浦から聞いた話と同じだ。

「浮島しのぶとは、むかしからのお知り合いだったのですか」

「そうじゃない。あいつが、庄内秋央が紹介してきたんだ」

彼はいう。浮島しのぶの財産を管理するという名目で老婆に近づき、悪の道にのめり込んだと。一億六〇〇〇万の預金に手をつけ、掛軸を預って、秋央に売り払わせたと。売り値は二〇〇万だった。

「銀行で定期預金をおろさせたときは、先生が同行したんですか」

「替え玉を使ったんだよ。母親の庄内タキを浮島に見立て、秋央が付添いの弁護士役を演じた。弁護士バッジを貸したんだ。黒子を描き、髪型を変え、黒縁眼鏡もかけさせた」

呆然とする。これまで抱いてきた松河への尊敬が、轟音《ごうおん》をたてて崩れる。

「でも、平手教授を殺すことはなかったんじゃありませんか」

いままで静かに語っていた彼の顔が、紅潮する。休火山が噴火したような感情の炸裂《さくれつ》。

「業務上横領で俺を告発するなんて脅しやがった。だから殺すしかなかったんだ」

血走った狂気の目だ。

「教授は、いつ、そうおっしゃったんですか」

「二〇〇八年二月の懲戒委員会がひけたあとだよ。『あなた、ちょっと話があるわ』といわれて、あれと二人きりで別室で話したときだ」

荘・谷山の二人から脅された教授は、とっさに松河を呼んで、彼に横領の事実をつきつけたというわけか。おそらく、丘野を「懲戒不相当」にしないのなら、松河を告発するといったのだろう。

「あの女が、懲戒委員会に入ってこなければ……。新弁が彼女を委員に選んだのが、事件の発端だった。あいつさえ来なければ、すべてうまくいっていた」

「うまくいっていたというのは、先生の悪事がばれなかったということですか」

「いうまでもないだろう」

「そうはいえないんじゃないですか？　西浦珠美さんが、横領を平手教授に密告していましたから」

「不倫を働いたのは、あの女だ」

「不倫？」

「聞いてないのか。貴様、何のためにここへ来た？　俺をなじりに来たのか。この野郎！」

カッときた。そこまでいわれる筋合はない。

「丘野弁護士に懲戒の汚名を着せ、その顧問会社を横取りするなんて、盗《ぬす》っ人《と》のやることだ。『先生』と呼ぶには値しない。そのうえ、平手教授だけでなく、和泉弁護士まで殺すとは。留置場のなかで頭を冷やし、自分が犯した罪の重大さを反省するべきです」

立ち上り、松河を一瞥《いちべつ》する。

私の剣幕に驚いたのか、彼は口を開けたまま、こちらの椅子を見つめている。

庁舎のエントランスを出て、ゆるい下り坂をおり、東京メトロの出入口へ向かう。地下からの風が頬を打つ。松河が、あそこまで豹変《ひょうへん》するとは。信じていたもの、尊敬していたものが一気に崩れ去り、あとには無の空間がひろがっている。

ハァーと息を吐く。歩みをとめ、階段の手摺《てすり》につかまる。こらえていた涙が、奔流のようにあふれ落ちた。

捜査二課は、庄内タキを逮捕した。浮島しのぶの預金を、銀行から騙しとった詐欺の容疑だった。

§

二日後。

出先で、六車から携帯に電話が入る。

「ヌード映像をネットに流すといって、黒沼さんが脅された件があったでしょう。あれも、秋央の犯行だった。今日、自供しました。あいつは、黒沼さんが浮島しのぶの財産の行方を調べるため、水戸先生に頼んでいたことをつかんでいたんです」

「どうしてそれを？」

「先生、彼女と一緒に芙蓉銀行に行きませんでしたか？」

「ああ、行きました」

「あいつは、黒沼さんがどういう行動にでるか心配で、ときどき彼女を尾行していたんです。何しろ、一億六〇〇〇万も騙しとったわけですからね。そうしたら、先生と二人で銀行に入っていくのを目撃した。それで何か手を打たなければ、と考えたらしい」

「大金を手にしたのなら、単身者用の安アパートに住むこともなかったような気もするのですが」

「その点は、あいつも慎重でした。急に金が入って、いいところに移り住んだら、あとあと怪しまれる。会社の景気がよくないこともわかっていたから、クビにされた場合も考えていたんでしょう。中高年の再就職はきびしいですからね」

55

黒沼と私は、東京地検に呼ばれた。黒沼は幽玄亭での殺人未遂の被害者として、私は凶行の目撃者として、調書をとるためだ。

先に私が検事に話した。入れ違いに彼女が検事室に入った。

法曹会館で待ち合わせ、桜田門の並木道を二人で歩く。

彼女はいう。

「庄内秋央は、私のヌード映像を見ているでしょ。だから私の顔も知っている。公判での私の証言で、先行きに不安を感じていたと思うんです。だから彼が幽玄亭に逃げ込んできたとき、目ざとく私を見つけたんじゃないでしょうか」

「あなたを意識的に狙ったということですか」

「もしかすると。彼と目があってしまったんです」

そういったかと思うと、彼女は両目を押さえ、路上にうずくまった。

「どうした？　大丈夫か」

しゃがみ込んだ彼女の肩に、そっと手を回す。

呼吸が苦しそうだ。

「心療内科に通ってるんです。ＰＴＳＤ（心的外傷後ストレス障害）。フラッシュバックしてくるの、あのときの光景が。ときどき眩暈《めまい》が……吐気もしたりして……」

彼女を誘導して、生垣の石組に腰かけさせる。

ふらつきながら、彼女は立ち上った。

「お宅まで送って行こうか」

「いえ、大丈夫です」

「仕事は？」

「していません。心療内科の先生は、気分がまぎれるから、何か別のことに集中した方がいいといってくれたんですけど……」

「うちの事務所に来ませんか？」

「えっ？」

「あなたのような有能な弁護士が、私のアソシエイトとして来て下さると助かるんですけどね」

「私なんかで、よろしいんですか」

「狩田も喜びますよ」

青白かった彼女の顔に、急に光がさした。

両目が潤んでいた。

56

一九七五年七月三日

その夜、大学の、司法試験をめざす学生用研究室で、夜八時に勉強をきり上げると、松河雅人は家路についた。

マンションのドアを開け、鞄を置いた。キッチンで調理していた妻の理沙子に近づく。

「あら、お帰りなさい。今日はいつもより早いのね」

「この前、僕に隠れて男に会っただろ?」

「何のこと?」

「しらばっくれるんじゃないよ。平手とかいう男に会っただろ。手帳に書いてあったのを、知らないとでも思うのか」

「ああ、潤さん?」

「名前で呼び合う仲なのか。僕の目を盗んで浮気してたな」

「そんなんじゃないわよ。大学同士の文学サークルで知り合っただけなの。今度、合同で企画展を計画しているから」

松河は右手で理沙子の頬を打った。彼女がかけていた眼鏡が吹きとび、床にたたきつけられる。片側のアームが折れている。

「男とできていたとは」

ショックの余り、彼女は声がでなかった。左頬を手で押さえ、泣きながら、寝室にかけ込んだ。

彼は、たまっていた怒りを妻にぶつけ、気持がせいせいした。

コップに水道水を注ぎ、飲み干した。

その夜、理沙子は、夫が風呂に入っている間にベッドルームから自分の寝具だけをリビングに運び出し、そこで脅《おび》えながら寝た。


翌朝、理沙子は意を決して、いつも通り二人の朝食を作った。

朝食は沈鬱なものだった。

沈黙にたえきれず、理沙子はいった。

「誤解を与えたのは悪かったと思うわ。平手君とは、そんな関係じゃないの。大学のサークルでね……」

「聞きたくない！　言い訳するのはやめろ！」

松河は、朝食をテーブルごと妻の側にひっくり返した。

トースト、コーヒー、目玉焼きが食器ごと、フローリングの床にとび散る。床にたたきつけられたポットからは、熱湯がこぼれだす。

夫の、血走った獰猛《どうもう》な目つきが、彼女の目の前にあった。殺されるかと理沙子は思った。

夫が大学にでかけるのを待って、彼女は実家の母に電話した。実家は、福井県鯖江市《さばえし》にある。松河の暴力を聞いた母は、娘をなだめた。

「雅人さんのお父さまが専務さんをしているデパートに、うちの製品の七〇パーセントを納入しているの。切られたら、うちはつぶれるのよ。三〇人の職人は、路頭に迷うの。理沙ちゃんがつらいのはわかるけど、いまはなんとかがまんして。眼鏡は新しいものを送ってあげるわよ。あなたと雅人さんの結婚も、先方の常務さんの口ききで成立したこと、あなたも知ってるでしょ」

「政略結婚だってことは、わかってるけど、つらいわ」

「お父さんが入院中のいま、耐えるしかないの。うちには力がないんだから」

泣きながら、理沙子は受話器をおいた。

鯖江市は、眼鏡フレーム工房が集中する日本屈指の眼鏡フレームの聖地である。日本の眼鏡フレームの八割、世界の二割がここで作られる。その一つが、理沙子の実家藍沢商会だった。

実家に泣きついても、問題の解決にならない。そのことを、理沙子は思い知らされた。二人とも学生の身だったから、生活費はすべて、松河家からの仕送りで賄われている。そういう負い目が、夫の暴力にも耐えなければいけないと、理沙子に思い込ませた。

57

平手理沙子の日記　一九七五年七月四日　二一歳

結婚が早すぎたのかもしれない。

入籍して三ヵ月、その思いは日増《ひまし》に強くなる。

雅人とは六ヵ月同棲《どうせい》して、お互いを確かめ合ったはずなのに。あのころはあんなに優しかった雅人が、こんな風に変わってしまうとは。

きのう顔をぶたれ、今日も殴られた。あしたも殴られるかもしれない。あの人と会ったというそれだけの理由で。あの人とは食事をして、このまま結婚生活をつづけてよいものかと相談しただけだった。あの人の体には、一度も触れたことがない。それなのに、関係をもったんじゃないかと疑われる。いくら説明しても、雅人は聞き入れてくれない。

彼を怒らせた原因が自分にあると思うと、反論ができない。

女子高、女子大と女ばかりの環境で育ち、周りに男性がいなかった。男性への抵抗力が弱いのは、そのせいかもしれない。

雅人は法律を勉強しているからだろう。私を責めるのも論理的できびしい。

先日は、沸騰したケトルを手にして、雅人はいった。

「これをお前の顔にかけてやろうか。醜い顔になれば、男が寄りつかなくなるだろう」

そのときの彼の目は、本気だった。寝ているとき、顔に熱湯を浴びせられたらと思うと、怖くて眠れない。

58

一九七五年七月七日

松河は、午前八時、大学に出かけるといって、自宅をでた。

通りを隔てて、自宅マンションのすじ向かいに別のマンションがある。その二階はコーヒーショップになっている。彼は真っすぐそこに向かい、窓際に席をとった。自宅マンションの出入口がよく見えるからだ。今日は何としても証拠を押さえてやる。そう意気込んでいた。

三時間以上ねばり、一一時半ごろになったときだ。理沙子がエントランスからでてきた。少しおしゃれをしているように、彼にはうつった。

あとをつけた。電車を乗り継ぎ、彼女は青山にある一階のカフェ・レストランに入った。通りから、店の中を覗くと、奥の席で、妻が同年齢くらいの若い男と向かい合って、話し込んでいるのが見えた。用意していたカメラで、ガラス越しに二人の写真を何枚も撮った。

彼は店の中に入り、そのまま二人の席に近づいた。

「理沙子！」

「あなた」

「現場を押さえたぞ。そこまでだ。帰ろう」

同席の平手潤はあっけにとられている。

彼は妻の腕をつかんで強引に立たせ、罪人をひきたてるように、店を出た。

タクシーで自宅にもどると、彼女は夫に、リビングに立たされた。夫の目の中に狂気を見た。恐怖が全身を凍らせる。また殴られると。おののき、立ちつくす妻に、彼はいった。

「弁護士になるために、こっちは必死に司法試験の勉強をがんばっているというのに、そっちは、昼間っから男と会って、お茶を飲んでる有様《ありさま》かよ。文学サークルだか何だか知らないが」

「……今日は文学のことではないわ。あなたとのこと、相談にのってもらってたの」

「それはどういう意味だ」

「……このまま、やっていけるかしらって……」

「ふざけるな。僕たちの生活費はぜんぶ、うちの父がだしてるんだぞ。君の実家からは一銭の仕送りもない。君の親が出しているのは、君の学費だけじゃないか」

「……早まったかもしれないわね。わたしたちの結婚は」

「早まった」という言い方が、松河にカチンときた。

往復ビンタが、理沙子の左右の頬にとんだ。ひるんだ妻を彼はうつ伏せに倒し、髪をわしづかみにして引っぱった。

「ギャア」

彼は妻の左手首をつかみ、背中に回す。それをさらに折るように外側に思い切りねじった。

理沙子は悲鳴をあげつづける。

力まかせにねじっていた妻の左腕から、松河はようやく手を放した。

起き上がれない。左腕は、背中にひねられたまま、動かない。

事態がただごとではないことを察した彼は、妻にたずねた。

「どうかした？　救急車呼ぶか」

その声は、意外なほど冷静だった。自分がやっておきながら、はじめて妻の異常を目にしたかのような夫の口調を、彼女は朦朧《もうろう》とした意識の中で、遠くに聞いた。

§

それから一週間、理沙子は入院した。

診　断　書

松河理沙子殿（生年月日　一九五四年四月二三日）
〈傷病名〉左肘靭帯断裂、頭部及び顔面打撲。
　向後一ヵ月の加療を要す。

問診の結果、夫の暴力による外傷と判断する。

一九七五年七月八日

代々木レディースクリニック

整形外科　医師　服部みなみ　㊞

59

理沙子の入院中、松河は妻の着替をもって一度だけ病院を訪れた。医師は、彼に告げた。「安静にするしかありません。家族の方に来ていただいても、何もすることはないんです」と。

松河は停滞していた司法試験の勉強の遅れをとりもどすため、妻の退院まで病院には行かなかった。一人になると彼には、妻への不信感や怒りが日を追って増幅していった。

§

八日後。

理沙子は、一人淋《さみ》しく退院し、病院からタクシーで自宅に帰りついた。昼間なので、夫はいなかった。

着替をしようとクロゼットを開ける。

戦慄が走った。

よそ行き用の洋服が、何着も切り裂かれているではないか。彼女が一番気に入っていた就職活動用のレリアンのスーツも、切り刻まれ、ズタズタにされている。靴用のクロゼットをあけると、油のにおいが鼻をつき、彼女が大切にしていた靴が二足、焼け焦げたまま入れてあった。

理沙子が使っているテーブルにかけ寄る。愛読書であった川端康成《かわばたやすなり》の『雪国』と『古都』がおいてある。開いてみると、ページのいたるところがひきちぎられ、大きな蜘蛛《くも》の死骸がはさんであった。

「キャ!」

彼女は血の気が退いていくのを感じた。もうこの家にはいられない。いたら殺される。彼がもどるまでに家を出よう。彼女はそう決心した。と同時に、痛感した。自分が彼に対等に反論できないもどかしさ、語彙の足らなさを。

60

平手潤の検察官に対する供述調書　二〇一〇年六月一八日

妻理沙子は、松河雅人氏と一九七五年五月に結婚しました。学生結婚で、理沙子は二一歳、松河氏は二二歳でした。そのころ、彼は、都内の私立大学の法学部四年に在学中で、理沙子は、女子大の文学部日本文学科の三年生でした。

私は、彼女が結婚する前から、彼女とは交流がありました。そのころ私は、湯島大学文学部の三年に在籍していましたが、私が所属していた日本文学研究会で、他大学の同じ研究会と意見交換する機会がありました。そこで彼女と知り合ったのです。

当時の彼女は、川端康成や堀辰雄《ほりたつお》といった、人間関係の心理を繊細なタッチで描いた小説を好んでいました。抒情《じょじょう》的なものに惹かれる無垢《むく》なお嬢さんといった印象でした。

それに対し松河氏は、司法試験を勉強中のバリバリの学生でしたから、喧嘩になると、どうしてもいい負かされてしまい、太刀打ちできなかったようです。

結婚後に、彼女から松河氏のDVのことで、何度も相談をうけました。外で会ったりもしました。会ったといっても、お茶を飲みながら話を聴いてあげる程度で、深い関係になったわけではありません。

彼女が結婚した一九七五年のころは、まだDVについて、社会の関心もうすく、夫の少々の暴力には、妻は耐えるしかないといった風潮がありました。だから彼女も、耐え忍ぼうとしたのだと思います。

私に会っていた現場を松河氏におさえられ、彼のDVはエスカレートしました。

ある夏の夜のことでした。左腕を包帯で吊《つ》った彼女が、スーツケースを引いて、私のアパートに逃げこんできたことがあります。両目の周りには、紫色のアザができていました。

「このままだと、殺されるわ」

そういって彼女は、私の前で泣きました。

その日以来、彼女は夫のもとにはもどらず、弁護士を代理人にたてて離婚調停をし、離婚を成立させました。入籍後、半年にも満たないうちの離婚でした。

ＤＶで痛めた左肘の関節は、屈曲が満足にできず、生涯治りませんでした。


彼女は女子大を卒業したあと、日英法科大学の法学部三年に学士入学しました。法律を学ぶことによって、自分も堂々と反論できる女になりたい、いずれは夫の暴力から妻を守る法律を作ることに貢献したいというのが、彼女の動機でした。それから二十数年後、二〇〇一年に「配偶者暴力防止及び被害者保護法」（いわゆるＤＶ防止法）という法律ができる際、理沙子は法務省・法制審議会の委員として、法案の作成に相当尽力したようです。

学生時代の話にもどります。

日英法科大学での法律の授業は、それまで女子大で学んでいた文学よりも、はるかに彼女の興味を惹いたと思います。特に刑法には、「生涯をかけて、研究したいと思える分野をみつけたわ」といって、相当な打ち込みようでした。英語やドイツ語、フランス語の洋書まで買い込む力の入れようには、傍目《はため》にも熱気を感じるほどでした。

そのあと、指導教授の勧めもあって、大学院に進み、大学に残って研究者の道に入りました。

法律を勉強したことによって、見違えるように、彼女は変わっていきました。文学好きの純真なお嬢さんが、自分の主張すべきことを堂々といい、理論派の男性研究者をもいい負かすほどの論客に変貌していったのです。

教授になったのは、いまから一六年前の一九九四年だったと思います。

私が彼女と結婚したのは、大学を卒業して、いまのＪＢＣテレビに入局してから四年経った一九八一年秋のことです。

平手潤　指印

61

松河雅人の検察官に対する供述調書　二〇一〇年六月二三日

浮島しのぶさんの財産を、どうして着服するに至ったかとおたずねですので、それについて申し上げます。

二〇〇四年ごろから弁護士が急増し、若い弁護士たちが、法律相談料も着手金も無料をうたいだしました。このため、客という客が、安売りの弁護士のほうに流れ込み、仕事の依頼数が激減したのです。収入も従来の四分の一に減ってしまい、顧問会社も二社に落ちこみました。

二〇〇五年には、さらに事態は深刻化しました。丸の内の事務所をたたみ、賃料の安い末広町に移転したのも、コスト削減をはかるためのやむを得ない選択でした。

そんな折、共犯者の庄内秋央が、成城に資産家の老婆がいる、しかも認知症だともちかけてきたのです。

庄内は、浮島さんの亡きご主人が、かつて経営していた「徒然」という万年筆ブランドの、下請会社で働いていました。長年、営業主任を務めていた関係で、浮島さんの自宅にもしょっちゅう行っていたと聞いています。ご主人が亡くなられてからも、ときおり浮島邸を訪ね、奥さんのご病気や身の回りのことを何かと気遣ってあげていたと本人は語っています。そうしたことから、奥さんは庄内にずいぶん感謝していて、庄内に対する彼女の信頼は、絶大なものがあったようです。

私は庄内と二人で浮島邸を訪ねました。

「信頼できる弁護士さんをお連れしたから、悪い奴に騙されないよう、この弁護士さんに財産の管理を任せてはどうでしょうか。こちらの先生はね、新東京弁護士会の会長さんをおやりになった、とってもえらい先生なんです」

彼はそういって、浮島さんを信用させました。「パラオ・ナショナル・ファンド」という得体の知れない金融商品を扱う会社があります。その代表者が、浮島さんを訪ねたあとだっただけに、彼女はすっかり私を信用してくれました。

「ご親切にありがとうございます」

「浮島さんが、当面、使わない定期預金なんかありましたら、こちらのえらい先生に預けておいた方が安心だと思いますよ。何しろ、新東京弁護士会の元会長さんなんですから」

「ホントね。この前来た、パラオなんとか？　わたし、騙されるとこでした」

「お年寄を狙う悪い奴がいるんですよ、浮島さん。そんな被害に遭わなくて、本当によかったです。こちらの先生は、その点、弱い人を守る弁護士さんだから、絶対安心です」

「そうね。日弁連の会長さんですものね」

「いえ、新東京弁護士会の元会長です」

「わかったわ。日弁連の会長さんなら、間違いありませんもの」

それを聞いて、庄内と目を合わせました。背筋がうすら寒くなったのを、覚えています。

彼女は、奥の部屋から銀行の預金通帳と銀行印を持ってきました。

「それじゃ、これ、よろしくお願いします」

「わかりました。大切に保管させていただきます」

「ついでに、もう一つ、お願いしていいかしら」

「結構ですよ、何でも」

そういうなり彼女が持ってきたのが、良寛の掛軸でした。

「これはね。先々代から持っているうちの家宝なの。知り合いの骨董屋さんが来たとき見せたら、五〇〇万以上の値がつくっておっしゃったわ。売るときは、ぜひ声をかけて下さいっていわれたけど、売るつもりなんか、ありませんもの、家宝だから。三代もつづく家宝なのよ。これを会長先生に預けるわ。だから大切に保管して下さいな」

彼女の話には、同じ言葉が何度もくり返しでてきて、やはり認知症を思わせました。

「じゃ、銀行の貸金庫に入れてしまっておきましょう。そうすれば、絶対に盗まれることはありませんから」

「よかったですね。浮島さん」

庄内がやさしく、彼女に語りかけました。

「いい弁護士さんを紹介して下さって、本当にありがとう。いつもいつも、庄内さんには感謝してもしきれないわ」

「恐縮です、そういっていただいて。私の方こそ、ご主人さまにはかわいがってもらいましたから。少しでも奥さまのお役にたててご恩返しができれば、私にとっても、こんなにうれしいことはございません」

「浮島さんのお名前で、銀行に貸金庫の申込みを致しますので、保険証をいったんお預りさせていただけますか。あすの夕方には、彼がお返しにあがれると思います」

そういうと、彼女は私を信用し、健康保険証を渡してくれました。

浮島さんは、私と庄内を露ほども疑っていなかったと思います。帰り際には、広い庭の先にある門のところまで、私たちを見送ってくれ、「よろしくお願いします」と頭を下げられました。

預った預金通帳の定期預金は、そのときすでに、引き出すつもりでおりました。また良寛の掛軸も、渡されたときから処分する考えがひらめいていました。この二つを手渡されたときからずっと、後ろめたい罪悪感にさいなまれました。しかし、金銭への欲望には勝てず、引き返すことはできませんでした。

門のところで挨拶された彼女に、私はいいました。

「大丈夫です。ご安心下さい」

でも心のうちは、一刻も早く逃げ出したい気分でした。

翌日、その保険証と銀行印を使って、庄内に定期預金を解約させ、その日のうちに浮島邸に保険証を返しに行かせました。一日も早く返した方が、怪しまれないと思ったからです。

それから先のことは、ご存じの通りです。

検事「定期預金を解約して引き出した一億六〇〇〇万円は、現金でもらったんですか」
松河「そうです。預金小切手でもらうと足がつきますので」
検事「その現金はどうしたんですか」
松河「庄内が鞄に入れて持ってきた一億六〇〇〇万円の内、八〇〇〇万円は彼に渡しましたので、残り八〇〇〇万円を別口座に入金しました」
検事「別口座とは、どういうものですか」
松河「私の取引銀行ではない『あけぼの銀行上野支店』に新規に開設した口座です」
検事「着服の事実を、事務員西浦珠美はどうして知ったのですか」
松河「浮島さんが、二度、三度と事務所に電話してきて、預けた定期預金はそのまま保管されているかと確認してきました。そのつど、『大丈夫です。ご心配には及びません』とこたえましたが、電話のやりとりを西浦が聞いておりました。一方で、あけぼの銀行からも電話が入りました。普通預金の八〇〇〇万円を、もっと利率のよいオーストラリアドルなどの定期に変えてはどうか、と担当課の女性が提案してきました」
検事「その電話も西浦がとって、あなたに伝えたのですか」

松河「いえ、行員の女性は、用件までは西浦に伝えませんでした。後日、オーストラリアドルの定期預金のパンフレットが、提案の手紙とともに私に送られてきました。『親展』の印が押されてはいましたが、あやまって開封してしまったといって、彼女が読んだらしいのです。

私に八〇〇〇万円もの個人資産がないことは、わかりきっていましたので、勘のいい彼女は、私が着服した事実を察知したのだと思います」

元妻である平手理沙子を殺害するに至った動機は、警察で申し上げた通りです。

松　河　雅　人　㊞

62

西浦珠美の検察官に対する供述調書　二〇一〇年六月二六日

日英法科大学の平手理沙子教授を、私は個人的には知りませんでした。

でも、教授の著書は読んだことがあります。

私は、松河総合法律事務所に事務員として、一三年勤めました。その間、松河先生は、刑事、民事のあらゆる事件を扱っていました。事務員も法律知識があったほうが何かと便利です。そこで、素人でもわかるように、法律問題を解説した本を、ときおり読んでおりました。一〇年以上前のことですが、中央省庁に勤める公務員のかたが、背任をしたかどで逮捕されたことがありました。松河先生のお知り合いだったようで、先生が私選弁護人を務められました。そのとき、私も興味をそそられ、平手教授の『公務員犯罪』という本を読みました。

検事「松河弁護士が、平手教授とむかし結婚していたことは知っていましたか」

西浦「公務員のかたの背任事件を弁護されるまでは、まったく知りませんでした。松河先生は、私のデスクの上に平手教授の本があるのを目にとめ、『ほお？　こんなもの、読んでるの』と何気なくおっしゃいました。その言葉は、私が勉強熱心であることを喜んで下さっているように、私にはうけとれました。しかしいま思えば、松河先生にとっては、別れた奥さまの本でしたので、複雑な思いにかられていたのではないかと思います。

その事件が終わったとき、松河先生が、私ともう一人の秘書に、日本橋のレストランで夕食をご馳走してくれました。その夜はなぜか上機嫌で、かなりお酒を飲まれ、だいぶ、酔いが回ってきているようでした。先生は料理をつまみながら、ポツリとおっしゃったんです。『日英の平手っていう教授ね、あれは僕のむかしの妻なんだよ』って。私はそのときはじめて、お二人が元ご夫婦だったことを知りました」

検事「松河弁護士の着服を、あえて平手教授に密告したのはどうしてですか」

西浦「平手教授が新弁の懲戒委員会委員になられたことは、新弁から届いた文書で知っていました。教授にお伝えすれば、懲戒委員会で顔を合わせる松河先生にそのことを話され、穏便な解決を図っていただけるかと思ったからです。着服したお金を自主的に返させるとか。それがまさか、教授を死に追いやる結果になるなんて、そのときは夢にも思いませんでした」

西浦珠美 指印

63

丸の内にあるパレスホテル東京の日本料理「和田倉《わだくら》」に、丘野を招く。

和田倉濠を眼下に、遠方に日比谷のネオンや皇居の森を眺めつつ、美濃《みの》和紙の行灯《あんどん》が置かれた椅子席の個室で待つ。

丘野が現われる。レースの、ベージュローゼのドレスに、ダイヤのイヤリングが華やかさを添えている。

「驚きました。この数日、いろいろなことが起こりすぎて」

「勝ったも同然です。まず、乾杯しましょう」

白ワインのグラスを合わせる。

「懲戒委員会委員長の松河雅人は、庄内貢太から、丘野先生に支払った交通訴訟での着手金二五〇万円をとりもどしてほしいという依頼をうけました。損害賠償請求を頼んできたといいます。

松河は、庄内貢太、秋央の兄弟と面談した。事務員の西浦珠美の話では、松河はこういったといいます。『訴訟を起こしても負ける。懲戒請求をした方がよい』と。

これにはわけがあったのです。

大平の調査により判明したことですが、ずいぶん前、松河に美リューシから顧問弁護士にどうかという誘いがありました。それは彼の大学時代の後輩で、当時、美リューシの執行役員だった福岡和馬からでした。福岡は役員会で松河を推したようです。しかし、対抗馬として丘野先生の名があがり、結局先生が法律顧問におさまった。

このとき以来、松河は丘野先生に対し、強い嫉妬心を抱いたんです。ホームページ上では、顧問会社は三〇社を超えるなどと書いていましたが、それは七年前のことで、当時は二社に減っていたようです。

おりしも、福岡和馬は、美リューシの常務取締役に昇進しました。

松河としては、庄内をして丘野先生の懲戒請求をさせ、丘野先生の追い落としをはかったんです。美リューシ・ホールディングスの顧問におさまれば、月額顧問料だけで一八〇万になる。一年間で二一六〇万です。

そこで松河は、庄内に二五〇万は戻らないが、一五〇万なら、代わりに自分が出してやるともちかけました。そしてまず懲戒請求の軍資金として、二〇万を庄内貢太に渡したんです。残り一三〇万は、懲戒処分が出たら、渡す約束でした。

彼の読みはこうです。

丘野先生に業務停止の懲戒処分が下れば、先生は、弁護士会の指示で全ての顧問契約を解除しなければならない。日弁連では処分が覆らないことも、想定していました。必然的に美リュー シ・ホールディングスの顧問弁護士でもなくなる。そして、そのポストは自分に回ってくる。福岡和馬が推してくれるからです。現実にそうなりました。これも大平に調査させて、わかっています。

そこでまず、この件の綱紀委員会の部会長になった和泉次雄には、新東京弁護士会の次期会長選で、派閥をあげて推薦人になることを伝え、代わりに、丘野先生への懲戒事案で、『懲戒相当』の議決書を書くよう、働きかけました。和泉は、会長選での票が欲しかったから、いわれるままにし、他の二人の部会委員も自分の意見に従わせたと思われます。

懲戒委員会に付議されてしまえば、あとは松河の意のままでした。自分の息のかかった荘求一郎と谷山玄に丘野先生のケースを配点しました。

和泉をはじめ、荘、谷山には、丘野先生に対し、潜在的な嫉妬心がありましたから、これをちょっと刺激して、長期間の業務停止になるような『議決書』を書かせたんです。ただ、想定外のことが起きました」

「何？」

「丘野先生から猛烈な反論がでたことです。反論だけでなく、証拠も膨大な数に及びました。審議は長期化しました。途中で委員の入れ替えがあり、平手教授と若杉判事が懲戒委員に加わりました。松河としては、懲戒委員会に付議されてから六ヵ月以内に結論をだしたかったでしょう。だが、そうはいかなかった。

平手、若杉の両委員から、『議決書』の草案に疑義が出されたのです。

さらに、荘、谷山が庄内を聴取したときの録音テープの反訳書を見て、二人が庄内に障害偽装を積極的に勧め、障害年金をうけとったらよいとまでいっていることをつきとめた。詐欺教唆ではないかと、平手教授は詰め寄ったと思います。

一方、庄内秋央は松河に、懲戒委員会での審議の結論が長びいていることにいらだち、何をもたついているのか、と追及した。松河は庄内に、委員の平手教授、若杉判事が反対し、さらに庄内貢太の障害偽装を問題視しようという動きがあることを伝えました。

これを聞いて、庄内秋央は考えたんでしょう。

もし、弟が障害偽装をして障害年金を受けとりつづけていることを告発されると、生活設計が狂う。いままでは医療費無料、公共の交通機関は半額割引、障害年金の受給という恩恵にあずかってきた。貢太には自賠責保険金が四〇〇〇万円支給されてはいたものの、それは貢太が正当に得たものだから、手をつけることを彼は許さなかった。そこで貢太の障害年金で、母や兄は食いつないできたという過去のいきさつがあります。抜きさしならない事態に追い込まれました。

このため、秋央は松河に相談し、異論を強く主張していた平手教授の殺害を決行したんです」

「平手教授にあげたボールペンが犯行現場に落ちていたのは、どうしてかしら」

「左側頭部への一撃で教授が倒れたとき、彼女のトートバッグの口が開き、中にボールペンがさし込まれているのが見えたんでしょう。頭に白蝶貝がついていますから、彼には、美リューシが、かつて景品として作ったものであることはすぐ分かった。秋央が勤めていた工場で製造したんですから。それを現場に落とし、犯人の遺留品のように見せかけたんです。あの吹雪の夜では、暗くてシリアル番号は確認できなかったはずです。庄内秋央にとっては、教授を始末するのが目的だったわけで、丘野先生に罪をかぶせようという意図はなかったと思います」

「和泉先生はどうして殺されたんですか」

「平手教授が殺害され、丘野先生が懲戒処分をうけるに及んで、和泉先生は以前、綱紀委員会の部会長として事情聴取した庄内貢太に疑惑の目を向けたんです。あの方は日英法科大学で客員教授をしていたので、平手教授とは互いによく知る仲でした。たぶん教授が懲戒委員会の委員に選任されたことも、わかっていた。一方、松河からは、丘野先生に対する庄内貢太からの懲戒請求を、懲戒委員会に回すよう指示された。回したが、いつまでも結論が出されなかった。そうこうしているうちに、平手教授が殺された。教授の謀殺《ぼうさつ》に無関心ではいられなかったのは、当然です。和泉先生は、庄内貢太に、都の福祉センターに来た貢太の隠し撮り映像をつきつけた。兄の秋央とも会ったでしょう。そのとき、『障害偽装をしているだろう。平手教授の殺害に関与しているなら、自首しろ』と迫ったと思われます。

　秋央はこれを聞いて、松河と話し合いました。その結果、和泉弁護士も始末することにし、実行に移したんです」

「庄内貢太は殺しに関わっていないのかしら」

「秋央と謀議していた可能性は否定しきれませんね。ただ貢太には完璧なアリバイがあるから、実行犯ではない。詐欺容疑で逮捕したそうですので、これから殺しについても、関与の有無を警察が調べるでしょう」

「ひたすら耐えた甲斐《かい》があったわ。先生、おっしゃってましたものね。『集められた不幸は、ひたすら耐えれば、いつか必ず、幸福に反転する日が来ます』と」

「覚えていてくれたんですね」

「もちろんよ。勾留中、その言葉を毎日、念仏のように心の中で唱えていたわ。その日が来ると信じればこそ、崩れそうになる心を、今日まで支えてこられたんです。先生のおかげです」

「懲戒処分と刑事事件という二件の冤罪の真相は、いまお話しした通りです。でもこの事件には、別のセクションがからんでいます」

「別のセクション？」

「ええ、松河は秋央と共謀して、なぜ平手教授殺害に走ったのか、その動機です」

私は松河と庄内秋央が、一億六〇〇〇万円の定期預金と良寛の掛軸を詐取したこと、預金着服の事実を松河の事務所の西浦珠美が知り、平手教授に密告したことを説明した。

「教授の手帳の付箋に、『密告の件』とあったのは、このことです。教授は、私に伝えるつもりだったのでしょう。それを聞いていれば、この件の解明はもっと早かっただろうと悔やまれます」

懲戒委員会がひけたあと、平手教授が、荘、谷山に詰め寄ったであろう内容についても話した。二人の弁護士は、教授に、一四年前の不正経理の事実をつきつけて対抗したことも。

「激怒した彼女は、荘、谷山の近くにいた松河を呼んで、一対一で別室で話したようです。たぶん、『議決書』の変更を求め、応じないなら業務上横領か何かで彼を告発すると伝えたんでしょう。

学生時代、松河のＤＶで苦しめられたという恨みも、再燃していたかもしれません。告発されたら、松河の人生は終わりです。そこで彼は秋央に、二人にとっての邪魔者である平手教授殺害んです」
「おそらくそうでしょう。だから教授は丘野先生に、『生きていくってたいへんね』っていった
出され、松河弁護士に、告発を示唆したあとだったのですね」
「私が平手教授に呼ばれて日英法科大学に行ったのは、教授が、二人から不正経理のことをもち
を指示したんです」

64

翠雨《すいう》が地裁前の石畳を濡らす。

門衛たちの帽子から、滴が垂れる。

二〇一〇年七月八日、蒸し暑い午後、延期されていた第七回公判が開かれた。

傍聴人用の記者席は満杯だが、一般席は空席が目につく。半袖姿の女子高生の集団も見える。

東京トリビューン新聞の坂出《さかいで》とアイコンタクトをする。

開廷が宣せられると、吉峯は、「公訴取消申立書」を提出した。

長崎は、私に視線を向ける。

「裁判長、真犯人が逮捕されたいま、被告人の潔白は証明されたも同然です。検察側は公訴の取消ではなく、無罪を求めるべきだと思いますが」

吉峯が立つ。

「上級庁とも協議した結果、本件を早期に終結させるには、『公訴取消』が最良の選択と判断し

た次第です。一審判決がでるまでは、公訴の取消ができることは、法文上も自明の理でありますから」

「よろしい。では丘野ヒロ子さん、前にでて下さい。本件は、『公訴棄却』を決定します。起訴から今日まで、つらい立場に立たされてきたかと思いますが、これにめげず、弁護士として活躍して下さい」

長崎は、彼女に微笑みかける。

「ありがとうございます」

「本件はこれにて終了します」

一同、立ち上って裁判長に礼をする。

丘野は目頭を押さえ、私をみつめる。彼女に歩み寄る。両肩に手をおき、抱擁する。

「よかったですね。公訴棄却は無罪も同然ですから」

「ええ」

彼女は肩を震わせた。

有罪を求めてあれだけ激しい論戦を挑んだ吉峯にとって、無罪を求めるのは沽券《こけん》にかかわると思ったのだろう。

弁護人席にもどる。

吉峯が若い検事を連れて、寄ってくる。

「あんたには負けたが、弁護士会の役員の巨悪は徹底的に追及するからな」

「そうして下さい、ぜひ」

「えっ？」

拍子抜けしたのか、彼はキョトンとしている。当然、私は、弁護士会の擁護に回ると思ったのだろう。

「応援します。言語道断、彼らの悪を糾弾して下さい。吉峯さん、はじめて意見が一致しましたね」

「あ、アア」

私は右手をさしだす。戸惑いながら、吉峯も右手をだした。

「丘野先生には、申しわけないことをしました」

一瞬、気まずそうな表情を、彼は浮かべた。


東京トリビューン新聞は、翌日の朝刊一面で報じる。


《丘野弁護士に事実上の無罪判決。

東京地裁、検察側の公訴を棄却》

署名入り記事を書いた坂出文明《ふみあき》は、次のように結んでいる。

《この裁判を通して、検察側の強引な起訴が浮き彫りになった。殺人の汚名を着せられた弁護士の丘野ヒロ子さんこそ、検察の被害者といわなければならない》

検察は、庄内秋央と松河雅人を二件に関与した殺人罪で本格的に取調べを始めた。検察にしてみれば、丘野よりもっと大物弁護士がひっかかったという思いがあっただろう。元新弁会長で日弁連副会長の松河をたたくのは、弁護士会全体の信用を失墜させる絶好の好機ととらえたのだ。荘求一郎と谷山玄は、新弁懲戒委員会で虚偽の「議決書」を作成した容疑により、虚偽公文書作成罪で逮捕された。

警視庁は、犯人逮捕に協力した功績を称《たた》えて、「幽玄亭」の店長に警視総監感謝状を授与した。

エピローグ

公訴棄却をうけて、丘野の懲戒処分を取り消すべきではないかという世論がわき起こる。
ネット上では、丘野への同情論が噴出する。

『丘野ヒロ子弁護士への懲戒処分は、弁護士会の陰謀』
『弁護士が弁護士を陥れる。冤罪の被害者丘野ヒロ子先生に救済を』

マスコミがそれに与した。先陣を切ったのは、東京トリビューン新聞である。同紙は、懲戒制度を悪用した新弁懲戒委員を激しく非難し、制度改革を促す社説を発表した。坂出に、大きな記事にするよう上とかけあってくれないか、と頼んでおいたのが効いたのかもしれない。他紙もこぞって丘野ヒロ子の擁護に回り、弁護士会の懲戒手続の杜撰さを批判し始める。

松河、荘、谷山の三人は、新東京弁護士会から懲戒請求された。

新聞の経済面に掲載された、美リューシ・ホールディングスに関する記事を読む。

同社は、松河との顧問契約を解除し、福岡和馬の常務取締役を解任した。彼は松河を推薦した責任をとり、辞職した。

これを機に、役員も刷新した。

同社は新商品のアンチエイジングの化粧品のかぶれ問題で、消費者からはげしいバッシングをうけている。巻き返すためには、イメージを好転させる戦略が必要とされた。新しく常務取締役に就任した四〇代の女性の談話が載っている。

「わが社の信用を回復するには、あの方しかいないと判断しました。丘野ヒロ子先生です。顧問弁護士への復帰と、テレビコマーシャルへの再登板です。これは新役員、全員一致の結論です。丘野先生には、昨日、新社長と私が直接先生の事務所を訪問しまして、これまでの非礼をお詫びし、ご快諾をいただきました」

マスコミや世論がいっせいに丘野の味方になっているいま、彼女こそイメージ戦略に最適だと判断したのだろう。


丘野が美リューシ・ホールディングスの新しい宣伝部長を伴って、オフィスに来た。

髪型をアップに変え、アイボリーのテーラードスーツを着ている。胸元を飾る真珠のペンダントがまぶしい。エグゼクティブの女性のイメージがただよう。宣伝部長は三〇代後半の若さだ。面長の美男である。

狩田は不在で、私が応対する。

「弾《はじ》けるような明るさを取りもどされましたね。逆境にあっても、ぶれないで一途に、私の言葉を信じて下さった先生のひたむきさは、見習わなければと思いました」

「こちらこそ。水戸先生の、鋼《はがね》のような情熱には感動したわ。幾何学のような論理性、ピアノ・

ソナタのような繊細さにも」

「それはちょっと誉めすぎでしょう」

「今回の懲戒処分、そして起訴から公判、限界に近いひどい経験だったけど、いま思えば私にとってはマイナスなんかじゃなかった。人間の敵味方がはっきりしたし、他人の痛みがわかる人間に成長できたと思うんです。何より、水戸先生と知りあえたもの」

「恐縮です。先生からそんな風にいっていただいて」

「『どん底の悲哀を味わってこそ、栄光のありがたさも身に沁みます』先生、そうおっしゃいましたよね。ようやく、それを謙虚に受けとめられる日が来ました」

「狩田も私も喜んでいます、先生が復活されて。……うちのテラスの清掃スタッフは、やっぱり別の人を探すしかなさそうですね」

「あら、私でよければいつでも使って下さい。こちらへ来るのが楽しみだわ」

彼女は微笑をたたえている。

「お願いがあります」

「こんどは誰かを懲戒請求したいとか？」

「まさか。いま美リューシ・コスメでは、エグゼクティブをターゲットにした男性用アンチエイジング化粧品を開発しています。もう試作品はできています」

彼女はバッグから一本のマリンブルーに金色のラインが入った化粧品をとり出す。高級感があり、高そうだ。

「これのテレビコマーシャルに、先生のオフィスのテラスを使わせていただけないでしょうか」

「お安いご用です。狩田にも聞いておきますが、きっとＯＫするでしょう」

「よかった。使わせていただくのはテラスだけでなく、できれば先生方の仕事部屋も。だめかしら？」

「ほう。弁護士の雰囲気で売り出そうというわけですね。弁護士業界はいま日没を迎えているけど、よろしいんですか」

「もちろん。ヘミングウェイではないけれど、若さをとりもどせば、『日はまた昇る』というメッセージを込めたいんです」

「タレントは誰を？」

「狩田先生と水戸先生にご出演いただきたいんです。私も案内役で出ますが。狩田先生はときどきテレビの報道番組でコメントしていらっしゃるし、何よりも一〇歳以上、いや一五歳以上若く見えるから、この商品のコンセプトにぴったりだと思うんです」

「私からもお願いします。東京湾にせりだしたテラスをＣＭに使うというのは、新社長の提案でもございまして。うちの社長は、狩田先生を何度もテレビで拝見しているそうです。革製の洋古書が並ぶ重厚な書棚を背に、狩田先生と水戸先生が執務室を出る。朝日に照らされたテラスで、待っていた丘野先生とお二人の先生方が会話を始める。弁護士同士の、年代を感じさせない艶やかな肌、澄んだ眼差し、温かみのある口許。手摺にカモメが止まり、飛び立つ。そんな一瞬の光景をイメージしています」

宣伝部長が熱っぽく語る。

「そうでしたか。テレビのＣＭとなると、狩田はともかく、私は無名だから、私なんかより美男のタレントを使った方がいいんじゃないのかな」

「何いってるのよ。水戸先生の功績は広く知れわたっているから、タレントなんかより水戸先生の方が、ＣＭにはうってつけだと思うの。第一、新鮮じゃない。だめだといわれるなら、ＯＫがでるまでモップを持って押しかけるから」

「わかりました。私なんかでも使えるなら使って下さい。丘野先生にモップで顔をこすられたくないから」

一同、爆笑する。

「狩田が何というか、彼が帰ったら訊いてご連絡しましょう」

「よろしくお願いします」

彼女に潑剌さがもどったのを感じる。成功への階段をまたのぼり始めたのだ。


吉峯検事から電話が入っていると、小倉がいう。

「本日午後、松河雅人と庄内秋央を殺人と詐欺で起訴しました。庄内の方は、幽玄亭での殺人未遂と威力業務妨害、強要罪も入っていますが」

「平手教授と和泉弁護士に対する殺人罪、浮島しのぶに対する詐欺罪、これらは共謀共同正犯としてですか」

「もちろんです」

語調から、地検の意気込みが伝わってくる。

「夜のニュースで報道されるでしょう。それとは別に、お知らせしておきたいことがありましてね」

「何でしょう」

「松河を取り調べた結果、あの男は丘野弁護士だけでなく、水戸先生にも相当嫉妬心を燃やしていました。検事調書の中でいっています。いずれ裁判員裁判の公判で、その調書の中身が朗読されると思います。驚かないように、いまの内にお伝えしておきます。せめてものお詫《わ》びに」

「それはどうも」

「彼は、捜査検事に語っています。丘野弁護士の次は、水戸先生を標的にすることまで計画していたと」

【謝　辞】

本書の執筆にあたっては、次の先生方から多大なご教示を得ました。

法医学の分野については、

横浜市立大学名誉教授・医学博士で『法医学教室の午後』をはじめ、一連の法医学教室物の著者でもあられる西丸與一先生

整形外科の分野については、

銀座整形外科院長で医師の山田智彦先生、新橋トラストクリニック院長で医師の髙木実先生

泌尿器科の分野については、

順天堂大学医学部講師・医学博士で岩田クリニック院長の岩田真二先生

火炎の分野については、

元埼玉県警科学捜査研究所研究員で、学術博士（薬学）、北里大学法科学研究室非常勤講師もつとめられた、法科学研究センター所長の雨宮正欣先生

各先生方とも、私が学術文献を読んだだけではわからない点について、懇切丁寧なレクチャーをしてくださり、感謝にたえません。

心より御礼を申し上げます。

この物語はフィクションであり、ここに登場する司法機関、団体、個人、日本や外国の法制度、日本の判例、雇用情勢、薬剤名等は、現実のものとは一切関係ありません。

実在するものを参考にした部分はありますが、作者が意識的に変更していることをお断りしておきます。

本書は書き下ろしです。

装幀／岩郷重力＋WONDER WORKZ。

写真／EyeEm Premium/Getty Images

加茂隆康（かも・たかやす）

1949年静岡県生まれ。1972年中央大学法学部卒。弁護士・作家。

2008年リーガル・サスペンス『死刑基準』（幻冬舎）で作家デビュー。

他に『審理炎上』（幻冬舎）、エッセイ集『弁護士カモ君のちょっと休廷』（角川書店）、同『弁護士カモ君の事件グルメ』（ぎょうせい）、新書では『交通事故賠償』（中公新書）、『交通事故紛争』（文春新書）、『自動車保険金は出ないのがフツー』（幻冬舎新書）などがある。デビュー作『死刑基準』は、2011年、WOWOWでドラマ化され、東映ビデオよりDVDとしてリリースされた。また『審理炎上』は、ブックファーストの2016年「絶対読得宣言！」のイチオシ本「PUSH! 1st.」に選定された。

東京・汐留で加茂隆康法律事務所を経営。交通事故の専門家として、テレビ、ラジオの報道番組にたびたび出演、新聞でのコメントも多い。一方、刑事事件にも情熱を注ぎ、これまでに、強盗殺人、殺人、放火など、100件近い刑事事件の弁護を手がける。

法廷弁論《ほうていべんろん》

第一刷発行　二〇一八年四月一七日

著者　加《か》茂《も》隆康《たかやす》
発行者　渡瀬昌彦
発行所　株式会社　講談社
〒112-8001　東京都文京区音羽二―一二―二一
電話　編集　〇三―五三九五―三五〇五
　　　販売　〇三―五三九五―五八一七
　　　業務　〇三―五三九五―三六一五
本文データ制作　講談社デジタル製作
印刷所　豊国印刷株式会社
製本所　株式会社若林製本工場

定価はカバーに表示してあります。

Printed in Japan　ISBN978-4-06-221020-1

N.D.C. 913　318p　20cm